KIRA MOHN

DU irgendwo

Kyss

Originalausgabe
Veröffentlicht im Rowohlt Taschenbuch Verlag,
Hamburg, März 2023

Redaktion Nadia Al Kureischi
Covergestaltung ZERO Werbeagentur, München
Coverabbildung Shutterstock
Satz aus der Newzald
Gesamtherstellung CPI books GmbH, Leck
ISBN 978-3-499-01074-3

Die Rowohlt Verlage haben sich zu einer nachhaltigen Buchproduktion verpflichtet. Gemeinsam mit unseren Partnern und Lieferanten setzen wir uns für eine klimaneutrale Buchproduktion ein, die den Erwerb von Klimazertifikaten zur Kompensation des CO_2-Ausstoßes einschließt.
www.klimaneutralerverlag.de

MIX
Papier | Fördert gute Waldnutzung
FSC
www.fsc.org
FSC® C083411

Für Anna Tasca

Kapitel 1

In einer meiner frühesten Erinnerungen an meine Mutter stehen wir vor glitzerndem Wasser. Es ist warm, und ich erwidere das Lächeln meiner Mum, die mir gerade ein Eis gekauft hat. Ich brauche beide Hände, um die Waffel zu halten, und ich weiß sogar noch, dass es süß und fruchtig schmeckte und die Kälte meinen Mund zum Prickeln brachte.

«Nicht reinbeißen», hat Mum gerufen. «Victoria, nicht reinbeißen! Nur ablecken.»

Dann hat sie gelacht, wir alle haben gelacht. Ich glaube, Dad war auch dabei.

Es ist eine schöne Erinnerung.

Doch sie ist gelogen.

Eine früheste Erinnerung an meine Mutter gibt es überhaupt nicht.

Eigentlich habe ich nur mein Abschlusszeugnis heraussuchen wollen. Eine Sache von wenigen Minuten. Ich könnte jetzt schon wieder unten im Wohnzimmer sitzen und mit Mum frühstücken. Das tun wir jeden Morgen, es ist ein Ritual, das ich liebe, doch in diesem Moment fühlt der Gedanke daran sich absurd an. Weil ich ja offenbar noch nie mit meiner *Mutter* gefrühstückt habe.

Ich starre auf die Unterlagen, säuberlich abgeheftet in einem Ordner, auf dessen Etikett jemand *Versicherungen/Bank* geschrieben hat. Sie sind fast ganz hinten, diese Papiere, die mein ganzes Leben zu einer Lüge machen. Alice und George Buchanan sind nicht meine Eltern. Sie hätten auch ein anderes Baby erhalten können, und dann würde ich andere Leute *Mum* und *Dad* nennen. So beliebig. So austauschbar.

«Vic? Bis heute Abend, ich muss jetzt wirklich los!»

Die Stimme meines Vaters. Ich sehe ihn vor mir, wie er an der Treppe steht und vielleicht in diesem Moment nach seiner Tasche greift, während er ein wenig ungeduldig auf eine Antwort wartet. Er hat es eilig, eigentlich wollte er direkt weiter ins Büro, nachdem er Finny, den kleinen Bruder meines besten Freundes Jack, in den Kindergarten gebracht hatte – gut, dass das schon erledigt ist. Finny war bei uns gewesen, weil Jack einiges zu klären hatte, bei dem sein kleiner Bruder nicht dabei sein sollte, und es wäre ziemlich idiotisch, würde Finny jetzt stattdessen mitbekommen, was hier gleich los sein wird.

George hatte sein Portemonnaie vergessen. Dann hatte Mum ihn noch irgendetwas gefragt, und sie unterhielten sich gerade über das anstehende Wochenende, als ich nach oben ging, um dieses verdammte Abschlusszeugnis zu holen.

«Vic? Hast du mich gehört?»

Mit wackeligen Beinen stehe ich auf und bücke mich dabei nach dem Ordner. Versicherungen/Bank. *Adoptionsunterlagen* hätte man noch draufschreiben können, aber klar, haben sie nicht.

Nein, halt – wieso ist das klar?

Nichts an diesem ganzen Mist hier ist klar. Gar nichts.

Die Treppe führt vom ersten Stockwerk direkt ins Wohnzimmer, man kann von hier aus die Rückseite des Sofas sehen und die riesigen Panoramafenster, vor denen der Esstisch steht.

«Vic?» Fragend blickt mein Vater mir entgegen.

Meine Mutter hält die Teekanne noch in der Hand, als sie jetzt um die Küchentheke herumtritt und erst meinen Vater und dann mich ansieht. Einen kurzen Moment hält sie inne, dann geht sie langsam zum Esstisch und stellt die Kanne ab.

«Ist alles okay?», fragt sie, und ich wette, sie weiß es. Sie weiß, was ich da gerade in den Händen halte und dass ihr gleich alles um die Ohren fliegen wird.

Schritt für Schritt gehe ich die Stufen hinunter, bis ich zwischen meinen Eltern stehe, mein Vater vor dem Eingang zur Diele, meine Mutter noch immer neben dem Esstisch.

Meine Eltern. Zumindest auf dem Papier.

«Wieso habt ihr mir das nie gesagt?» Ich lasse den Ordner fallen, als wäre er plötzlich zu schwer geworden. Mit einem satten Klatschen landet er auf dem Parkett, noch immer aufgeschlagen, und sowohl Mum als auch Dad zucken zusammen. «Und wer sind wirklich meine Eltern?»

Stille senkt sich herab, in der mein Vater nur auf diesen verfluchten Ordner starrt und meine Mutter nach der Tischplatte tastet.

«Wieso habt ihr mir nie gesagt, dass ihr nicht meine richtigen Eltern seid?» Ich wundere mich, wie ruhig ich klinge. Als sei das hier ein völlig normales Gespräch. Wie man eben so redet, nachdem man herausgefunden hat, dass man sein gesamtes Leben lang belogen wurde.

«Vic», beginnt meine Mutter und tritt einige Schritte auf mich zu. Sie sollte jetzt besser nicht versuchen, mich zu umarmen, und als habe sie diese Botschaft in meinen Augen gelesen, bleibt sie wieder stehen. «Wir *sind* deine Eltern.»

«Hier steht etwas anderes.»

Sie legt eine Hand auf ihre Brust, und ich frage mich, ob ihr das Atmen in dieser Sekunde genauso schwerfällt wie mir. «Wir haben damals lange darüber diskutiert, wie wir mit der Situation umgehen wollen.» Jedes Wort kommt langsam und ein bisschen zitterig. «Glaub mir, wir haben es uns wirklich nicht leicht gemacht.»

Für einen Moment zögert sie, als müsse ich darauf jetzt irgendwie reagieren. Falls sie jedoch auf ein verständnisvolles Nicken meinerseits hofft, kann sie lange warten.

«Wir dachten, es sei besser so», sagt meine Mutter schließlich, und übrigens ist sie ja gar nicht meine Mutter, sie ist nur *Alice*.

«Ihr wolltet mir also niemals die Wahrheit sagen», erwidere ich mit viel zu dünner Stimme, deren Schwäche ich unmittelbar dadurch kompensiere, dass ich lauter werde. «Ihr habt einfach beschlossen, mich mein ganzes Leben lang anzulügen!»

«Victoria», schaltet sich mein Vater ein – George, sein Name ist George, «ich denke, wir sollten vernünftig darüber reden. Wir hatten unsere Gründe.»

«Ich rede vernünftig! Oder nicht? Was für Gründe sollen das bitte sein?»

«Es tut mir leid, das ... ist jetzt unglücklich gelaufen.»

Im ersten Moment dachte ich, George habe sagen wollen, *Es tut mir leid, dass du es so erfährst*, und darauf hat mein Hirn mir unmittelbar eine Antwort zugespielt, aber *Es tut mir leid, das ist jetzt unglücklich gelaufen*? Ernsthaft? Unglücklich gelaufen? Tut mir leid, dass du's rausgekriegt hast?

«Wir hätten mit dir darüber gesprochen», redet George weiter, «wenn die Umstände andere gewesen wären. Wenn ... wenn die Chance bestanden hätte, dass du deine leibliche Mutter vielleicht mal kennenlernen könntest.»

«Sie ist also tot», erwidere ich gepresst. Gestorben. Vielleicht bei meiner Geburt, wie Jacks Mutter bei der Geburt von Finny. Alice und George wollten keine Schuld auf mich laden, ist es das? Nicht so wie Jacks Vater, der Finny schon sein ganzes Leben lang dafür verantwortlich macht, dass er seine Frau verloren hat.

«Nein, sie ist ... sie ist nicht tot, aber ...» Jetzt sieht mein Vater zu Mum, und die holt Luft.

«Deine leibliche Mutter hat sich damals gegen einen Kontakt entschieden, Vic.»

«Gegen einen Kontakt? Was heißt das?»

«Dass sie ... dich nie kennenlernen wollte.»

Ich hasse den Tonfall, in dem sie das sagt. Sanft, mitfühlend, unsicher. Vielleicht will ich, dass sie schriller wird, lauter. Dann würde das, was in mir brodelt, endlich ein Ventil finden.

«Sie wollte nicht, dass du erfährst, wer sie ist, und sie wollte auch nicht wissen, wie ... wie dein Leben verläuft.»

Diese Sätze bringen mich dazu, Halt am Treppengeländer zu suchen.

«Deshalb haben wir uns überlegt, also dein Vater und ich, dass du ... Wir dachten ...»

«Wir dachten, auf diese Art wäre es leichter für dich», springt mein Vater ihr zu Hilfe. «Deine leibliche Mutter wollte sich vollständig heraushalten, und wir entschieden daraufhin, dass es besser wäre, wenn sie gar keine Rolle in deinem Leben spielt.»

Sie wollte mit deinem Leben nichts zu tun haben. Meine Finger kribbeln, und ich balle sie zu Fäusten. *Sie wollte nicht, dass du erfährst, wer sie ist.*

«Ihr hättet es mir trotzdem sagen müssen.»

«Wir haben ...», setzt mein Vater an.

«Ihr hättet es mir sagen müssen!», schreie ich und schiebe flüsternd hinterher: «Ich will sie kennenlernen.»

«Victoria», beginnt George gequält. «Das geht nicht. Das ist es, was wir dir die ganze Zeit zu sagen versuchen. Du kannst sie nicht treffen. Es war eine geschlossene Adoption. Nicht einmal wir haben deine leibliche Mutter kennengelernt.»

«Aber warum hat sie mich weggegeben?»

«Ich würde dir das wirklich gern beantworten, Vic ... Sicher hatte sie ihre Gründe. Und es gibt bestimmt auch Gründe, warum wir nichts darüber wissen.»

Noch mehr Gründe. Sie alle haben Gründe, die sie nicht näher benennen. Wie einfach. Wie bequem.

«Du bist unser Kind, seit du ein kleines Baby warst, Vic. Unser Kind», sagt Alice jetzt. «Ich kann mir vorstellen, dass das alles ein Schock für dich ist, aber ...»

«Gar nichts kannst du dir vorstellen, *Alice*», falle ich ihr ins Wort und bücke mich zum Ordner hinunter. Hastig reiße ich alle Unterlagen heraus, die mit dieser unsäglichen Geschichte in Verbindung stehen, dann drehe ich mich um und gehe so würdevoll, wie mir das eben möglich ist, zurück nach oben.

«Victoria!», ruft Dad mir hinterher. George. «Wir müssen das klären!»

«Ihr wolltet es die letzten neunzehn Jahre nicht klären, und jetzt will ich nicht», brülle ich zurück, schlage meine Zimmertür zu und fühle mich dabei, als sei ich zwölf. Und dann heule ich los, als sei ich drei.

Kapitel 2

Jack hält mich fest, oder er hält mich zusammen, gerade weiß ich das nicht so genau. *Ich bin am Strand,* meinte er vorhin am Telefon. Wenn Jack vom Strand spricht, meint er Ganavan Sands. Wir sind oft hier, um uns zu unterhalten oder einfach aufs Meer zu schauen. Heute stehen wir nur da, während der Wind an uns zerrt und sein T-Shirt meine Tränen aufsaugt.

Irgendwann, nachdem Jack meine wirr dahingestammelten Sätze zusammengesetzt hat, fragt er: «Wie hast du es herausgefunden?»

«Ich habe nach Zeugnissen gesucht», murmele ich gegen seine Brust.

So banal. So unspektakulär. Ich habe mein Abschlusszeugnis für meine Bewerbung für das Edinburgh College of Art gebraucht und die Praktikumsbescheinigung von Caleb Gordon, dem Steinmetz. Die habe ich aber nicht gleich gefunden, also habe ich in den anderen Ordnern gesucht. Hätte ich das nicht getan, würde ich jetzt bei Alice sitzen, bevor sie sich verabschiedet und zur Arbeit in die Bibliothek fährt. Und Dad … George wäre heute nicht zu Hause geblieben.

«Und was steht genau in diesen Unterlagen?»

«Nicht viel.» Ich wische mir eine klebrige Haarsträhne aus dem Gesicht. «Dass die Adoption abgewickelt werden darf. Und ich ab sofort Victoria Buchanan heiße und nicht mehr Victoria S-Punkt.»

«Victoria S-Punkt.»

Jacks Stimme ist anzuhören, dass er darüber jetzt genauso

nachdenken muss wie ich. Wie lautete mein früherer Name? Victoria Smith? Victoria Stewart? Oder vielleicht Scott? Simpson? Und spielt das überhaupt eine Rolle? Es sind nur Buchstaben. Ohne Bedeutung. Ich höre Alice' Stimme. *Du bist unser Kind, Vic. Unser Kind.*

«Sonst steht da nichts weiter?»

«Nein. Es war eine geschlossene Adoption. Das heißt, meine leibliche Mutter wollte verhindern, dass ich jemals vor ihrer Tür stehe und sie frage, warum sie mich einfach weggegeben hat.» Wut steigt in mir auf, nicht zum ersten Mal an diesem Vormittag, aber zum ersten Mal in diesem Zusammenhang.

Ich war etwas, das gestört hat. Etwas, das sie in ihrem Leben nicht haben wollte. Wie hat sie danach weitergemacht? Hat sie es vielleicht irgendwann einmal bereut? Hin und wieder? Hat sie sich zwischenzeitlich gewünscht, sie hätte mich nicht aus ihrem Leben entfernt? Und was für ein Leben ist das? Wie wohnt sie? Wie sieht sie aus? So wie ich? Braune Haare, braune Augen, mittelgroß oder eher klein? Nicht wie George, der fast zwei Meter misst, oder die hochgewachsene Alice. Sind meine leibliche Mutter und ich uns ähnlich, äußerlich? Innerlich sind wir es jedenfalls nicht, denn ich würde nie tun, was sie getan hat.

«Du kennst ihre Gründe nicht», sagt Jack in diesem Moment, als hätte er meine Gedanken verfolgt. «Du weißt nicht, was damals gewesen ist.»

«Nein, weiß ich nicht», murmele ich. «Aber ich will es wissen. Und ich will wissen ...»

Ich breche mitten im Satz ab.

«Was willst du noch wissen?», hakt Jack nach.

«Wie es sich anfühlt, sie zu sehen. Ich will wissen, ob es doch eine Bedeutung hat.»

Du bist unser Kind, seit du ein kleines Baby warst, Vic. Unser Kind.

Das mag stimmen, aber etwa neun Monate lang war ich das Kind einer anderen. Hat sie mich da schon weghaben wollen? War es zu spät für eine Abtreibung?

Verflucht!

«Was ist?», fragt Jack.

Keine Ahnung, wie, aber er merkt immer, wenn sich irgendetwas in mir verändert. Und den Beweis dieser Gabe erbringt er jetzt einmal mehr, weil er sogar dann, wenn alles in Aufruhr ist, mitbekommt, dass ein Gedanke gerade noch ein wenig grausamer war als all die Gedanken zuvor.

«Ich könnte tot sein, weißt du?», flüstere ich. «Wenn sie mich weggemacht hätte.»

«Vic.» Jack tritt einen Schritt zurück und umfasst meine Arme. «Du weißt nicht, ob sie darüber überhaupt nachgedacht hat.»

«Das stimmt. Ich weiß gar nichts über sie. Nur dass sie mich anscheinend unerträglich fand.»

«Hey», sagt Jack sanft. Sein Blick brennt sich in meinen. «Das kannst du nicht wissen, okay? Bestimmt hatte sie ihre Gründe. Vielleicht ist es etwas, das du sogar irgendwie verstehen kannst. Vielleicht ist sie arm oder lebt auf der Straße, vielleicht wollte sie nur eine bessere Zukunft für dich ...»

Jack redet noch weiter, doch die Worte treiben an mir vorbei. Schon wieder Gründe. Gründe, die ich nachvollziehen könnte – gibt es so etwas? Vielleicht hat sie ja meinen Vater gehasst und wollte durch mich nicht an ihn erinnert werden. Vielleicht ... In mir zieht sich alles zusammen.

Ich *muss* es wissen. Ich muss unbedingt wissen, was damals gewesen ist, denn all das, was sich jetzt in meinem Kopf befindet, ist einfach zu viel.

«Vic?» Jack mustert mich mit seinem unverletzten Auge, halb verdeckt durch die dunklen Haare, die ihm in die Stirn fallen. Sein anderes Auge ist noch immer zugeschwollen – dafür trägt sein älterer Bruder Callan die Verantwortung. Er hat sich zwar entschuldigt, wie Jack mir gestern erzählte, aber jedes Mal, wenn ich mir vorstelle, wie Callan auf den schlafenden Jack losgeht, ist mir das völlig egal.

Mit einem leichten Kopfschütteln schiebe ich diesen Gedanken zur Seite. «Okay – was soll ich tun? Hast du irgendeine Idee? Wie bekomme ich mehr heraus?»

«Ich schätze mal, du willst jetzt nicht zu dir nach Hause fahren?»

Ich schüttele den Kopf.

«Gut, dann ...», ein Seufzen, «... fahren wir eben zu mir.»

Kapitel 3

Jack wohnt mit seiner Familie in der Nähe des Hafens. Unter der Wohnung befindet sich das *Merry Men*, ein etwas heruntergekommener Pub, der seit Jahrzehnten den Rileys gehört. Jacks Urgroßvater hat ihn damals eröffnet – zu der Zeit ist er um einiges besser gelaufen.

Eigentlich bin ich eher ungern in Jacks Wohnung, seit sein Vater mal sturzbetrunken zu uns ins Zimmer gestolpert ist und mich angestarrt hat, als wäre ich eine Fremde. Dabei war das hier lange so etwas wie mein zweites Zuhause. Doch nachdem Jacks Mum gestorben ist, hat sich vieles verändert.

Als das damals mit seinem Vater passierte, hat Jack ihn am Arm gepackt und rausgeworfen. Es war kurz nach Finnys Geburt. Damals hat Jack ihn noch nicht überallhin mitgeschleppt. Das ist erst so, seit Finny etwa anderthalb Jahre alt ist, weil sich sonst keiner um ihn kümmert. Callan interessiert sich nicht besonders für seinen jüngsten Bruder, und Jacks Vater ignoriert ihn, soweit möglich. Seitdem habe ich oft gedacht, dass Jacks Familie wirklich kaputt ist, und war jedes Mal dankbar für meine Mum und meinen Dad – tja.

Ich folge Jack die Treppe hoch, und trotz allem, was heute geschehen ist, hoffe ich, dass sein Vater nicht zu Hause ist. Ich fühle mich dann einfach wohler. Sicherer. Jack sagt immer, sein Vater sei ein harmloser, alter Säufer, der im betrunkenen Zustand normalerweise nur schlafe, doch ich bekomme diesen irren Blick nicht mehr aus meinem Kopf, mit dem er mich damals angestarrt hat.

«War Fin heute Morgen eigentlich dabei, als du mit deinen Eltern geredet hast?», will Jack wissen, während er die Wohnungstür aufschließt.

«Nein, Dad hatte ihn schon in den Kindergarten gebracht. Also – George. Eigentlich wollte er danach zur Arbeit fahren, aber na ja. Du kannst dir ja denken, warum er bei Alice geblieben ist.»

Ich sehe Jack seine Erleichterung darüber an, dass die ganze Geschichte an seinem kleinen Bruder vorbeigegangen ist, und kann ihn verstehen. Finny hat mit seinen vier Jahren wirklich genug Mist erlebt.

In der Wohnung ist alles still. Trotzdem husche ich möglichst leise hinter Jack her, der mir über die Schulter hinweg einen Blick zuwirft.

«Es ist keiner da», sagt er und hat damit mal wieder in meinen Kopf hineingeschaut.

Verlegen erwidere ich sein etwas angespanntes Grinsen, als ich an ihm vorbei sein Zimmer betrete. In dem kleinen Raum gibt es gerade einmal ausreichend Platz für einen Kleiderschrank, einen Schreibtisch und ein Bett.

Ein anderes Ereignis der letzten Stunden schiebt sich plötzlich zurück in mein Bewusstsein, eins, von dem ich bis heute Morgen nicht gedacht hätte, dass es überhaupt nach hinten rutschen könnte.

Jack lässt sich ans Fußende des Bettes fallen und lehnt sich gegen die Wand, so wie meistens, wenn wir bei ihm sind.

Langsam setze ich mich ebenfalls, wie immer ans Kopfende.

Letzte Nacht habe ich kaum geschlafen, weil meine Gedanken sich immerfort um diesen einen Moment drehten, den Moment, in dem ich Jack gestern am Strand geküsst habe. Jack. Meinen besten Freund. Den Menschen, der mir am wichtigsten auf dieser Erde ist, aber eben eigentlich nur mein bester Freund.

Mittlerweile meine ich zu wissen, wie es überhaupt dazu gekommen ist. Er war so ... verwundet. So verletzt, nicht nur körperlich. So fertig von allem, was in den letzten Tagen passiert ist. Die Sache mit Callan und sein unfähiger Vater und das *Merry Men*, um das er sich kümmert, Finny nicht zu vergessen – es schien alles zu viel, und ich wollte ihm so gerne helfen. Warum es mir wie eine gute Idee vorkam, ihn zu küssen, kann ich zwar nicht mehr beantworten, aber ich weiß noch sehr genau, dass es sich richtig angefühlt hat. Seine Lippen auf meinen zu spüren, nur ganz vorsichtig, weil Callan nicht nur Jacks Auge blau geschlagen hat, sondern unter seinen Fäusten auch Jacks Unterlippe aufgerissen ist. Es war ein wirklich, wirklich vorsichtiger Kuss, so behutsam, dass man sich fast fragen könnte, ob er überhaupt stattgefunden hat – wenn ich mich nicht ebenfalls noch daran erinnern würde, was dieser Kuss in mir ausgelöst hat.

Ich reibe mir die Stirn, als könne ich die Bilder dadurch löschen.

Es war ein seltsamer Moment. Ein paar Sekunden wie nicht von dieser Welt. Doch ich werde uns jetzt nicht in die unangenehme Situation bringen, darüber reden zu wollen. Zumal gerade ohnehin ein ganz anderes Thema im Raum steht.

«Also ... was schlägst du vor?», frage ich.

Jack hat seinen Laptop vor sich auf den Schoß gestellt. «Hast du schon nach irgendetwas gesucht?»

Ich schüttele den Kopf.

«Okay, dann ...» Er fängt an zu tippen. Sein unverletztes Auge scannt den Monitor. Mit einer Augenklappe würde er dank seiner etwas längeren, dunklen Haare wie ein Pirat aussehen. Ich mustere sein schmales, markantes Gesicht mit den hohen Wangenknochen und seinen Mund ... die Unterlippe etwas voller als gewöhnlich ...

Verwirrt sehe ich an ihm vorbei zum Fenster hinaus.

Ich weiß, dass Jack gut aussieht – ich bin ja nicht blind, und wir treffen uns fast täglich. Aber das hat nie eine Rolle gespielt. Oder? Ich meine, ich fand es immer nur lustig, wenn Freundinnen mich gefragt haben, ob ich nicht irgendetwas zwischen Jack und ihnen arrangieren könnte – es *war* lustig. Und ich war nie eifersüchtig.

Ich kann das Klicken der Tastatur hören, während ich darüber nachdenke, dass ich allerdings nie wirklich etwas in die Wege geleitet habe. Weil ich Jacks Vertrauen nicht ausnutzen würde – es steht mir nicht zu, ihn mit irgendjemanden zu verkuppeln, und die Freundinnen, die er trotzdem hatte, waren mir immer egal. Wir haben uns ja weiterhin gesehen, und das mit ihm und den anderen Frauen war nie etwas Ernstes.

Moment.

Das habe ich bisher noch nie gedacht. Dass es nie etwas Ernstes war. Warum sollte ich auch? Es spielt doch keine Rolle.

«Hier», sagt Jack, und ich zucke zusammen. «Du hast das Recht, etwas über deine Geburt und die Adoption zu erfahren, wenn du mindestens sechzehn bist. Vorher geht auch, aber dann müssen deine Eltern zustimmen. Deine Adoptiveltern, meine ich.»

«George hat gesagt, das ginge nicht.» Ich atme aus, als ich an das Gespräch von heute Morgen denke. *Gespräch*. Um es so nennen zu können, hätte ich wohl ein wenig leiser reden müssen. «Er hat das mit der geschlossenen Adoption erwähnt und dass es wohl Gründe gibt, warum sich das nicht zurückverfolgen lässt.»

«Hm.» Jack wendet sich wieder dem Laptop zu. «Hier steht, du hast das Recht auf eine Kopie des Adoptionsprotokolls und auf deine originale Geburtsurkunde. Und da müsste dann zumindest der Name deiner Mutter draufstehen. Und du könntest auch die Gerichtsakte beantragen.»

«Gerichtsakte.»

«Steht hier. Man kann einfach anrufen. Du musst denen nur deine Identität bestätigen, und dann kostet es noch fünfzehn Pfund, und sie schicken dir anscheinend alles zu.»

«Blöd nur, dass ich gar keine wirkliche Identität habe.»

«Vic.» Jack sieht auf. «Du kennst die Identität deiner leiblichen Mutter nicht. Aber deine schon.»

«Klar. Ich bin das Adoptivkind von Alice und George Buchanan. Ich habe lediglich keine Ahnung, wer meine wahren Eltern sind oder ob ich Geschwister habe oder ob die alle überhaupt noch leben und ob ...» Meine Stimme versagt.

«Komm her.» Jack schiebt den Rechner zur Seite, als er jetzt zu mir rutscht und einen Arm um mich legt. Mein Kopf sinkt gegen seine Schulter, und eine Weile sitzen wir so da, während mein Herz viel zu schnell schlägt und ich mich nicht so recht entscheiden kann, warum es das tut. Weil ich sogar eine Waise sein könnte. Wäre doch immerhin möglich. Und weil wir hier gerade versuchen, etwas über meine leibliche Mutter herauszufinden. Die Frau, die mich zur Welt gebracht und dann sofort verlassen hat. Und weil wir so dicht nebeneinandersitzen.

Jack duftet nach Jack. Mit geschlossenen Augen könnte ich ihn jederzeit zwischen tausend anderen erkennen.

Ich richte mich auf. Das ist irgendwie ... irritierend. Vielleicht werde ich mit Jack doch irgendwann über gestern Abend sprechen müssen.

Sein Arm liegt noch immer auf meinen Schultern. «Du bist Victoria Buchanan», sagt er in diesem Moment. «Adoptiert von George und Alice Buchanan. Du kennst dein ganzes bisheriges Leben, bis auf ein paar Monate direkt nach deiner Geburt, an die du dich aber sowieso nicht erinnerst. Ich mich an meine ersten Monate jedenfalls nicht. Und wir werden herausfinden, was genau vor deiner Geburt passiert ist, okay?»

«Okay.» Mit dem Kinn weise ich in Richtung Laptop. «Was steht da noch?»

Jacks Arm löst sich, als er den Rechner wieder zu sich zieht. «Dass in dem Adoptionsprotokoll die Umstände stehen, die zur Adoption geführt haben», sagt er. «Und dass du die Möglichkeit therapeutischer Unterstützung wahrnehmen kannst, wenn du möchtest.»

«Möchte ich aber nicht.»

«Kannst du dir ja noch überlegen», erwidert Jack diplomatisch. «Und dann gibt es noch die Gerichtsunterlagen.»

«Was steht da alles drin?»

«Eine Kopie der Geburtsurkunde, der Adoptionsantrag, eine Einverständniserklärung der leiblichen Mutter und so ein Bericht, der von einer unabhängigen Person verfasst sein muss – einem Anwalt oder so. Hier steht, in den Gerichtsunterlagen findet man letztlich mehr über die Adoptiveltern als über die leiblichen Eltern. Ist aber egal, du brauchst ja fürs Erste nur einen Namen und eine Adresse.»

Er hat recht. Ich brauche nur einen Namen und eine Adresse.

Oder?

Brauche ich das wirklich?

Blöde Frage. Die Alternative besteht darin, so zu tun, als hätte ich diese verfluchten Unterlagen nie entdeckt. Nie Alice und George vorgeworfen, dass sie mir die Wahrheit verschwiegen haben.

Ich ziehe die Knie an die Brust und umschlinge meine Beine.

«Hier steht außerdem, dass in den Gerichtsunterlagen auch der Name deines Vaters festgehalten wird, wenn es dazu Angaben gibt. In der Geburtsurkunde ist er nicht unbedingt eingetragen.»

Der Name meines Vaters.

Ich mustere Jacks Profil, während er sich weiter auf den Text konzentriert, und frage mich, ob ich tatsächlich die Namen meiner leiblichen Eltern herausfinden möchte. Ob ich sie wirklich suchen will. Gerade eben war ich mir noch sicher, doch jetzt, wo Jack mit konkreten ersten Schritten kommt, bin ich es nicht mehr.

«Vic?» Jack sieht mich an.

«Mhm?»

«Du könntest alles jederzeit und immer stoppen, das weißt du, oder?»

«Nicht wirklich. Ich meine ... wenn ich wüsste, wo meine Mutter wohnt ... wo vielleicht sogar beide wohnen, mein Vater und meine Mutter, dann bekäme ich das nie wieder aus meinem Kopf. Und dann *muss* ich da irgendwann hinfahren, ob ich will oder nicht. Und Dad ... George hat gesagt ... er meinte vorhin ...»

«Was meinte er?», fragt Jack, als die Sekunden sich zu dehnen beginnen.

«Na ja, er hat eben gesagt, dass es Gründe gibt, weshalb er und Alice nichts über meine leibliche Mutter wüssten. Und wenn sie es nicht wissen, warum sollte man mir etwas über sie verraten?»

«Weil du mit deiner Mutter verwandt bist und George und Alice nicht», erwidert Jack.

«Aber sie hätten diese Informationen sicher bekommen. Vielleicht hätten sie es mir ja irgendwann erzählen wollen, und dann müssen sie doch wissen ...»

Einmal mehr unterbreche ich mich, um den zersetzenden Gedanken niederzukämpfen, dass George und Alice nie vorhatten, es mir zu sagen. Dass sie mich lieber weiter und immer weiter belügen wollten und dass sie deshalb vielleicht gar nicht mehr nachgehakt haben.

«Wir rufen da an. Dann erfahren wir ja, welche Informationen es gibt und welche nicht», sagt Jack schlicht. «Da steht, es gibt ein Kontaktregister. Man kann entscheiden, ob man angeschrieben werden will oder nicht – immerhin könnte es sein, dass deine Eltern sich irgendwann später noch eingetragen haben, ohne dass George oder Alice davon wissen.»

Das Geräusch eines Schlüssels lässt mich aufhorchen. Genau wie ich hebt Jack den Kopf, als jemand gegen seine Tür klopft.

«Hi!» Callans Stimme. «Ich war beim Bäcker.»

«Okay», erwidert Jack. «Vic ist da.»

Ein paar Sekunden bleibt es still. «Falls ihr Hunger habt – jetzt gibt's wieder Brot», sagt Callan schließlich. Unmittelbar darauf entfernen sich seine Schritte.

Mein Blick huscht zu Jacks blau geschlagenem Auge. Auch wenn Callan sich entschuldigt hat, ist es mir fürs Erste lieber, ihm nicht zu begegnen. Vielleicht war es doch keine so gute Idee, hierherzukommen.

«Du kannst denen auch schreiben», sagt Jack in diesem Moment. «Dann hättest du noch ein bisschen Zeit, dir alles in Ruhe zu überlegen.»

«Meine Eltern sollen möglichst nichts davon erfahren. Alice und George, meine ich.» Herrgott. Muss ich das ab jetzt immer dazusagen? Alice und George?

«Wieso nicht?», will Jack wissen.

Auf diese Frage kann ich nur mit den Schultern zucken. «Wo ist diese Adoptionsstelle überhaupt?»

«In Edinburgh.»

Ausgerechnet. Da werde ich studieren. Also, wenn alles klappt, mein tägliches Mantra wirkt und die Kunsthochschule mich nimmt. In ein paar Monaten könnte ich einfach hinlaufen und persönlich nach dem Namen meiner leiblichen Mutter fragen. *Hi, zufällig weiß ich nichts über die Frau, die mich zur Welt gebracht hat, wenn Sie mir da vielleicht bitte weiterhelfen könnten?*

«Ich ruf lieber an», sage ich.

«Okay.» Jack nickt. «Wann?»

«Jetzt gleich.» Ich zerre mein Smartphone aus der Jackentasche und versuche dabei, Jacks überraschten Gesichtsausdruck nicht zu beachten. «Wahrscheinlich bekomme ich sowieso keine Informationen. Gibst du mir die Nummer?»

Jack dreht den Laptop so, dass die Adresse zu sehen ist. Hastig gebe ich die Telefonnummer ein, bevor ich es mir anders überlegen kann, und als ich plötzlich eine Frauenstimme in der Leitung höre, bin ich so nervös, dass ich kaum mitbekomme, was sie sagt.

«Ähm ... guten Tag», beginne ich unsicher. «Mein Name ist Victoria Buchanan, und ... also ... ich wurde adoptiert und wüsste gern etwas über meine leibliche Mutter.»

«Wie genau kann ich Ihnen da weiterhelfen?», fragt die Frau. «Möchten Sie gern Ihre Gerichtsakten einsehen?»

«Ja, also ... wenn das ginge?»

«Das sollte kein Problem sein. Dazu brauche ich nur Ihren Geburtsnamen, das Datum der Adoption und das Gericht, das sich mit der Adoption befasst hat.»

Es dauert einige Sekunden, bis ich feststelle, dass ich nichts davon beantworten kann. «Ich glaube, das weiß ich alles nicht.»

«Liegt Ihnen bereits Ihre Originalgeburtsurkunde vor?»

«Nein.»

«Dann müssen Sie die zuerst beantragen. Dazu müsste ich Sie mit einer Kollegin verbinden, einen Moment ...»

Irgendein Popsong ertönt, und ich lasse das Handy sinken.

«Was ist?», fragt Jack. «Was hat sie gesagt?»

Ich schüttele nur den Kopf, weil bereits eine neue Stimme zu hören ist. «Guten Tag, mein Name ist Samantha Mitchell, wie kann ich Ihnen helfen?»

«Ich ... also ich hätte gern meine Originalgeburtsurkunde – ich wurde adoptiert», füge ich schnell hinzu.

«Sicher, dann würde ich eine Kopie Ihres Ausweises benötigen. Sie können mir die per Post oder per Mail schicken oder auch faxen.»

«An welche Mailadresse?»

«Adoptions at ...»

«Moment, ich brauche was zu schreiben!»

Jack springt auf, und Sekunden später notiere ich mir die Mailadresse auf dem Block, den Jack mir zusammen mit einem Kugelschreiber hingehalten hat.

«Können Sie mir die Urkunde direkt per Mail schicken?», frage ich.

«Nein, das ist leider nicht möglich. Ich kann Ihnen die Geburtsurkunde nur an die Adresse schicken, die auf Ihrem Ausweis steht.»

«Okay.» Dann werde in den nächsten Tagen eben ich die Post hereinholen. «Ich schicke Ihnen die Kopie jetzt gleich.»

«Sehr schön, ich freue mich, von Ihnen zu hören. Alles Gute.»

Die Worte der Frau hallen noch in meinem Kopf nach, während ich ein Foto meines Ausweises mache und anschließend mein Mailprogramm aufrufe. *Alles Gute*. Wieso denn alles Gute? Als wäre ich krank oder so. Aber irgendwie ist es ja auch ein krankhafter Zustand, adoptiert zu sein. Zumindest wenn man es so erfährt wie ich.

Augenblicke später lasse ich das Smartphone sinken und blicke zu Jack. «So», sage ich und lächle etwas bemüht. «Das war's.»

«Ich glaube, es fängt jetzt erst an», erwidert Jack, dann lächelt auch er, vielleicht weil er die Welle der Angst, die mich in diesem Moment ergreift, spüren kann. «Aber es wird alles gut. Wir schaffen das, okay?»

Ich nicke. Mir ist schlecht.

Kapitel 4

Sinclair.

Ich hieß einmal Victoria Sinclair. Nur ganz kurz, nur für einige Wochen, bevor ich zu Victoria Buchanan wurde.

Der Brief mit der Geburtsurkunde befindet sich in meiner Schreibtischschublade, in der einzigen, die sich abschließen lässt. Vom Bett aus starre ich bereits seit dem Aufwachen diese Schublade an und denke über all die Fragen nach, die sich aufgrund ihres Inhalts neu aufgetan haben.

Victoria Sinclair ist die Person, die ich gewesen wäre, hätte meine Mutter mich damals behalten. Der Name fühlt sich fremd an. Ich bin Victoria Buchanan. Das klingt nach Familienausflügen und Kindergeburtstagen und nach einer Mutter, die ihrer Tochter abends vorgelesen hat.

Doch Victoria Sinclair – wer ist das? Es könnte eine Person sein, die Mathematik liebt und gern früh aufsteht. Eine, die schon seit einem Jahr studiert und sich nicht ewig mit dem Portfolio für die Bewerbung an der Kunsthochschule Zeit gelassen hat. Eine selbstbewusste Person, die vielleicht ein Pferd hat. Vielleicht studiert Victoria Sinclair Physik oder Medizin und könnte die Faszination, die ich für die Arbeit mit Steinen empfinde, weil ich immer und überall Figuren und Formen darin zu erkennen meine, nicht einmal im Ansatz nachvollziehen.

Niemand wird es je erfahren. Victoria Sinclair hat sich leider nach nur drei Monaten in Luft aufgelöst. Übrig geblieben ist Victoria Buchanan, genannt Vic.

Ob etwas von Victoria Sinclair zurückkehrt, sollte ich jemals meiner Mutter gegenüberstehen? Sie kennt Victoria Buchanan nicht.

An diesem Punkt meiner Überlegungen angekommen, schlage ich unwillig die Decke zurück und schwinge die Beine aus dem Bett. Ich bin genervt von mir selbst. Erstens weil ich nicht aufhören kann, über all das nachzudenken, und zweitens weil ich mich dabei dauernd in Sackgassen manövriere.

Ja, meine leibliche Mutter kennt Victoria Buchanan nicht.

Nur kennt sie leider auch Victoria Sinclair nicht. Victoria Sinclair ist niemand, nicht mehr als ein Hirngespinst.

Ganz davon abgesehen kenne ich umgekehrt meine Mutter nicht und werde sie auch nie kennenlernen, denn ihr Name steht im Gegensatz zu meinem nicht auf der Geburtsurkunde.

Ich suche mir Klamotten aus dem Schrank und öffne die Zimmertür, um ins Bad zu gehen.

Arme Victoria Sinclair. Es hat einfach nie jemand wissen wollen, was aus dir geworden wäre.

«Guten Morgen. Hast du gut geschlafen?», begrüßt Alice mich, als ich nach unten komme.

Sie sitzt mit einer Tasse Kaffee am Esstisch. Sie hat mir Tee gekocht, und der Duft des Kaffees vermischt sich mit meinem Earl Grey, als ich mir jetzt eine Tasse davon einschenke.

«Mhm», erwidere ich unverbindlich und setze mich zu ihr.

Wir haben dieses Ritual beibehalten, das schon so lange existiert, obwohl es sich in den letzten Tagen hölzern und unecht angefühlt hat, weil ich nun mal inzwischen weiß, dass das hier kein trautes morgendliches Zusammensein zwischen Mutter und Tochter ist.

Es mag ungerecht sein, so darauf herumzureiten, doch es gelingt mir einfach nicht, es so zu sehen wie früher.

Ich weiß, sie wartet darauf, dass ich endlich einlenke und wir noch einmal über alles sprechen. Natürlich wäre es wichtig, und ich will es ja auch. Nur habe ich keine Ahnung, was genau gesagt werden könnte, um diese Enttäuschung in mir aufzulösen – nein, Enttäuschung ist nicht das richtige Wort. Gibt es einen Begriff, der das Gefühl ausdrückt, wenn man entdeckt, dass das eigene Leben auf Lügen basiert? Totale Desillusionierung vielleicht. Ich bin ein Kaninchen, das jemand aus einem Hut gezogen hat und das sich jetzt fragt, wo genau es eigentlich herkommt.

«Hast du deine Zeugnisse inzwischen nachgereicht?», fragt Alice in die Stille hinein.

«Ja, hab ich.»

«Dann werden sie sich sicher bald bei dir melden.»

Sonnenstrahlen, die durchs Fenster fallen, verleihen dem Tisch an einigen Stellen einen honigfarbenen Schimmer. Ich schiebe meine Tasse ins Licht, und die blassrote Keramik leuchtet auf. Der Gedanke, dass vor einigen Tagen die Frage, ob das Edinburgh College mich nehmen wird, das Wichtigste in meinem Leben war, ist seltsam.

Mittlerweile fällt es mir leichter, Alice beim Vornamen zu nennen. Ich weiß, dass sie das trifft, doch ich kann es nicht ändern. Sie haben mich auch getroffen und dabei schlimmer verletzt.

Alice verändert ihre Sitzposition. «Vic ...», beginnt sie, sucht nach Worten und umfasst schließlich ihre Kaffeetasse. «Können wir bitte ...»

«Ich fahre heute zu Caleb», unterbreche ich sie und rücke meinen Stuhl wieder zurück.

Alice’ Mund steht noch ein paar Sekunden offen, dann atmet sie aus. «In Ordnung.»

Meinen Tee nehme ich mit, als ich zurück in mein Zimmer gehe. Ich wünschte, Alice würde nicht immer wieder versuchen, das Thema anzuschneiden, denn mittlerweile fühle ich mich grausam, weil ich sie jedes Mal ausbremse. In den letzten Monaten habe ich nach WG-Zimmern in Edinburgh gesucht, aber jetzt bin ich zum ersten Mal in meinem Leben tatsächlich auch davon überzeugt, dass eine eigene Wohnung unbestreitbare Vorteile hätte.

Ich stehe mit meinem Earl Grey am Fenster. Zwei Mädchen mit Schulranzen auf dem Rücken laufen an unserem Hoftor vorbei.

Es ist noch zu früh, um zu Caleb zu gehen. Vor einiger Zeit wollte er mir einen Schlüssel für die Werkstatt geben, aber das hat er wieder vergessen. Ich habe nie nachgefragt, denn der Laden ist von zehn Uhr morgens bis in den späten Abend hinein geöffnet, und seit meinem Praktikum kann ich kommen und gehen, wann ich will. Der Arbeitsplatz, den Caleb damals für mich eingerichtet hat, steht mir jederzeit zur Verfügung. Ich glaube, er hofft ein wenig darauf, das College werde mir absagen – Caleb gefiele es sehr viel besser, wenn ich eine Ausbildung als Steinmetzin bei ihm beginnen würde.

Das war bisher mein Plan B, und ich könnte es mir auch immer noch vorstellen. Sollte ich keinen Platz an der Kunsthochschule bekommen, würde ich mich jetzt allerdings auch in Oban nach einer eigenen Wohnung umsehen, um einen Ort zu haben, an dem ich ungestört über alles nachdenken kann.

Es ist verrückt – normalerweise gehören Alice und George zu den Menschen, an die ich mich wende, wenn ich mich völlig hilflos fühle, doch jetzt?

Ich greife zum Smartphone und tippe eine Nachricht ein.

Die Antwort lässt nicht lange auf sich warten. Wenn Jack nicht gerade schläft oder arbeitet, reagiert er meistens sofort. Umgekehrt halte ich es genauso.

Ich greife nach meinem Autoschlüssel.

Jack hat zurückgeschrieben, er werde zum Strand kommen,

sobald er Finny in den Kindergarten gebracht habe, doch als ich Ganavan Sands erreiche, ist er noch nicht da. Es ist menschenleer. Um diese Uhrzeit sind alle in ihren Büros, in der Schule oder noch im Bett.

Es ist fast halb neun, und die Sonne hatte bereits mehrere Stunden Zeit, den Horizont hinaufzuwandern. Das Meer breitet sich ruhig und schimmernd blau vor mir aus, nur müde lecken die Wellen am hellen Sand, als seien sie noch gar nicht richtig wach. Es weht ein leichter Wind, der einen schwachen Duft von Tang mit sich trägt; es riecht so, wie ich mich fühle, wenn ich auf den Ozean blicke. Gleichzeitig nach Freiheit und als sei ich hier zurückgelassen worden. In Edinburgh werde ich das vermissen.

Ich ziehe meine Jacke vor der Brust zusammen und schlendere über die steinerne Rampe zum Strand hinunter. Es gibt einiges, das ich vermissen werde, nicht nur den Duft des Meeres. Jack zum Beispiel. Unvorstellbar, ihn nicht mehr jeden Tag zu sehen – niemand steht mir näher als er. Nur mit Alice und George verbindet mich ähnlich viel.

In eine Familie wird man hineingeboren. Vielleicht denkt man manchmal, man hätte mit diesen Menschen gar nicht so viel zu tun, wäre man nicht zufällig miteinander verwandt, aber, ob man will oder nicht, es gibt da dieses Band, das wohl nur unter Schmerzen zerrissen werden kann. Kurz nach dem Tod seiner Mutter habe ich Jack vorgeschlagen, er solle einfach Finny nehmen und zu uns ziehen; weg von seinem Vater, der doch ständig immer nur betrunken war. Jack hat mich entgeistert angesehen und dann aufgelacht. Danach habe ich dieses Thema nie wieder angeschnitten und mich sogar ein wenig dafür geschämt, es überhaupt versucht zu haben. Denn ich habe es verstanden. Jacks Familie hat mit meiner eigenen wenig gemein, doch es ist nun mal seine Familie. Und auch wenn ich mir nicht habe vorstellen können, dass man einen Mann wie Mr Riley überhaupt lieben kann, so tut Jack wohl genau das, obwohl er aufgehört hat, ein Vater zu sein.

Und ich liebe Alice und George. Immer noch. Trotz allem. Zwei Menschen, die gar nicht meine wahren Eltern sind. Zwei Menschen, die mich lediglich bei sich aufgenommen haben, weil sie sich ein Kind wünschten. Irgendeins. Und ich kann nichts dagegen tun, nicht einmal ihre Lüge kann meine Liebe zu ihnen zerstören. Es tut nur furchtbar weh, wenn ich daran denke.

Was muss geschehen, damit die Verbindung zwischen Eltern und ihren Kindern wirklich zerstört wird? Wenn es nicht ausreicht, dass ein Mann seine Söhne überwiegend im Alkoholdunst wahrnimmt, und eine Frau ihrer Tochter nur vorspielt, sie sei ihre tatsächliche Mutter?

Wie also konnte meine leibliche Mutter das Band zwischen uns damals durchtrennen? Ist es leichter, wenn man einander noch gar nicht wirklich kennt? Andererseits war ich monatelang ein Teil von ihr. Bedeutet das nichts?

Offensichtlich.

Die Sohlen meiner Sneakers werden vom Salzwasser umspült, so nah laufe ich an der Brandungslinie, doch es ist mir egal, dass meine Füße mittlerweile feucht sind. Hätte ich daran gedacht, Badesachen mitzunehmen, würde ich weit ins Meer hineinwaten, um darin unterzutauchen, ungeachtet der kühlen Temperaturen. Eine Wiedergeburt. Nur müsste ich danach ja doch zurück in mein altes Leben, in dem gerade alles ein wenig verrutscht ist.

«Vic!»

Ich drehe mich um.

Vom Parkplatz winkt Jack mir zu. Er trägt keine Jacke, nur ein schwarzes Shirt zu schwarzen Jeans. Der Wind weht ihm die Haare ins Gesicht, das mittlerweile fast wieder normal aussieht. Die lila Verfärbung um sein Auge herum ist in den letzten Tagen erst zunehmend gelblicher geworden und dann zusammen mit der Schwellung verschwunden; die aufgeplatzte Unterlippe ist verheilt.

Während er auf mich zukommt, muss ich daran denken, dass ich vor wenigen Wochen auf eine mögliche Frage, wen ich in Edinburgh am meisten vermissen würde, Jack genannt hätte. Zu diesem Zeitpunkt wäre ich nicht auf die Idee gekommen, ich könne bereits viel früher etwas vermissen. Geborgenheit. Zugehörigkeit.

Eigentlich war ich der Meinung, in den letzten Jahren immer autonomer und selbstständiger geworden zu sein, bereit, auf eigenen Beinen zu stehen. Aber vielleicht fällt das leichter, wenn man weiß, wohin man zurückkehren kann, sollte etwas schiefgehen. Und jetzt? Möchte ich dringender von zu Hause ausziehen als jemals zuvor, und gleichzeitig wünschte ich, ich hätte es behalten dürfen, das Bild von meinem Zuhause.

«Hi», sagt Jack.

Er kommt vor mir zum Stehen, und ich schließe beide Arme um ihn. Ich umarme Jack immer zur Begrüßung und noch einmal, wenn wir uns voneinander verabschieden. Seit ich zurückdenken kann, gehört das einfach dazu – dass es mir zunehmend schwerfällt, ihn wieder loszulassen, muss er nicht wissen. Jack ist alles, was mir an Zuflucht geblieben ist, doch es erscheint mir unangemessen, mein Bedürfnis nach seiner Nähe zu offensichtlich werden zu lassen. Erstens hat er mit Finny, Callan und seinem Vater genug Menschen, um die er sich kümmern muss, und zweitens will ich nicht riskieren, noch einmal von meinen eigenen Gefühlen so überrollt zu werden wie an diesem einen Abend am Strand, an dem ich Jack geküsst habe. Sobald ich jedoch spüre, wie Jack meine Umarmung erwidert, kann ich das nicht mehr ausschließen, weshalb ich einen halben Schritt zurücktrete und mich dabei hin- und hergerissen fühle. Ihn jetzt anzusehen, bringt mich beinahe dazu zu wünschen, es hätte diesen einen Kuss nie gegeben.

Beinahe.

Er war zu perfekt, um ihn wirklich ganz aus meiner Erinnerung streichen zu wollen.

«Ist alles in Ordnung?», fragt Jack.

«Ja, ich musste nur mal raus. Es fällt mir schwer, zu Hause einfach weiterzumachen wie immer.»

Jack mustert mich einen Moment, dann schiebt er die Hände in die Hosentaschen und nickt in Richtung der Felsen weiter hinten. «Laufen wir ein Stück?»

«Okay.»

«Du musst ja nicht so weitermachen wie immer», sagt er, während wir über den Strand schlendern.

«Doch, irgendwie schon. Was soll ich denn sonst tun?»

«Rede mit Alice und George über das Ganze.»

«Dadurch verändert sich doch nichts.»

Während wir so nebeneinanderher gehen, passen sich unsere Schritte einander an.

«Ganz egal, was ich oder Alice oder George sagen oder auch tun, sie steht trotzdem immer zwischen uns, ihre Lüge. Ich würde so gern fühlen, dass es gar nicht so viel bedeutet, aber ich tu's nicht, verstehst du? Ich sehe sie an und denke: Zufall. Reiner Zufall, dass ihr es geworden seid und nicht irgendjemand anders. Ja, sie haben sich um mich gekümmert, wie man sich um seine Tochter kümmern sollte, und ich liebe sie auch, aber ...» Ich spreche nicht weiter.

«Was ist mit deiner leiblichen Mutter?», sagt Jack in die Hilflosigkeit hinein, die sich in mir aufzubauen beginnt und mir den Zugang zu jedem weiteren Wort abschneidet. «Du wolltest sie doch suchen. Vielleicht würde das etwas verändern.»

«Meine leibliche Mutter», murmele ich und starre auf meine

Füße. Der hellgraue Stoff meiner Turnschuhe ist dunkel vor Nässe. «Sie wollte nicht, dass ich sie finde, Jack.» Sie wollte es so wenig, dass sie entsprechende Vorkehrungen getroffen hat. «Es gibt keinen Eintrag von ihr im Kontaktregister. Ihr Name steht nicht einmal auf meiner Geburtsurkunde.»

«Bleiben immer noch die Gerichtsakten.»

«Nein, verstehst du nicht? Sie wollte mich absolut und vollkommen aus ihrem Leben entfernen.»

Jack schweigt so lange, bis ich einen Blick zur Seite werfe.

«Die Frage ist doch – was willst *du*?» Er bleibt stehen. «Das eine ist das, was deine Mutter wollte. Aber was willst du, Vic? Wenn du sie finden willst, dann ist es dein Recht, sie zu finden. Ihre Entscheidung von damals ist nicht automatisch die richtige, nur weil sie sie zuerst getroffen hat – das, was du willst, hat genauso seine Berechtigung.»

Ich erwidere seinen ernsten Blick. «Was, wenn sie vor mir steht und mich ... mich schrecklich findet?», sage ich so leise, dass das Rauschen der Wellen meine Worte fast verschluckt. «Es schrecklich findet, dass ich sie gefunden habe?»

Und was, wenn ich sie schrecklich finde?

«Dann weißt du das zumindest», sagt Jack nach einigen Sekunden. «Und etwas zu wissen, ist letztlich leichter zu ertragen, als sich ständig alles Mögliche vorzustellen.»

«Da bin ich nicht so sicher.»

«Doch, weißt du ...»

In der Pause, die jetzt entsteht, versuche ich in Jacks Gesicht zu lesen, ohne auch nur ansatzweise zu erfassen, nach welchen Sätzen er gerade sucht.

«Als meine Mutter damals ins Krankenhaus kam, ging alles so schnell ... Dad hatte uns noch gesagt, er würde anrufen, bevor er mit ihr losgefahren ist, doch er rief nicht an. Er rief einfach nicht an, und irgendwann hat Callan versucht, etwas herauszufinden, und die ganze Zeit stand im Raum, dass etwas wirklich Schlimmes passiert ist. Und als Callan dann Dad am Telefon hatte und wir erfuhren, dass wirklich etwas Schlimmes, etwas unfassbar Schlimmes passiert war, da war diese Wahrheit wie eine Wand. Wir sind dagegengekracht, so hart, dass es uns die Luft zum Atmen genommen hat, aber noch weiter ins Unendliche kreiseln konnten wir danach nicht mehr. Es konnte nicht schlimmer werden, verstehst du? Das Allerschlimmste *war* passiert, und das, was ich vorher gefühlt habe, diese Angst ... hatte ein Ende.» Er atmet aus und schüttelt den Kopf. «Was ich sagen will – Angst zu haben, ist genauso schlimm wie die Wahrheit. Sie ist sogar schlimmer, denn sie hört nie auf. Und die Wahrheit ist manchmal sogar das schlimmstmögliche Ende, aber danach geht es weiter.»

Ich starre Jack an. Er redet nie über seine Mutter, nie. Es liegt etwas Abwehrendes in seinen Augen, und ich ahne, wie sehr er mit sich selbst kämpfen musste, um mir das zu erzählen.

«Was, wenn in den Gerichtsakten auch nichts über sie steht?», frage ich schließlich.

«Dann überlegen wir neu.»

«Okay.» Ich nicke. «Okay.»

Kapitel 5

Der Umschlag mit den Gerichtsakten trifft ausgerechnet an dem Tag ein, an dem Alice früher aus der Bibliothek zurückkehrt. Sie hat sich schon morgens ein wenig unwohl gefühlt, und sie erreicht so punktgenau das Gartentor, dass der Briefträger ihr die Post direkt in die Hand drückt, statt sie einzuwerfen.

Ich sehe sie die Umschläge durchgehen, während sie den Weg zur Haustür hochkommt, und als sie plötzlich innehält und sich ihr Gesichtsausdruck verändert – von erschöpft und ein bisschen leidend hin zu verwirrt und erschrocken –, trete ich von meinem Zimmerfenster zurück. Scheiße. Seit fast zwei Wochen lauere ich auf eine Antwort, und dann fällt sie heute doch tatsächlich Alice in die Hände. Ich bin sogar so vorsichtig gewesen, die Post nicht jeden Tag auf den Küchentisch zu legen, sondern habe sie oft nur durchgeschaut und dann zurück in den Briefkasten geschoben, damit niemand Verdacht schöpft. Und jetzt das.

Ein Schlüssel dreht sich im Türschloss, die Haustür wird geöffnet, und Schritte sind zu hören, nur schwach gedämpft durch den dünnen Teppich, der in der Diele über den Holzbohlen liegt. Dann etwas lauter auf der Treppe.

Augenblicke später klopft es gegen meine Zimmertür.

«Ja?»

Alice hat sich zwar die Zeit genommen, ihre Schuhe abzustreifen, doch sie trägt noch den Mantel, mit dem sie heute Morgen aus dem Haus gegangen ist. «Vic ...» Unschlüssig verharrt sie einen Moment, dann atmet sie tief durch. «Da war ein Brief für dich im Briefkasten.»

Ich greife nach dem dicken, grauen Umschlag und trete wieder einige Schritte zurück. *National Records of Scotland Adoption Unit*. Deutlicher kann man es wohl nicht machen.

«Erzählst du mir, was das ist?», fragt Alice trotzdem, und ganz kurz überdenke ich die Option, einfach zu verneinen. Auf dieses Gespräch hätte ich mich gern vorbereitet.

«Wonach sieht es denn aus?», erwidere ich stattdessen, bemüht, dabei nicht allzu abweisend zu klingen.

Alice setzt sich auf mein Bett, die Hände im Schoß gefaltet. Die Nervosität steht ihr so offensichtlich ins Gesicht geschrieben, dass es mir das Herz zusammenzieht. Frag doch bitte einfach nicht weiter, bitte.

«Du möchtest wissen, wer deine ... deine leiblichen Eltern sind.»

Ich nicke nur. Inzwischen stehe ich wieder beim Fenster und damit so weit von Alice entfernt, wie der Raum es zulässt.

«Aber», sagt Alice hilflos, «hätten wir nicht zuerst noch einmal miteinander sprechen können?»

«Worüber denn?»

«Zum Beispiel darüber, wie wir nun weiter vorgehen?»

«Kann ich das nicht selbst entscheiden?»

Alice hebt hilflos eine Hand. «Natürlich ist es letztlich deine Entscheidung, aber ... es wäre schön gewesen, du hättest es uns wenigstens gesagt. Dass du Kontakt zu deiner leiblichen Mutter aufnehmen möchtest.»

Die Überwindung, die Worte *deine Mutter* auszusprechen, ist ihr anzuhören.

«Es wäre auch schön gewesen, ich hätte nicht nur rein zufällig mitbekommen, dass ich meine Mutter gar nicht kenne.»

«Vic ...» Alice senkt den Kopf, sieht jedoch schnell wieder auf, als wolle sie vermeiden, in irgendeiner Form schuldbewusst zu wirken. «Wir haben es dir doch erklärt. Dein Vater und ich haben so oft darüber gesprochen … Hätte deine leibliche Mutter im Zuge der Adoption nicht so unmissverständlich klargemacht, dass sie … dass sie keinen Kontakt zu dir möchte, dann hätten wir dir von ihr erzählt. Das hätten wir getan.» Ihr Tonfall verändert sich, wird eindringlicher, fast schon beschwörend. «Es tut mir leid, wie schmerzhaft das jetzt alles für dich ist, aber wir hielten es damals wirklich für das Beste. Wir dachten, wir könnten dir damit all die Fragen ersparen, auf die es keine Antworten gibt.»

Der Umschlag in meiner Hand knistert, so fest umklammere ich ihn. Vielleicht enthält er ja doch ein paar Antworten.

Alice' Blick huscht zu dem Brief. Dass er sie beunruhigt, ist nicht zu übersehen, und für einen Moment schließe ich die Augen. Mir ist danach, sie anzuschreien, und es kostet mich einiges, es nicht zu tun. Das wäre völlig bescheuert. Oder vielleicht wäre es auch genau das Richtige und durchaus angemessen, was weiß denn ich. Ich war in meinem Leben noch nicht in dieser beschissenen Situation.

«Wollen wir den Brief zusammen öffnen?», fragt Alice leise.

«Nein», erwidere ich knapp.

«Es würde vielleicht helfen, alles gemeinsam durchzustehen.»

«Es würde helfen, wenn du aufhören würdest, dich einzumischen. Du hattest diese Chance. Jahrelang. Jetzt ist es … meine Sache.» Ich sage das so ruhig, wie es mir möglich ist.

Doch genauso gut hätte ich wohl meinem ersten Impuls nachgeben und einfach losschreien können, denn Alice steht auf, blass im Gesicht. «Natürlich», sagt sie tonlos. Unmittelbar vor der Tür dreht sie sich noch einmal um, und ich wappne mich, als ich sie Luft holen sehe, doch kein Wort kommt über ihre Lippen. Dann wendet sie sich endgültig ab und geht.

Ein paar Sekunden lang blicke ich zur Tür, bevor ich mich aufs

Bett setze, genau dorthin, wo Alice gerade saß. Vorsichtig streiche ich den Umschlag glatt, einmal, zweimal.

All die Fragen, auf die es keine Antworten gibt.

Ich schiebe einen Finger unter die Lasche und fühle das Papier reißen. Noch ein Stück. Und noch ein weiteres Stück.

Dann höre ich plötzlich auf und lege den Brief auf mein Bett. Mein Handy liegt auf dem Schreibtisch, und ich tippe Jacks Nummer schon an, während ich mich wieder auf der Matratze niederlasse.

«Hi», sagt er. «Kam eine Antwort?»

«Ja.»

«Was steht drin?»

«Ich hab den Brief noch nicht aufgemacht. Kannst du ... kannst du kommen?»

«Gib mir zwanzig Minuten.»

Es dauert ein bisschen länger, und die ganze Zeit sitze ich nur da und starre auf den halb geöffneten Umschlag, unfähig, irgendetwas anderes zu tun. Als ich endlich Stimmen von unten höre, Jacks und die von Alice, und unmittelbar darauf seine Schritte auf der Treppe, zucke ich vor Schmerz zusammen, weil ich deutlich zu lang völlig verkrampft herumgesessen habe.

Auf sein Klopfen hin springe ich trotzdem auf und öffne die Tür.

«Okay», sagt er und wirft einen Blick auf den Umschlag. «Das ist er also?»

Ich nicke.

«Dann los.» Jack lässt sich aufs Bett fallen.

Deutlich langsamer setze ich mich neben ihn. Meine Hände sind eiskalt, als gelinge es meinem Herzen nicht mehr, meinen Körper mit ausreichend Blut zu versorgen, obwohl es so schnell und heftig schlägt, dass ich es bis in den Hals hinaufspüren kann. Was, wenn sich darin jetzt ein Name befindet? Eine Adresse?

Und was, wenn nicht?

Jack mustert mich fragend. «Soll ich?»

Statt zu antworten, schiebe ich ihm nur das graue Kuvert zu.

Ganz kurz sehe ich ihn zögern, dann greift er danach, und im nächsten Moment ist das Reißen von Papier zu hören. Es sind mehrere Bögen, und als Jack sie entfaltet, schließe ich die Augen.

«Emmeline Rose Sinclair», sagt Jack, und seine Worte fühlen sich an wie ein Stromschlag.

«Es gibt keine Angaben zu deinem Vater, aber deine leibliche Mutter heißt Emmeline Rose Sinclair.»

Meine leibliche Mutter. Die Frau, die mich weitergereicht hat wie einen Fehlkauf. *Ich habe mich umentschieden und will das Kind doch nicht.* Vielleicht war ich ihr zu anstrengend. Vielleicht war ihr schon der bloße Gedanke an ein Leben mit mir zuwider.

«Vic?» Jacks Stimme dringt durch meine giftigen Gedanken.

«Wieso steht der Name nicht auf der Geburtsurkunde, aber in den Gerichtsakten?», frage ich.

«Keine Ahnung.»

«Ist auch eine Adresse dabei?»

«Nein.»

Natürlich nicht. Das beklemmende Gefühl beim Ein- und wieder Ausatmen lässt nicht nach.

«Aber es ist ja ein ziemlich ungewöhnlicher Name – warte mal …» Jack zieht sein Smartphone hervor.

Emmeline Rose Sinclair. Ich weiß nicht, wie oft ich diesen Namen noch denken muss, damit er sich weniger surreal anfühlt. Es könnte eine Figur aus einem Roman sein oder aus irgendeinem Film. Wer heißt denn schon Emmeline Rose Sinclair? Ich habe in meinem ganzen Leben noch nie eine Emmeline kennengelernt, und jetzt ist die erste Emmeline gleich meine Mutter.

«Ich finde mehrere Emmeline Sinclairs in Verbindung mit Schottland. Ein paar fallen gleich weg, weil sie viel früher gelebt haben, und es gibt eine, die ursprünglich aus Neuseeland kommt und vor ein paar Jahren für einige Monate als Au-pair hier gearbeitet hat, eine andere ist 2015 geboren. Und dann gibt es noch eine Emmeline R. Sinclair in Edinburgh.»

Edinburgh. Schon wieder. Wieso befindet sich eigentlich alles in Edinburgh? Mein zukünftiger Studienplatz. Die Adoptionsbehörde. Vielleicht meine leibliche Mutter.

Mittlerweile klingen die Worte *meine leibliche Mutter* genauso absurd wie *Emmeline Rose Sinclair.*

Noch immer halte ich die Augen geschlossen. «Gibt es ein Foto?»

«Ich glaube nicht. Jedenfalls finde ich auf die Schnelle keins. Kein Instagramprofil, nichts Persönliches auf Facebook. Aber eine Adresse hätte ich zu bieten. Könnte sein, dass ihr ein Café gehört – *Chocolate Dreams* heißt es.»

«Ein Café», wiederhole ich. «*Chocolate Dreams.*»

Einfach so. Es gibt eine Adresse. In Edinburgh. Ich könnte jetzt sofort in meinen Fiat steigen und stünde vielleicht noch vor dem Abendessen meiner Mutter gegenüber.

Mir ist danach, mich einzurollen und so klein wie möglich zu machen. Das war alles zu leicht. Vielleicht ist es ja ein Irrtum. Vielleicht heißt meine frühere Mutter gar nicht mehr Sinclair. Sie könnte doch geheiratet haben. Vielleicht hat sie mittlerweile Kinder, die sie sogar behalten wollte.

Gegen das leise Wimmern aus meinem Mund bin ich machtlos, und im nächsten Moment zieht Jack mich an sich. Ich lehne mich gegen seine Brust und gebe dort meinem Impuls von gerade eben nach, kugele mich ein wie ein Igelbaby.

Jack umarmt mich, ohne etwas zu sagen. Meine Wange ruht auf glattem Stoff, ich kann seinen Herzschlag fühlen. Am liebsten würde ich ihn bitten, mich noch fester zu halten, so fest, dass es gerade noch zu ertragen wäre. Als ließe sich dadurch alles Aufgewühlte in mir zur Ruhe bringen.

«Ich könnte einfach hinfahren», murmele ich irgendwann.

«Mhm», brummt Jack.

«Jetzt gleich.»

«Wenn es das ist, was du willst.»

Will ich das? Um darauf eine Antwort zu finden, muss ich mühsam den Teil in mir ausblenden, der Dinge ruft wie: *Auf gar keinen Fall! Sie hat dich weggegeben! Sie will dich nicht sehen!*

«Ich glaube schon», flüstere ich schließlich.

«Jetzt gleich?»

Ich richte mich auf. Jack lässt die Arme sinken. Er sitzt gegen die Wand gelehnt da und erwidert aufmerksam meinen Blick.

«Nein, nicht jetzt», rudere ich zurück. «Das geht mir doch zu schnell, ich will … ich muss mich darauf vorbereiten. Irgendwie.»

«Okay.»

«Vielleicht … ich weiß nicht … vielleicht irgendwann nächste Woche?», frage ich. «Würdest du mitkommen?»

«Sag mir wann, und wir fahren.»

«Oh Gott.» Ich lehne mich neben Jack. «Ich kann da nicht einfach so hinfahren.»

«Doch, das kannst du», erwidert Jack.

«Und wenn es die falsche Adresse ist?»

«Das sehen wir dann.»

«Vielleicht ist es auch die falsche Emmeline Sinclair.»

«Das sehen wir dann», wiederholt Jack.

«Wie willst du das sehen? Wir wissen ja nicht einmal, wie sie aussieht.»

«Wir fragen sie einfach.»

«Jack!» Ich muss lachen, obwohl mir nach Schreien zumute

ist. «Soll ich klingeln und sagen: *Hi, ich bin Victoria, und ich glaube, du bist meine Mutter*?»

«Warum denn nicht?»

Ich stoße Jack den Ellbogen in die Seite, und das nicht gerade sanft. «Du nimmst das nicht ernst!»

«Aber natürlich nehme ich das ernst. Was willst du denn sonst sagen?»

Es ist der unpassendste aller unpassenden Momente, um festzustellen, dass ich den Schwung von Jacks Lippen mag. Immer mochte. Vielleicht hat mein zunehmend panischeres Hirn beschlossen, seine Aufmerksamkeit vorübergehend zu verlagern – allerdings wünschte ich, es hätte sich etwas anderes dafür ausgesucht.

So war es auch neulich abends am Strand. Viel zu wenig Distanz zwischen uns, räumlich und körperlich und überhaupt. Ich versuche, in Jacks Gesicht zu lesen, kann aber nichts anderes darin entdecken als einen fragenden Ausdruck. Weil er mir nämlich eine Frage gestellt hat, erinnere ich mich, und im Gegensatz zu mir nicht damit beschäftigt ist, unpassende Gedanken zurückzudrängen.

Was also würde ich zu Emmeline Sinclair sagen?

«Ich weiß nicht», gebe ich schließlich zu. «Ich weiß nicht, was ich sagen würde. Vielleicht würde ich erst einmal fragen, ob sie überhaupt Emmeline Sinclair ist.»

«Und wenn sie Ja sagt?»

«Dann … dann …» Ja, was dann?

Ein mitfühlendes Lächeln erscheint in Jacks Mundwinkeln, und wenn ich gerade schon das Bedürfnis bekämpft habe, Jack noch ein paar Zentimeter näher zu kommen, so springe ich jetzt auf, weil ich dieses Mitfühlende, wie es nur von Jack ausgehen kann, an ihm bereits geliebt habe, bevor mir klar geworden ist, dass ich ihn gern küssen würde. Noch einmal.

«Vielleicht sollte ich das Ganze einfach wieder vergessen», sage ich und bin nicht sicher, was genau ich damit meine. Den Gedanken, nach Edinburgh zu fahren, oder das Bedürfnis, Jacks Gesicht zwischen meine Hände zu nehmen, mit den Daumen über seine Wangenknochen zu streichen und ihn näher zu mir zu ziehen.

Falls Jack überrascht ist, weil ich so plötzlich vom Bett gesprungen bin, sieht man es ihm nicht an. Die Skepsis steht ihm allerdings deutlich ins Gesicht geschrieben. «Jedenfalls musst du nichts überstürzen», sagt er und beweist damit einmal mehr sein diplomatisches Gespür. «Schlaf einfach noch ein paarmal drüber.»

«Das Problem ist», sage ich, «dass ich nicht einfach so tun kann, als hätte ich nie von einer Emmeline Sinclair gehört. Wenn ich mir vorstelle, in den nächsten Tagen hier herumzusitzen ... Das halte ich nicht aus! Ich fühle mich, als müsste ich mich sofort ins Auto setzen, aber gleichzeitig will ich auf keinen Fall losfahren.»

Jack überlegt. «Und wenn du losfährst, dir aber Zeit lässt?»

«Wie meinst du das?»

«Na ja, es muss ja nicht der direkte Weg sein. Wir könnten ein paar Umwege machen, vielleicht ein paar Übernachtungen einplanen ... Dann könntest du dich noch eine Weile auf das Treffen vorbereiten, wärest aber trotzdem schon in Bewegung.»

Ich mustere Jack. Einfach losfahren, ohne so schnell wie möglich ankommen zu wollen. Umwege. Eine Art Auszeit, die zu der Ausnahmesituation passt, in der ich mich gerade befinde, und sollte ich mir alles noch einmal anders überlegen, kehren wir einfach wieder zurück. Es wäre auch eine Auszeit von zu Hause. Etwas Abstand zu Alice' bittenden Blicken und Georges abweisendem Verhalten, bis ich mir darüber klar geworden bin, wie alles weitergehen kann.

«Wie viel Zeit hättest du denn?», frage ich.

Jack zuckt mit den Schultern. «Wenn ich ein paar Sachen organisiere, vielleicht zwei, drei Tage.»

«Was hältst du von einer Woche? Wir könnten nächsten Montag losfahren.»

«Eine ganze Woche?» Seine Brauen ziehen sich zusammen, während er darüber nachzudenken beginnt. Immerhin hat er ja neben dem Pub noch einen Job in Alfies Reinigung. «Das wird schwierig. Callan kann vielleicht meine Abende im *Merry Men* übernehmen, aber ich weiß nicht, ob Alfie so schnell einen anderen Fahrer findet. Und ich brauche auch noch jemanden, der sich um Fin kümmert.»

«Könnte das nicht Callan …?» Ich unterbreche mich, weil Jack sofort den Kopf schüttelt.

«Keine Ahnung, wie zuverlässig Callan ist. Im Moment gibt er sich Mühe, aber … Mir ist egal, wenn das *Merry Men* mal geschlossen bleibt, aber sollte Callan zum Beispiel vergessen, Fin vom Kindergarten abzuholen – und er müsste ja auch für ihn kochen und ihn zu Bett bringen und so weiter, und außerdem ist Fin momentan auch nicht ganz einfach. Neulich ist er einfach auf die Straße gelaufen, weil er einen Vogel gesehen hat. Man muss ihn im Blick haben.»

Nach all dem, was in den letzten Wochen geschehen ist, würde ich mich auch nicht unbedingt auf Callan verlassen. Normalerweise würde ich einfach Alice fragen, ob Finny für ein paar Tage bei uns wohnen kann. Es wäre nicht das erste Mal, dass er bei uns übernachtet – aber es wäre das erste Mal, dass weder Jack noch ich dabei wären. Und dann gleich für eine Woche …

Jacks Vater? Der ja nun auch der Vater von Finny und Callan ist?

Nein, Blödsinn. Der wäre eindeutig noch weniger geeignet als Callan.

«Und wenn wir Finny mitnehmen?», frage ich.

«Keine gute Idee.»

«Wieso nicht? Wir könnten quer durch die Highlands fahren. Das würde ihm vielleicht sogar Spaß machen.»

Und es gäbe mit Sicherheit weniger Situationen, in denen ich Gefahr liefe, in dem Trost und dem Mitgefühl von Jack etwas anderes sehen zu wollen als eben Trost und Mitgefühl. Noch ein Vorteil.

«Mit ihm wäre es schwieriger, mehrere Nächte im Auto zu übernachten.»

«Ich frage Alice, ob wir den Van haben können. Wenn wir ein paar Matratzen hinten reinlegen ...»

«Lass mich erst mal mit Alfie reden», sagt Jack. «Und wegen Fin ... Vielleicht fällt mir etwas Besseres ein.»

«Okay.»

Das Verhaltene in Jacks Stimme macht deutlich, dass er im Moment noch keinen blassen Schimmer hat, wen er bitten könnte, sich um seinen kleinen Bruder zu kümmern.

«Danke», füge ich hinzu, weil mir in dieser Sekunde endlich auch aufgeht, was ich da von Jack erwarte. Sein Leben ist zwischen Finny, den Lieferfahrten für Alfie und dem *Merry Men* lückenlos eingetaktet, und jetzt verlange ich von ihm, alles innerhalb kürzester Zeit umzuorganisieren.

«Es muss ja auch nicht gleich am Montag sein», sage ich deshalb mit verspäteter Einsicht. «Auf ein paar Tage mehr oder weniger kommt es nicht an.»

«Da bin ich mir nicht so sicher», entgegnet Jack und grinst zum ersten Mal, seit er mein Zimmer betreten hat. «Du siehst aus, als würdest du am liebsten direkt ins Auto springen.»

Vorsichtig erwidere ich sein Lächeln. Er hat recht. Obwohl ich erst seit wenigen Minuten über Jacks Idee nachdenke, bin ich bereits Feuer und Flamme. Einfach ein paar Sachen packen und los – solange ich Emmeline Sinclair nicht genauso schnell gegenüberstehen muss, wie ich mich auf den Weg zu ihr machen möchte, scheint mir diese Fahrt die beste aller Alternativen zu sein.

Jack steht auf. «Ich melde mich heute Abend.»

«Danke. Wirklich.»

Jack jetzt zu umarmen ist okay. Das mache ich schließlich immer, wenn wir uns voneinander verabschieden. Ich presse mein Gesicht in sein Shirt und atme seinen vertrauten Duft ein, bevor ich hastig wieder loslasse. Herrgott, was ist denn nur los mit mir?

Es hängt mit dieser Situation zusammen. Sobald ich irgendwie geklärt habe, was zu klären ist, wird die Sehnsucht nach Jacks Nähe wieder verschwinden. Ich bin gerade einfach bedürftig, weil ... weil ... weil ich plötzlich zwei Mütter habe und gleichzeitig keine richtige mehr.

Jack hat den Druck meiner Umarmung erwidert. «Bis nachher», sagt er jetzt und streicht noch einmal kurz über meinen Arm. «Du kannst dir ja schon mal eine Route überlegen.»

Nachdem er gegangen ist, lege ich eine Hand über die Stelle, die er gerade berührt hat. Es war nur eine winzige Geste, aber sie war ungewöhnlich. Offenbar ist mir mein aufgelöster Zustand anzusehen.

Und was genau bedeutet es, dass in diesem Augenblick der Wunsch in mir aufflackert, Jack möge jemanden finden, bei dem er Finny unterbringen kann, obwohl ich seinen kleinen Bruder wahnsinnig gern mag und mir der Name Emmeline Rose Sinclair noch immer die Luft aus den Lungen presst?

Ich werfe mich zurück aufs Bett. Die Route, die wir nehmen werden, ist mir völlig egal, aber ich sollte mir wohl überlegen, wie ich Alice und George beibringe, dass ich mich bereits am Montag auf den Weg machen werde.

Kapitel 6

In den letzten Tagen verliefen die Abendessen zu Hause eher schweigsam, und die wenigen Gespräche, die zwischen Alice und George stattfanden, fühlten sich aufgesetzt an. Ich habe Antworten geliefert, wenn sie Fragen gestellt haben, aber überwiegend habe ich über alles Mögliche andere nachgedacht, zum Beispiel, wie meine Abendessen ausgesehen hätten, wäre ich Victoria Sinclair geblieben, oder wer dann hier an meiner Stelle auf einem Stuhl am Esszimmertisch sitzen würde.

Heute jedoch habe ich ein Anliegen, und dass es in den ersten Minuten, nachdem wir uns zusammengesetzt haben, still bleibt, liegt daran, dass ich das Gefühlswirrwarr aus Nervosität, Unbehagen, schlechtem Gewissen und der noch immer in mir schwelenden Enttäuschung nicht ausreichend genug aufgelöst bekomme, um die richtigen Worte zu finden. Ich will nicht so künstlich unbeschwert klingen wie Alice, wenn sie von ihrem Tag in der Bibliothek berichtet, ich will aber auch nicht vorwurfsvoll oder angriffslustig rüberkommen. Das, was ich zu sagen habe, wiegt so schwer, dass selbst die unausgesprochenen Worte mich inwendig zu erdrücken scheinen. Keine Ahnung, wie Alice und George darauf reagieren werden und ob die Frage nach dem Van sich danach überhaupt noch stellt.

«Also, wie war euer Tag so?» Es ist immer Alice, die zuerst das Wort ergreift.

«Gut.»

Das ist Georges übliche Reaktion, an die er bisweilen noch einige Sätze anhängt. Gestern hat er erzählt, demnächst stünden wieder Mitarbeitergespräche an, heute jedoch belässt er es bei dieser sparsamen Antwort.

«Wie schön.» Besteck kratzt über Keramik, und ein dumpfes Geräusch ertönt, als George seine Kaffeetasse zurück auf den Tisch stellt.

«Das Leseförderprogramm wird toll angenommen», erklärt Alice nach einigen Minuten ungefragt. «Wir haben eine ganze Reihe an Neuanmeldungen.»

«Mhm», erwidert George nicht unfreundlich, ohne dass ihm offenbar mehr zu dieser Mitteilung einfallen würde.

«Wir wollen ...»

«Ich werde mit Jack nach Edinburgh fahren, um dort meine leibliche Mutter zu treffen.»

Alice und ich haben gleichzeitig zu reden begonnen. Ihr Mund steht noch offen, nachdem ich meinen Satz ausgesprochen habe.

George legt vorsichtig Messer und Gabel beiseite, fast als sei ein Unglück zu erwarten, behielte er beides in der Hand. «Wie bitte?», sagt er.

Ich weiche seinem Blick nicht aus. «Wir wollen am Montag los», sage ich, und mir ist bewusst, dass ich damit seine eigentliche Frage nicht beantwortet habe. *Wieso um alles in der Welt willst du jetzt zu dieser Frau fahren?*

Erklärt sich das nicht von selbst?

Sekunden verstreichen, während wir uns ansehen.

«Ich wusste gar nicht, dass du mittlerweile weißt, wo ... wo sie wohnt.» Es fällt Alice sichtlich schwer, einen Begriff für Emmeline Sinclair zu finden.

«Wir sind nicht hundertprozentig sicher, dass es die richtige Adresse ist. Aber ihr Name stand in den Gerichtsunterlagen, und es ist ein ziemlich ungewöhnlicher Name, also ...»

«Ah», erwidert Alice schwach.

«Was erhoffst du dir von diesem Treffen?», fragt George.

«Ich weiß es nicht», erwidere ich. «Ich will sie einfach kennenlernen.»

«Sie hat sich neunzehn Jahre lang nicht um dich gekümmert», beginnt George, und Alice räuspert sich nervös. «Sie hat nie nach dir gefragt, nie angerufen, nie auch nur eine Karte zu deinem Geburtstag geschrieben oder sich zumindest mal ins Kontaktregister eingetragen.»

Aha. Wenigstens das haben sie im Blick behalten.

«Ich begreife nicht, was du von dieser Person erwartest.»

«Ich erwarte gar nichts», gebe ich zurück. «Ich will sie nur treffen.»

«Aber warum?»

Keine Ahnung, was mich in diesem Moment mehr ärgert. Dass ich die Frage nicht klar beantworten kann oder dass George sie überhaupt stellt. «Es kann dir doch völlig egal sein, warum. Ich will sie sehen, und das ist auch mein gutes Recht.»

«Natürlich willst du sie kennenlernen», kommt Alice einer Antwort von George zuvor, der bereits Luft geholt hat. «Damit haben wir auch gerechnet.» Sie legt George eine Hand auf den Arm und bemüht sich um ein Lächeln. «Hast du schon mit ihr gesprochen?»

«Nein.»

«Dann ... willst du sie vorher anrufen?»

«Nein, ich ... ich denke, ich fahre einfach hin. Ich wollte mich ja ohnehin in Edinburgh nach einem Zimmer umsehen – vielleicht verbinde ich das einfach.»

Lässig. Ich fahre nach Edinburgh, suche schon mal eine WG, falls das College mich nimmt, und treffe mich nebenbei mit meiner leiblichen Mutter.

«Ich weiß nicht, ob das so eine gute Idee ist.» Alice' Hand ruht noch immer auf Georges Unterarm. «Es wäre vielleicht nicht schlecht, wenn sie sich auch ein wenig darauf vorbereiten könnte.»

«Nein, es ist … Ich will ihre erste Reaktion sehen.»

Seit mir die Adoptionsunterlagen in die Hände geraten sind und dem sich daran anschließenden Streit habe ich nicht mehr so viel von meinen Gefühlen preisgegeben.

Alice schließt für einen Moment die Augen, dann lässt sie George los und streckt mir über den Tisch hinweg beide Hände entgegen. «Wie können wir dir dabei helfen?»

Gar nicht, möchte ich spontan erwidern, doch das wäre gelogen, und nicht nur wegen des Vans. «Ihr könntet mich das einfach machen lassen», erwidere ich leise und höre George ausatmen.

«Sollen wir zusammen nach Edinburgh fahren?», fragt Alice.

Kurz denke ich darüber nach, dann schüttele ich den Kopf. «Ich habe lieber Jack dabei.»

«Aber …», beginnt George, doch Alice fährt ihm dazwischen.

«Ich bin sicher, Jack wird dir eine große Stütze sein», sagt sie und fügt nach einer Pause hinzu: «Solltest du es dir noch einmal anders überlegen, kommen wir jederzeit mit.»

Noch immer liegen ihre Hände vor mir auf dem Tisch, so auffordernd wie ihr bittender Blick jeden Morgen, und vielleicht ist das der Grund, warum ich mich nicht überwinden kann, sie zu ergreifen.

«Wir wollen nicht direkt nach Edinburgh», sage ich, «sondern wir lassen uns Zeit.»

«Das heißt, ihr fahrt am Montag nicht direkt durch?»

«Genau.»

«Du hast dann die Möglichkeit, dich auf diese Begegnung vorzubereiten.» Darüber scheint Alice kurz nachzudenken. «Das ist gut. Wie wollt ihr das mit dem Übernachten regeln? Falls du Geld brauchst …»

«Ich dachte, wir könnten vielleicht den Van nehmen?»

«Ihr wollt im Auto schlafen?», fragt George, und seinem Ton ist anzuhören, dass ihm das schon wieder nicht passt. «Das ist viel zu gefährlich.»

«Wir müssen den Wagen ja nicht nachts irgendwo am Straßenrand abstellen», sage ich. «Es gibt Campingplätze.»

«Trotzdem, es ist ...»

«Ich finde, das mit den Campingplätzen hört sich gut an», wirft Alice ein. Sie lässt die überraschten Blicke von George und mir an sich abprallen. «Wir waren früher mit einem ausgebauten Bus unterwegs, weißt du noch, George?»

«Das war ja wohl etwas anderes», schnappt er.

«Jack wird gut auf Vic aufpassen.»

«Hm.»

Aus Georges skeptischem Gesichtsausdruck meine ich herauszulesen, dass er befürchtet, was ich mir in letzter Zeit ständig gewünscht habe, sobald Jack vor mir stand. Ich spare es mir jedoch, ihn darauf anzusprechen. Zumindest Alice vertraut Jack, auch wenn das mit dem Aufpassen etwas lächerlich klang. Angesichts dessen, worum es hier eigentlich geht, scheint es mir unsinnig, deshalb eine neue Diskussion anzufangen.

«Heißt das, wir können den Van haben?»

Alice nickt. Neben ihr räuspert sich George auf eine Art, die klarmacht, dass er dazu noch einiges anzumerken hätte, es aber für den Moment dabei belässt.

«Es tut mir leid», sagt Alice plötzlich. «Es tut mir leid, dass du es so erfahren hast. Es tut mir leid, dass wir nicht früher mit dir darüber geredet haben. Wir haben so oft darüber nachgedacht, und irgendwann wurde es immer schwieriger, es zu tun. Wir hatten Angst, etwas könne sich dadurch verändern ... Wir wollten einfach nur deine Mum und dein Dad sein. Und wir hatten Angst ... dass du an uns zweifeln könntest. Dass du vielleicht glaubst, wir würden dich nicht so lieben, wie man sein Kind liebt. Weil wir ... weil wir eben ...»

Alice spricht ganz ruhig, doch in ihren Augen stehen Tränen, und jetzt beuge ich mich doch ein Stück vor und ergreife ihre Hände. Es fühlt sich richtig und wichtig an, genau das zu tun, doch die dazu passenden Sätze fallen mir leider nicht ein. *Es ist okay?* Nein, es ist nicht okay. *Es ist nicht so schlimm?* Doch, ist es. Immer noch. *Ich verzeihe euch?* Gott, wie pathetisch. Und außerdem ... außerdem ... ich weiß nicht, wie ich das jemals verzeihen soll. Dabei will ich umso dringender vergeben und vor allem vergessen, je mehr ich spüre, dass mir genau das nicht gelingt. Weder das eine noch das andere.

In dem Moment, in dem ich Alice' Hände in meine genommen habe, hat sie die Augen geschlossen, und als sie sie jetzt wieder öffnet, weiß ich, dass sie auf irgendetwas von mir gewartet hat. Fast möchte ich einfach ihre Worte wiederholen. *Es tut mir leid.* Es tut mir leid, aber ich bin noch nicht so weit.

«Du brauchst trotzdem Geld», sagt sie dann. «Für Benzin und Verpflegung. Und auch auf Campingplätzen steht man nicht umsonst.»

«Ich habe genug», erwidere ich, und das stimmt. Geburtstage, Weihnachten, Nebenjobs – und ich habe nie zu den Leuten gehört, die alles für Klamotten oder Technikzeug ausgeben müssen. Außerdem will ich mir die Aktion nicht von Alice und George finanzieren lassen. Es reicht, dass ich mir den Van leihen darf.

Alice scheint das zu verstehen, denn sie insistiert nicht weiter. «Wisst ihr schon, wie lange ihr unterwegs sein wollt?», fragt sie stattdessen.

«Ungefähr eine Woche.»

«Muss Jack nicht arbeiten?» Das kommt von George.

«Doch. Er will versuchen, ein paar Dinge umzuorganisieren.»

«Vic, ganz ehrlich, ich halte nichts von dieser Idee», sagt George und vermeidet es dabei, in Alice' Richtung zu blicken. «Du kennst diese Frau nicht, und sie hat nie Interesse an dir gezeigt. Es könnte eine riesige Enttäuschung werden. Du solltest wenigstens nicht allein fahren.»

Ich lasse Alice' Hände los, um mich zurücklehnen und George direkt ansehen zu können. «Tu ich ja nicht.»

«Jack ...»

«Was ist mit Jack?», falle ich ihm angriffslustig ins Wort.

«Jack ist gerade mal knapp zwanzig. Er hat keinerlei Erfahrungen mit solchen Dingen.»

«Aber du, ja? Du kennst dich mit so etwas aus? Wieso hast du dann nicht gewusst, dass ihr es mir früher hättet sagen müssen?»

«Wenn du die Unterlagen nicht gefunden hättest ...»

«George», beginnt Alice.

«Ich habe sie aber gefunden», übertöne ich beide. «Und was willst du damit sagen? Dass du immer noch findest, eure Entscheidung war richtig?»

«Angesichts der damaligen Umstände – du vergisst, dass sie selbst es war, die keinen Kontakt wollte! Was hätten wir dir sagen sollen, wenn du sie hättest kennenlernen wollen?»

«Die Wahrheit!»

«Und die hätte dir besser gefallen?»

«Jetzt muss ich jedenfalls mit gleich zwei Sachen klarkommen: damit, dass meine leibliche Mutter mich einfach abgeschoben hat, und mit euren Lügen!»

George schiebt seinen Stuhl zurück. «Wir wollten dich schützen», sagt er sehr viel leiser.

«Ich weiß. Das habt ihr mir schon mal erklärt. Ihr hättet es mir trotzdem sagen müssen. Und was Jack betrifft: Er ist mein bester Freund. Und er hat mich noch nie angelogen.»

Die Worte senken sich auf uns nieder. Ganz kurz denke ich, George werde noch etwas darauf erwidern, dann jedoch steht er auf und verlässt wortlos das Wohnzimmer.

«Es tut ihm auch leid», sagt Alice. «Er macht sich einfach Sorgen.»

Sorgen? Am liebsten würde ich Alice sagen, dass das Schlimmste doch schon geschehen ist: Das Geheimnis ist aufgeflogen. Stattdessen erhebe ich mich ebenfalls. «Danke, dass ich den Van haben darf. Jack wollte bis heute Abend Bescheid geben, ob es klappt.»

«Ist gut.» Alice lächelt, ein eher trauriges Lächeln. Mir gelingt nicht einmal das. Normalerweise räume ich den Tisch ab, heute jedoch wende ich mich zur Treppe.

«Vic.»

Ich halte inne.

«Ich hab dich lieb. Und ich hoffe ... ich hoffe, du und deine ... deine Mutter ... ich hoffe, ihr werdet euch mögen.»

Ein paar Sekunden noch zögere ich, dann drehe ich mich zu ihr um.

Alice ist aufgestanden.

Zum allerersten Mal in meinem Leben habe ich das Gefühl, ihr mit meiner Umarmung ebenso sehr Halt zu geben, wie selbst Halt zu bekommen.

Kapitel 7

Später liege ich im Bett und versuche zu lesen, während meine Gedanken sich eigentlich in erster Linie mit Emmeline Sinclair und darüber hinaus mit dem Gespräch beim Abendessen auseinandersetzen.

Mag sein, dass George recht hat. Vielleicht wird mein Zusammentreffen mit meiner leiblichen Mutter eine einzige riesengroße Enttäuschung. Vielleicht schlägt sie mir die Tür vor der Nase zu, oder in ihrem Gesicht findet sich nichts als Entsetzen. Vielleicht hasst sie mich sogar. Zeigt denn nicht die Tatsache, dass sie sich all die Jahre nie gemeldet, nie nachgefragt hat, wie klar sie in ihrem Entschluss gewesen sein muss, mich wegzugeben? Offenbar hat sie es nie bereut.

Und dennoch. So viel mir Alice' Worte vorhin bedeutet haben, so sehr verletzt mich das Verhalten von George. Es ist das erste Mal, dass etwas derart Großes zwischen uns steht. Ich streite mich sehr viel häufiger mit Alice. Sie hat immer gesagt, das Emotionale und Aufbrausende hätte ich von ihr. Tja, darüber ließe sich jetzt wohl diskutieren. Aber ich und Dad, also George ... eigentlich wollte ich immer so sein wie er. Jemand, der einen Konflikt auch mal aushalten kann; jemand, der nicht unbedingt das letzte Wort haben muss. Mir ist nie aufgefallen, dass es auch einer Flucht gleichkommt, sein Gegenüber mit dem letzten Wort einfach stehen zu lassen. Ich wünsche mir immer noch seine Gelassenheit und die Ruhe, die meistens von ihm ausgeht, aber manchmal muss man wohl auch darauf achten, ob der andere das letzte Wort überhaupt will.

Und wenn ich also nicht das Temperament von Alice habe – ähnele ich in dieser Hinsicht dann vielleicht Emmeline Sinclair? Ist meine leibliche Mutter genauso schnell mit Worten, und bereut sie mitunter, dass sie Dinge ausspricht, bevor sie darüber nachgedacht hat? Weint sie bei traurigen Filmen und Büchern, so wie ich? Oder ist das alles eher eine Frage der Erziehung und weniger der Gene? Vielleicht bin ich letzten Endes doch viel mehr wie Alice oder George, weil sie es waren, die mich durch mein Leben begleitet haben, und mit Emmeline Sinclair teile ich nur … keine Ahnung. Braunes Haar und braune Augen?

Ob sie Steine mag? Das Raue und das Glatte, das befriedigende Gefühl, wenn man das, was vor dem inneren Auge bereits Gestalt angenommen hat, aus dem Stein befreit.

Ich seufze auf. Es ist völlig bescheuert, nach Gemeinsamkeiten zwischen ihr und mir zu suchen, ohne sie jemals auch nur gesehen zu haben.

Als mein Handy klingelt, schlage ich das Buch zu.

«Hi.»

Allein Jacks Stimme zu hören, nimmt mir einen Teil der Unruhe.

«Hey», erwidere ich. «Wie war dein Tag noch?»

«Wir können am Montag los.»

«Ehrlich?»

Er hat gesagt, er werde versuchen, alles zu organisieren, und er ist eben Jack – trotzdem merke ich in diesem Moment, dass ich seit dem Abendessen eine Mauer zwischen mir und dem Vorhaben errichtet habe, und irgendwie habe ich wohl angenommen, bei Jack müsse es ähnlich sein. Georges Bedenken sind tiefer in mich eingesickert, als ich wahrhaben will, und Jacks Ankündigung holt mich mit einem Ruck aus dem Kokon abwehrender Befürchtungen, den ich um mich herum gesponnen habe.

«Callan übernimmt meine Abende im *Merry Men*, und Alfie ist zwar nicht begeistert, organisiert aber einen Ersatz. Ist ein bisschen kurzfristig, aber sollte für eine Woche klappen.»

«Was ist mit Finny?»

«Der bleibt bei Ceddy. Das ist sein bester Freund. Ich denke, das bekommt er hin, dort hat er schon häufiger übernachtet. Er freut sich jedenfalls darauf. Im Kindergarten wissen sie auch schon Bescheid.»

«Okay, dann passt ja alles – wir können nämlich außerdem den Van haben.»

«Du hast deine Eltern schon gefragt? Wie haben sie reagiert?»

Ich drehe mich mit dem Telefon am Ohr auf den Rücken. *Meine Eltern.* Bei diesen Worten sehe ich George und Alice – und dahinter zwei schemenhafte Gestalten.

«Na ja», sage ich. «George hält das Ganze für einen riesigen Fehler, und Alice wünscht mir Glück. So ungefähr.»

«Wieso hält dein Vater es für einen Fehler?»

Kurz spiele ich mit dem Gedanken, Jack jetzt doch zu korrigieren. Es ist nur *George*. Nicht mein Vater. So oft, wie ich mich in letzter Zeit selbst korrigiert habe, fühlt es sich schon falsch an, ihn von *meinen Eltern* sprechen zu hören, aber *dein Vater*? Ich habe keine Ahnung, wer mein Vater überhaupt ist. Von ihm existiert nicht einmal ein Name.

«Er denkt, dass es völlig irre ist, jemanden kennenlernen zu wollen, der umgekehrt neunzehn Jahre lang kein einziges Mal versucht hat, Kontakt aufzunehmen.»

«Solange man nichts über die Gründe weiß ...»

«Aber eigentlich hat er doch recht, oder?», unterbreche ich ihn, spreche das aus, was seit dem Abendessen an mir nagt. «Neunzehn Jahre, Jack. Die Wahrscheinlichkeit, dass sie sich freuen wird, mich zu sehen, ist ziemlich gering, findest du nicht?»

«Wieso fühlst du dich dafür verantwortlich, ob sie sich freut oder nicht? Du willst sie sehen, fertig. Vielleicht ein wenig näher kennenlernen, das ist alles. Du schuldest ihr gar nichts.»

«Nein, das nicht, aber ... es geht ja nicht nur um sie, verstehst du?»

Ein paar Sekunden verstreichen, bevor Jack antwortet. «Für dich ist es wichtig, ob sie sich freut oder nicht.»

«Genau», bricht es aus mir heraus. «Das ist bescheuert, oder? Ich meine – dieser Frau war es anscheinend immer egal, dass ich existiere, und trotzdem würde es mir etwas ausmachen, wenn sie ... na ja, wenn sie nicht begeistert darüber wäre, dass ich plötzlich auftauche. Das ist doch schräg.»

«Ich finde es nicht schräg.» Er macht eine Pause. «Willst du es trotzdem noch durchziehen?»

Will ich das? Ich versuche, um den Teil in mir herumzudenken, der *Lieber nicht* ruft. «Ja, will ich», murmele ich nach einigen Sekunden.

«Dann sollten wir bis Montag noch ein paar Sachen zusammenpacken», sagt Jack, ohne weiter auf den zweifelnden Unterton in meiner Stimme einzugehen. Ist vermutlich das Klügste. «Wollen wir im Van schlafen?»

«Ja, oder?», erwidere ich. «Hotels wären ein bisschen teuer.»

«Wir könnten auch Zelte mitnehmen.»

«Hast du denn eins? Wir haben nur so ein riesiges Familiending.»

«Meine Eltern waren früher manchmal campen. Ich glaube, irgendwo auf dem Speicher haben wir noch so was. Dann ein paar Klamotten zum Wechseln, ein bisschen was an Notfallproviant ...»

«Notfallproviant?»

«Schadet ja nicht. Wenn man mal keinen offenen Laden findet oder irgendwo im Nirgendwo steht.»

«Du hörst dich an wie ein Profi.»

«Das täuscht. Ich denke mich nur rein.»

Sich in etwas reindenken kann Jack definitiv gut, niemand weiß das besser als ich.

«Wenn wir auch im Van übernachten wollen, brauchen wir Matratzen. Passen da ganz normale?»

«Ich denke schon.»

«Das sollten wir vorher noch ausprobieren.»

Während Jack darüber redet, dass wir statt der Matratzen auch einfach Isomatten und Schlafsäcke verwenden können, driften meine Gedanken hin zu der Vorstellung, nachts neben ihm zu liegen. Es ist nicht so, dass wir noch nie beieinander übernachtet hätten, im Gegenteil. Aber all die Male, die er bei mir oder ich bei ihm war, liegen vor diesem einen Moment am Strand. Vor dem Kuss – den Jack offensichtlich vergessen hat.

Ich schließe die Augen.

Es gibt derzeit wenig, was sich für mich neben dem Gedanken an Emmeline Sinclair anfühlt, als sei es von Bedeutung, doch dieser Kuss gehört dazu.

Ich weiß, wie Jacks Atem sich verändert, wenn er einschläft, ich kenne das Gefühl, in seinem Arm zu liegen, und ich habe ihn schon früh am Morgen gesehen, direkt nach dem Aufwachen, wenn er mich zwischen seinen Haaren hindurch verschlafen anblinzelt. Nichts davon ist neu, nur das sanfte Kribbeln, das sich gerade in mir auszubreiten beginnt, das schon.

«Vic? Schläfst du?»

Ich mache die Augen wieder auf. «Was?»

«Ich hab dich gefragt, ob wir morgen mal gucken wollen, was alles fehlt. Und dann könnten wir die Sachen auch direkt besorgen.»

«Klar. Ja, klar, lass uns das machen.»

«Hör zu, du kannst es jederzeit abbrechen. Dann drehen wir

um und fahren zurück. Und das heißt nicht, dass du es dir eine Woche später nicht wieder anders überlegen kannst.»

«Ich weiß.»

Ach, Jack. Aber wie sollte er auch darauf kommen, dass meine Gedanken sich gerade nicht ausschließlich um Emmeline Sinclair drehen?

«Gut, wann treffen wir uns morgen?»

«Wie wäre es gleich nach dem Frühstück? Ich könnte zu dir kommen.»

«Ich muss morgen Vormittag noch fürs *Merry Men* einkaufen. Sonst gibt's abends nicht mal mehr Tagessuppe. Aber ich ruf dich danach an.»

«Okay.»

«Ich bin sicher, du tust das Richtige, Vic.»

«Ich nicht.» Mein Lachen gerät mir etwas zittrig. «Wie kannst du sicher sein?»

«Du hast es selbst gesagt: Es ist unmöglich, weiterhin so zu tun, als hättest du keine Ahnung. Da bleibt dann ja nur dieser eine Weg.»

Dieser eine Weg bis nach Edinburgh. Und was genau mich dort erwartet, steht in den Sternen.

«Also, fahren wir am Montag?», fragt Jack.

Ich atme einmal tief durch. «Wir fahren am Montag.»

Kapitel 8

In den nächsten Tagen packe ich zur Tasche mit Wechselklamotten und meinem Kulturbeutel immer wieder neue Dinge, die mir irgendwie nützlich erscheinen. Eine Taschenlampe. Regenzeug und Insektenspray. Sonnenbrille, Sandalen, einen kleinen Kocher und eine solarbetriebene Laterne. Stifte und Papier und zum Schluss noch mein erstes Fotoalbum. Ich fühle mich blöd dabei, es zwischen die T-Shirts zu legen, aber wer weiß. Nur für den Fall.

Zusammen mit Jack fülle ich eine Klappbox mit Lebensmitteln, die irgendwann so voll ist, dass wir eine zweite benötigen. Nie im Leben können wir das alles in einer Woche essen, aber definitiv werden wir auch nicht verhungern.

Letzten Endes entscheiden wir uns für Isomatten und Schlafsäcke. Sie sind leichter zu verstauen, und außerdem wären Matratzen für das Zelt, das Jack Sonntagnachmittag vorbeibringt, ohnehin ungeeignet.

Punkt für Punkt haken wir an diesem Nachmittag unsere Checkliste ab, während wir in der Einfahrt neben dem Van stehen und mittlerweile alles so untergebracht haben, dass hoffentlich nichts rutscht oder klappert.

«Jetzt fehlt eigentlich nur noch deine Tasche», stelle ich fest. «Die kannst du morgen früh einfach hinten reinwerfen. Zehn Uhr passt noch, oder?»

Jack nickt. «Bis dahin habe ich Fin zu Ceddy gebracht.»

«Freut er sich immer noch?»

«Total. Er hat ungefähr genauso viel Zeug zusammengepackt

wie wir beide zusammen. Und das ohne Unterhosen und Socken, die hat er vergessen.»

Ich erwidere Jacks Lächeln. «Denkst du, alles wird gut laufen?»

«Bestimmt – meinst du damit jetzt Fin oder uns?»

«Ich ...» Gerade schien meine Antwort noch klar, jetzt jedoch halte ich einen Moment inne. «Fin», sage ich schließlich.

«Meine Antwort wäre so oder so dieselbe gewesen.»

«Hoffentlich hast du recht», erwidere ich. «Heute Morgen habe ich mir vorgestellt ...» Ich breche ab, weil mir das, was ich gerade noch habe sagen wollen, plötzlich so vorkommt, als würde ich das Skript eines kitschigen Films ablesen.

«Was hast du dir vorgestellt?», hakt Jack nach.

«Vielleicht ist da ja doch irgendetwas zwischen uns», sage ich und begleite meine Worte gleichzeitig mit einem abwehrenden Handwedeln. «Zwischen Emmeline und mir, meine ich. Vielleicht ... ich weiß auch nicht ... sehen wir uns, und es gibt so etwas wie eine ... na ja ... Verbundenheit. Oder so.»

«Alles möglich.»

«Aber unwahrscheinlich. Letzten Endes sind wir nur Fremde. Schlimmer, wir sind zwei Menschen, von denen einer den anderen aus seinem Leben gestrichen hat, ohne ihn überhaupt kennenlernen zu wollen.»

Ich verrate Jack nicht, dass ich mich trotz allem in den letzten Tagen ständig frage, was Emmeline Sinclair über die Dinge denken würde, die zu meinem Alltag gehören. Meine Lieblingsfarbe ist Grün, ist es auch ihre? Ich kann nicht arbeiten, wenn um mich herum Chaos ist, was Alice immer lustig findet. *Du bist eine sehr untypische Künstlerin*, sagt sie manchmal. Keine Ahnung, ob ich eine *Künstlerin* bin, aber selbst Caleb zieht die Augenbrauen hoch, wenn ich zum dritten Mal an einem Vormittag die Spuren meiner Arbeit mit einem Besen beseitige. *Mach das doch einfach, wenn du fertig bist,* sagt er immer. *Dann musst du es ohnehin tun.*

Er hat ja recht, aber mein Hirn denkt freier, wenn meine Umgebung klar und ordentlich ist. Geht das Emmeline Sinclair auch so? Räumt sie ihren Teller nach dem Essen immer gleich in die Spülmaschine, so wie ich, oder stapelt sich in ihrer Küche das schmutzige Geschirr? Sogar beim Zähneputzen heute Morgen habe ich mich gefragt, ob meine leibliche Mutter auch mit ihrer Zahnbürste durch die Gegend läuft, um schnell ein anderes T-Shirt aus dem Schrank zu holen oder um einfach aus dem Fenster zu sehen. Zähneputzen ist so langweilig. Ich muss immer irgendetwas anderes tun dabei, und wie macht das wohl Emmeline Sinclair?

«Sie ist nicht mehr der Mensch von damals», sagt Jack.

«Was?», frage ich irritiert.

«Du sagst, ihr seid Fremde und sie hat dich aus ihrem Leben gestrichen. Aber das ist neunzehn Jahre her. Vielleicht würde sie heute alles anders machen.»

«Oder sie hat mich einfach vergessen. Neunzehn Jahre sind eine lange Zeit.»

«Du wirst es nur rausfinden, wenn du zu ihr fährst.»

Ich schiebe die Hände in die Taschen meiner Jeans und lehne mich gegen den Van. Das ist wohl so. Als ich an Jack vorbeisehe, entdecke ich meine Mutter hinter dem Küchenfenster. Sie lächelt, doch eine Sekunde zu spät, um den sorgenvollen Zug um ihren Mund noch überspielen zu können. Mit einem leichten Nicken tritt sie zurück, vielleicht verlegen, weil ich sie dabei erwischt habe, wie sie Jack und mich beobachtet, und ich seufze auf.

Jack wirft einen Blick über seine Schulter. «Was ist?»

«Alice. Sie ...» Ich zucke mit den Schultern. «Es macht ihr was aus, dass wir morgen fahren.»

«Alles andere würde mich auch wundern. Aber sie unterstützt dich doch dabei, oder?»

«Sie sagt zumindest nichts, um mich davon abzubringen.» Im Gegensatz zu George, der zwar in den letzten Tagen wenig geredet hat, bei dem aber trotzdem deutlich spürbar ist, dass er nach wie vor wenig von meiner Idee hält, Emmeline Sinclair kennenlernen zu wollen.

«Okay, ich muss los», sagt Jack in meine Gedanken hinein. «Heute Abend bin ich im *Merry Men*.»

«Gut, dann ...»

Die ganze Zeit stand Jack nicht einmal einen halben Meter von mir entfernt, und als ich jetzt vortrete, um ihn zu umarmen, fühlt es sich auf einmal so an, als habe ich das schon die ganze Zeit tun wollen. Nur kurz presse ich mein Gesicht gegen seine Schulter, genieße seinen warmen, vertrauten Duft, bevor ich mich plötzlich frage, ob ich mich schon immer so von Jack verabschiedet habe oder ob meine Umarmungen sich in letzter Zeit verändert haben. Und falls ja, fällt Jack das auf? Schnell trete ich wieder zurück, ähnlich wie meine Mutter vor wenigen Minuten vom Fenster zurückgewichen ist. Irgendwie erwischt.

«Bis morgen», sage ich möglichst unbeschwert, was auf eine Art sogar noch verräterischer ist, als klänge meine Stimme betreten. Immerhin brechen wir morgen nicht zu irgendeinem harmlosen Ausflug auf.

«Bis morgen», sagt Jack jedoch nur.

Ich sehe ihm nach, wie er zum geöffneten Hoftor hinausläuft, und frage mich, ob er es mir sagen würde, fiele ihm mein seit Neuestem ziemlich ausgeprägtes Bedürfnis nach seiner Nähe auf. Wir haben beide den Kuss am Strand mit keiner Silbe mehr erwähnt. So als sei er nie passiert.

Vielleicht bereut Jack, dass es dazu gekommen ist. Immerhin

war ich es, die ihn geküsst hat, jedenfalls zuerst. Aber er hat den Kuss erwidert.

Den Blick gesenkt, laufe ich langsam den Weg zur Haustür hoch. Vielleicht war er nur nett. Wollte mich nicht vor den Kopf stoßen. Am nächsten Tag habe ich ihm dann von den Adoptionsunterlagen erzählt. Jack würde nie etwas tun, das mich verletzen könnte. Selbst wenn er vorgehabt hätte, noch einmal über den Kuss zu reden, wenn er mir hätte sagen wollen, dass ein solcher Kuss in einer Freundschaft, wie wir sie haben, eine Grenze überschreitet – so aufgelöst, wie ich war, hätte er das niemals getan, das weiß ich.

Ich schließe die Haustür auf und drücke sie leise wieder hinter mir zu. Wahrscheinlich hat er das Thema einfach beiseitegeschoben. Es jetzt noch einmal anzusprechen, wäre noch unangenehmer als direkt danach.

Obwohl ich versuche, möglichst kein Geräusch zu verursachen, steckt Alice den Kopf aus der Küche, als ich gerade den Fuß auf die erste Treppenstufe hinauf zu meinem Zimmer setze.

«Und? Ist alles fertig?», will sie wissen.

«Ich denke schon.» Nur zögernd bleibe ich stehen. Ich will weiter über Jack nachgrübeln und nicht mit Alice über Emmeline Sinclair reden.

«Ich dachte mir, ich backe euch noch etwas für die Fahrt morgen», sagt sie jetzt. «Vielleicht Shortbread? Das mögt ihr doch beide.»

«Danke, wir haben genug zu essen eingepackt», erwidere ich. «Aber das ist sehr nett von dir», füge ich noch hinzu, weil es eben genau das ist. Sehr nett. Ich dagegen klinge so höflich, als würde ich gerade mit einer entfernten Tante reden und nicht mit Alice.

Herrgott.

Hätte ich diese Unterlagen doch nie gefunden. Noch vor ein

paar Wochen hätte ich mich über Alice' Angebot gefreut und mich überschwänglich bei ihr bedankt. Aber vor einigen Wochen wären Jack und ich auch nur zu einem spontanen Kurztrip aufgebrochen.

Alice hat ihr Lächeln nicht verloren. «Es war auch nur so eine Idee», sagt sie, und jetzt fühle ich mich sogar noch schäbiger.

«Du musst dir deswegen wirklich keine Arbeit machen.»

«Das macht mir keine Arbeit – ich würde es gern tun.»

«Also ... wenn das so ist ...»

Aus Alice' aufgesetztem Lächeln wird ein echtes. «Gut, dann kümmere ich mich darum. Vielleicht kannst du morgen auch Finny noch ein paar davon vorbeibringen.»

Finny liebt Shortbread. «Ich frage Jack, ob das noch irgendwie machbar ist. Er bringt ihn gleich in der Früh zu Ceddy.»

«Ja, frag ihn – sicherheitshalber mache ich mehr. Es wird ja nicht schlecht.»

Ihr ist deutlich anzusehen, dass sie sich freut, irgendetwas tun zu können. Kurz noch legt sie ihre Hand über meine, dann verschwindet sie so eilig in die Küche, als befürchte sie, ich könne es mir anders überlegen.

Als ich in meinem Zimmer bin, sehe ich mich um, auf der Suche nach irgendetwas, das ich noch vergessen haben könnte einzupacken. Es wird nur ein Trip nach Edinburgh mit einem kleinen Abstecher durch die Highlands, doch mein Hirn scheint die Gewichtigkeit des Anlasses mit entsprechend viel Gepäck kompensieren zu wollen. Eine Weile mustere ich die Tasche, die neben meinem Bett steht. Für einen Wanderurlaub wäre sie definitiv nicht mehr geeignet – sie platzt aus allen Nähten. Ich habe alles. Eigentlich zu viel. Bei diesem Gedanken lasse ich mich aufs Bett fallen.

Morgen um diese Zeit könnten wir in Edinburgh sein. Ich könnte sogar schon Emmeline Sinclair kennengelernt haben.

Vorausgesetzt, die Adresse stimmt. Die Vorstellung ist so verrückt, dass mir das Atmen schwerer fällt, weil meine Kehle sich verengt. Wie wird es sein, sie zum ersten Mal zu sehen? Werde ich sie … erkennen? Auf irgendeine Art? Oder wird es einfach nur unglaublich ernüchternd sein, wenn ich vor einer Frau stehe, die mich zuerst irritiert und dann schockiert anstarren wird? Vielleicht ist sie auch gar nicht die Richtige. Das wissen wir ja nicht sicher. Verflucht, das wäre ziemlich peinlich. Und dann? Was tun wir dann? Die Suche auf ganz Großbritannien ausweiten? Sie könnte überall sein. Da war ja kein Kind mehr, das sie hätte ausbremsen können.

Ich beiße mir so fest auf die Unterlippe, dass es wehtut.

Jack hat schon mehrfach gemeint, ich solle mir erst einmal anhören, was Emmeline Sinclair zu sagen hat. Möglicherweise würde ich ihre Gründe ja verstehen.

Ich verschränke die Arme im Nacken und starre an die Zimmerdecke.

Das glaube ich nicht.

Wobei, vielleicht doch. Es könnte ja immerhin sein. Vielleicht wollte sie mich gar nicht abgeben, vielleicht hat ihr Mann sie dazu gezwungen. Vielleicht hat sie ihn betrogen, und ich war nicht sein Kind, und deshalb wollte er vielleicht …

Ich schließe die Augen, als könne ich meinen Gedanken dadurch verbieten, weiterhin Geschichten zu spinnen. Zu viele *Vielleichts* in meinem Leben.

Als ich die Augen wieder öffne, ist es im Zimmer düsterer geworden, und ich blicke auf die Uhr. Kurz vor neun. Ich habe fast zwei Stunden lang geschlafen. Ein wenig steif richte ich mich auf. Jack wollte ich noch anschreiben wegen des Shortbreads, und ich erledige das, bevor ich aufstehe, um ins Bad zu gehen.

Es riecht lecker, als ich meine Zimmertür öffne, und der Duft ist so verlockend, dass ich die Treppe hinuntersteige, als ich kurz darauf das Badezimmer wieder verlasse.

Alice sitzt nicht im Wohnzimmer, und in der Küche finde ich nur zwei Bleche mit noch lauwarmem, fingerlangem Mürbeteiggebäck. Ich habe bereits in eines davon hineingebissen, bevor ich den Zettel auf dem Tisch entdecke. *Bin bei Amanda. Hab dich lieb, Mum.* Darunter ein kleines Herz.

Amanda wohnt nur ein Haus weiter und ist Alice' beste Freundin. Die beiden trinken abends oft ein Glas Wein zusammen. Ich stecke den Zettel in die Hosentasche und gehe mit einer Handvoll Shortbread in mein Zimmer zurück, um zu überprüfen, ob Jack schon geantwortet hat. Hat er nicht, und jetzt fällt mir ein, dass er heute ja im Pub arbeitet. Normalerweise ist es im *Merry Men* nie so voll, dass keine Zeit bliebe, auf eine Nachricht zu reagieren, aber wahrscheinlich ist gerade ausnahmsweise etwas mehr los.

Ich habe das Shortbread gegessen, mir die Zähne geputzt, noch einen weiteren Hoodie in die vollgestopfte Tasche gequetscht und vergeblich versucht, deren Reißverschluss zu schließen, als mein Smartphone ein Signal von sich gibt. Ich unterbreche mich darin, die Tasche neu zu packen, und angele stattdessen nach dem Telefon.

Gute Idee mit dem Shortbread, aber Fin ist schon bei Ceddy, wenn du morgen kommst.

Ich bin gerade dabei, eine Antwort einzugeben, als Jack anruft.

«Hi», begrüße ich ihn überrascht. «Ich könnte morgen auch früher kommen.»

«Lass mal. Bei Ceddy futtert Fin genug Süßkram. Ich rufe an, weil Callan noch eine Idee hatte. Keine Ahnung, was du davon hältst, aber zumindest weiterreichen wollte ich sie mal.»

«Welche Idee denn?»

«Er meint, wir sollten uns über die Mitfahrzentrale einen Beifahrer suchen, um Spritkosten zu sparen.»

Darauf fällt mir im ersten Moment keine Antwort ein. An sich ist das ja eine gute Idee, aber eigentlich wäre ich lieber nur mit Jack unterwegs ... oder?

Zum tausendsten Mal denke ich an unseren Kuss am Strand und daran, dass Jack nicht ein einziges Mal auch nur eine Andeutung in dieser Hinsicht gemacht hat.

Vielleicht wäre eine dritte Person gar nicht so schlecht. Es wäre dann lockerer. Weniger ... intim.

«Ja, warum nicht?», erwidere ich schließlich langsam. «Wir könnten es ja zumindest mal versuchen.»

«Okay, dann ... kannst du dich darum kümmern? Ich bin hier noch eine Weile eingespannt.»

Täusche ich mich, oder klingt Jack gerade etwas verhalten? So als habe er sich nur verpflichtet gefühlt, Callans Vorschlag weiterzureichen.

«Ja, klar. Du hast sowieso schon so viel getan.» Kurz zögere ich. «Also, wir müssen natürlich niemanden mitnehmen ...», leite ich einen Rückzieher ein.

«Nein, ist ja wirklich eine gute Idee. Vielleicht haben wir Glück.»

Glück. Glück, nicht nur zu zweit fahren zu müssen. Keine Ahnung, was ich da gerade aus Jacks Stimme herauszuhören meine. Ich schüttele über mich selbst den Kopf. «Gut, dann morgen um zehn bei dir.»

«Morgen um zehn bei mir. Wir könnten übrigens als Erstes nach Fort Augustus, wenn das für dich in Ordnung wäre. Da wohnt eine frühere Freundin meiner Mutter, ist mir eingefallen. Olivia. Sie hat ein B&B, und vielleicht könnten wir da ja eine Nacht bleiben.»

«Ist um diese Zeit nicht längst alles ausgebucht?»

«Ich würde sie einfach mal anschreiben.»

Fort Augustus. Das wäre doch ein guter erster Anlaufpunkt. Ich war mal mit meinen Eltern dort, mit Alice und George. Wir haben eine Tour über den Loch Ness gemacht.

«Okay. Ich überleg mir, wie wir von da aus weiterfahren.»

«Alles klar. Dann bis morgen.»

Es ist eine Sache von nicht einmal zehn Minuten, eine Mitfahrzentrale herauszusuchen und mich dort zu registrieren. Ein wenig länger dauert es allerdings, mich auf Reisedaten festzulegen. *Oban – Fort Augustus – Durness*, gebe ich schließlich ein. Und dann: *Durness – John O'Groats – Edinburgh.* Der größtmögliche Umweg. Vielleicht haben wir ja wirklich Glück, und es findet sich jemand, auch wenn das jetzt alles ziemlich kurzfristig ist. Als das erledigt ist, lasse ich das Telefon neben mich gleiten und drehe mich auf den Rücken.

Nur eine kleine Planänderung, das ist alles. Und weniger Gefahr für mich, Jacks Nähe zu suchen.

Die Dämmerung hat inzwischen jede Farbe im Zimmer ausgelöscht, und auf den Straßen leuchten die Laternen. Ich schließe die Augen und denke an Jack. Stelle mir vor, er würde neben mir liegen. Jack schläft meistens auf der Seite, das Gesicht halb im Kissen vergraben. Er wirkt jünger, wenn man ihn im Schlaf betrachtet. Vermutlich ist das bei jedem Menschen so. Es ist diese Verletzlichkeit, und ganz kurz taucht Callan vor meinem inneren Auge auf, der in einem solchen Moment der Hilflosigkeit die Faust über dem schlafenden Jack hebt.

Jack hat Callan verziehen. Mir dagegen fällt das schwer.

Sein völlig zerschlagenes Gesicht zu sehen ... Es war ein wenig, als würde ich seine Schmerzen ebenfalls empfinden, und ist es da ein Wunder, dass ich irgendetwas habe tun wollen, um sie zu mildern?

Ihn zu küssen war allerdings eine sehr spezielle Art von Trost.

Mittlerweile sind die Spuren von Callans Schlägen verblasst, aber das Bedürfnis, Jacks Gesicht zu berühren, mit meinen Lippen über seine zu streifen, aus unmittelbarer Nähe zu sehen, wie seine Lider sich senken und seine Wimpern Schatten auf seine Wangen werfen ... all das ist geblieben. Sogar stärker geworden. Selbst jetzt, hier, allein in meinem Bett, ist da diese brennende Sehnsucht, mich einfach zur Seite zu drehen und meine Stirn an Jacks Stirn lehnen zu dürfen.

Es wäre wirklich besser, wenn wir nicht allein unterwegs sind. Mehrere Tage nur Jack und ich – eine wunderschöne und gleichzeitig beängstigende Vorstellung.

Es gibt einen Grund dafür, dass keiner von uns über diesen Kuss geredet hat, und wer auch immer uns begleiten wird, wird dafür sorgen, dass ich nicht in die Versuchung komme, es doch noch zu tun.

Das Allerletzte, wirklich das Allerletzte, was jetzt passieren darf, ist ein Riss in meiner Freundschaft zu Jack. Ich brauche ihn gerade mehr, als er ahnt. Mehr als jemals zuvor.

Vielleicht verschwindet diese unpassende Sehnsucht ja auch wieder. Wenn ich erst einmal meine leibliche Mutter kennengelernt und diese ganze elende Geschichte endlich ansatzweise sortiert bekommen habe.

Danach ist zwischen Jack und mir vielleicht alles wieder wie immer.

Könnte ja sein.

Kapitel 9

Es ist ein seltsames Gefühl, am nächsten Morgen am Frühstückstisch zu sitzen. Auf den ersten Blick scheint alles wie immer. George rührt in seinem Kaffee, Alice hat Rowies getoastet, meine Lieblingsbrötchen, und mich gerade gefragt, ob ich noch Tee möchte, und ich nicke. Doch diese harmlose Momentaufnahme trügt. George hat den ganzen Morgen Alice' Versuche, Unbeschwertheit vorzutäuschen, mit einsilbigen Antworten abgeschmettert, und seit wir über unseren Tellern möglichst jeden Blickkontakt vermeiden, hat sich die Atmosphäre noch einmal um einige Grad heruntergekühlt. Ich kann Alice' Verzweiflung spüren und renne gleichzeitig gegen die Wand, die George um sich herum aufgebaut hat. Sie ist so undurchdringlich, dass die Wut, die sich in mir eingenistet hat, mittlerweile wieder vor sich hin schwelt.

Wieso denkt er, er habe das Recht, beleidigt zu sein? Es war ja wohl nicht ich, die unseren bisherigen Alltag aus seinen Bahnen gedrückt, es war nicht ich, die jahrelang gelogen hat. Und doch straft er mich mit Missachtung, als würde ich ihn enttäuschen. Am liebsten würde ich aufspringen und dieses ganze Theater beenden, doch da ist eben auch noch Alice, und ich tue es für sie. Bleibe für sie sitzen, trinke Tee und kaue auf meinem fettigen Rowie herum. Sie gibt sich solche Mühe, das verbindende Glied zwischen George und mir zu sein, dass ich ihr gern die Hand auf den Arm legen und *Lass es einfach* sagen möchte. Doch es würde sie nur in noch größere Verzweiflung stürzen, sie würde sich noch mehr anstrengen, also halte ich den Blick überwiegend auf meinen Teller gerichtet und zähle die Minuten, bis diese Farce endlich vorüber ist.

«Kommt Jack vorbei?», wendet Alice sich an mich, nachdem George ihre Frage, was er heute noch so vorhabe, ignoriert hat.

«Nein, ich hole ihn ab.»

«Ah.» Kurz sieht sie zum Fenster hinaus in den Garten, dann kehrt ihr Blick zu mir zurück. «Ich habe mich gefragt ... auch wenn du es schon einmal abgelehnt hast, aber ein wenig finanzielle Unterstützung ...»

«Es passt schon, wirklich.»

«Ich dachte nur, weil ja allein die Fahrtkosten recht hoch werden.»

«Wir nehmen jemanden mit», behaupte ich, obwohl sich auf mein Angebot noch niemand gemeldet hat. «Dadurch werden die Benzinkosten nicht ganz so hoch sein.»

Aus den Augenwinkeln sehe ich George aufblicken. «Also ...» Er klingt angespannt. «Mit uns willst du nicht fahren, dafür aber mit einem Fremden?»

Das ist der erste vollständige Satz, den George heute Morgen ausgesprochen hat, und er ist auf so vielen Ebenen falsch, dass es mir schwerfällt, nicht unmittelbar laut zu werden.

«Ich fahre nicht mit irgendeinem Fremden statt mit euch – ich fahre mit Jack. Und falls wir jemanden finden, den wir ein Stück mitnehmen können, hat derjenige mit der ganzen Geschichte überhaupt nichts zu tun.»

«Das könnte sonst wer sein.»

«Es wird sonst wer sein, na und?», erwidere ich gereizt.

«Dir ist hoffentlich klar, dass du nicht einschätzen kannst, wer sich da zu dir ins Auto setzen wird.»

«Jack ist auch dabei.»

«Findest du nicht, es ist ein bisschen viel verlangt, dass Jack dafür auch noch die Verantwortung übernehmen soll?»

Fassungslos starre ich den Mann an, den ich so viele Jahre lang *Dad* genannt habe und der plötzlich entschlossen scheint, alles zwischen uns in Scherben zu schlagen.

«Was meinst du mit *auch noch*? Jack hat für gar nichts die Verantwortung übernommen. Das muss er auch nicht – diese ganze Fahrt ist meine Entscheidung gewesen. Ob du es glaubst oder nicht, ich brauche keinen Aufpasser, um das zu tun!»

«Wenn Jack nicht als Aufpasser mitkommt, dann frage ich mich, was das sonst zwischen euch ist?»

«George!», entfährt es Alice.

«Jack ist mein Freund!», rufe ich. «Einfach nur mein Freund! Wie oft denn noch? Und selbst wenn er mehr wäre, selbst wenn wir jede Nacht im Auto was auch immer tun würden, ginge dich das überhaupt nichts an!»

«Diese ganze Geschichte geht mich sehr wohl etwas an!» Auch George hat die Stimme erhoben. «Du hast es dir in den Kopf gesetzt, eine Person kennenzulernen, die dich damals einfach abgegeben und die sich nie wieder nach dir erkundigt hat! Eine Frau, die völlig unverantwortlich ein Kind in die Welt setzt, es aber nicht für nötig hielt, sich darum auch zu kümmern! Ich begreife einfach nicht, wieso du jetzt den Kontakt zu ihr suchst!»

«Weil ...»

«Und Jack ... ich mag Jack! Aber dass du jetzt einfach mit ihm losfährst, in einer so überstürzten Aktion und in einem solchen Zustand ...»

«Was denn für ein Zustand?» Meine Stimme klingt schrill, und ich hasse sie dafür. «Wie wärst du denn drauf, wenn du von einem Tag auf den anderen erfährst, dass nichts so ist, wie es immer aussah?»

«Warum wartest du nicht noch ein wenig? In ein paar Wochen ...»

«Weil ich nicht will!» Ich springe auf. «Weil es keinen Grund dafür gibt! Du hast doch überhaupt keine Ahnung!»

In meinem Kopf stauen sich die Sätze, doch ich bekomme sie nicht so hintereinandergesetzt, dass ich ausdrücken könnte, wie unpassend, wie anmaßend, wie brutal und fast schon zynisch ich George empfinde. Ich möchte mich verteidigen, ich möchte Jack verteidigen, ich möchte sogar meine leibliche Mutter verteidigen, stattdessen kommen mir nur die Tränen.

Alice ist blass geworden, völlig entgeistert sieht sie von mir zu George und wieder zurück, dabei kann sie gar nichts dafür, zumindest nicht für dieses absurde Frühstücksdesaster. Jetzt bloß nicht losheulen. Ich stoße mich vom Tisch ab, laufe quer durchs Wohnzimmer und die Treppe hinauf. In meinem Zimmer steht die Tasche noch immer halb offen neben meinem Bett. Ohne weiter darüber nachzudenken, schwinge ich mir den Trageriemen über die Schulter, greife nach meiner Jacke, dem kleinen Rucksack und dem Autoschlüssel und mache mir nicht die Mühe, die Tür hinter mir zu schließen, als ich jetzt die Treppe wieder hinunterpoltere.

«Vic! Victoria!»

Alice' Stimme lässt mich kurz vor der Haustür innehalten.

Mit ausgebreiteten Armen kommt sie auf mich zu und zieht mich ohne Weiteres an sich. «Es tut mir leid», sagt sie. «Es tut mir wirklich leid. Dein Vater ist nicht er selbst, er ist ... ich weiß nicht, was da gerade in ihn gefahren ist, aber all das, was er zu dir gesagt hat ...» Sie tritt einen Schritt zurück und sucht meinen Blick. «Es tut mir leid», wiederholt sie schlicht. «Wir werden darüber reden, wenn du wieder da bist.»

Ja, vielleicht. Im Moment scheint mir das unvorstellbar. Hinter ihr kann ich durch die angelehnte Tür einen Spalt weit ins Wohnzimmer sehen. Keine Ahnung, ob George noch dadrin ist, jedenfalls kommt er nicht, um sich von mir zu verabschieden, geschweige denn sich zu entschuldigen. Andererseits weiß ich nicht mal, ob ich das überhaupt wollen würde.

«Ich wünsche dir, dass du findest, was du suchst. Und was auch immer passiert, vergiss nicht, dass du hier ein Zuhause hast, ja?»

Jetzt tut sie es schon wieder: Unbeschwertheit vortäuschen. Obwohl sie ebenso wenig umreißen kann wie ich, was sich zwischen uns alles verändert hat. Ob das mit George und mir jemals wieder gut sein wird. Familien brechen manchmal auseinander. Vielleicht ist meine frühere Familie damals auch auseinandergebrochen. Jack sagt ständig, ich würde die Gründe nicht kennen, die meine leibliche Mutter zu ihrem Schritt getrieben haben, und so lange könne ich noch kein Urteil fällen – zum ersten Mal gibt ein winziger Teil in mir widerwillig zu, dass er damit recht hat.

Ich erwidere Alice' Umarmung. «Vergesse ich nicht.»

Sie steht noch im Tor zur Einfahrt, als ich erst den Blinker setze und dann nach dem Telefon taste, um Jack Bescheid zu sagen. Ich hebe eine Hand, obwohl sie das gar nicht mehr sehen kann.

«Vergesse ich nicht, Mum», flüstere ich und biege um die Ecke.

Kapitel 10

Jack wartet am Straßenrand. Er wirft seine Tasche in den Kofferraum, dann schwingt er sich auf den Beifahrersitz.

«Hi!» Die Tür knallt zu. «Also: Fort Augustus steht. Wir könnten da heute übernachten. Olivia hat geschrieben, dass wir gerne vorbeikommen können.»

«Oh, super!», erwidere ich.

Das ist wirklich großartig. Ich schätze mal, wäre Olivia keine Freundin von Jacks Mutter gewesen, hätten wir weniger Glück gehabt.

Jack zieht den Gurt zu sich. «Weißt du schon, wie wir von Fort Augustus aus weitermachen?»

«Ich dachte an Durness, John O'Groats, Edinburgh. Zumindest ist das die Strecke, die ich bei der Mitfahrzentrale angegeben habe.»

«Ach ja – hat sich schon jemand gemeldet?»

Ich schüttele den Kopf.

«Wäre wohl auch zu viel verlangt. Gut, dann …» Jack mustert mich. «Bist du trotzdem bereit?»

«Keine Ahnung.» Ich behalte meinen unbeschwerten Tonfall bei, obwohl sich in mir gerade alles zusammenzieht. Wegen unseres Ziels und wegen dem, was ich gerade zurücklasse. George hätte sich von mir verabschieden sollen.

Bewusst atme ich einmal tief durch. «Denke schon.»

«Na dann.» Jacks Grinsen ist sanfter geworden. «Also los.»

Ich starte den Motor, und es fühlt sich viel mehr nach Aufbrechen an, als eben zu Hause. Da war es eher eine Flucht. Das ist vielleicht auch der Grund, aus dem meine Hände zu zittern scheinen, obwohl sie ganz ruhig auf dem Lenkrad liegen.

Aus den Augenwinkeln nehme ich wahr, dass Jack noch immer in meine Richtung blickt, und ich erwidere kurz sein angedeutetes Lächeln. «Ich bin nervös.» Eine komplett überflüssige Bemerkung, denn das bekäme gerade jeder mit. Und neben mir sitzt Jack.

«Okay – wollen wir jetzt schon zurückfahren?», fragt er und bringt mich damit zum Lachen.

«Nein.»

Kurz darauf verlassen wir Oban über die Dunollie Road. Es ist ein schöner Tag. Die Sonne scheint, und Bäume werfen ihre Schatten über die Straße. Wir kommen an Wiesen vorbei, auf denen Schafe grasen, und an vereinzelten Häusern hinter niedrigen Mauern aus Bruchstein. Es ist ein gutes Gefühl, unterwegs zu sein, als würde die äußere Bewegung mein verkrampftes Inneres lösen. Zum Horizont hin verschmilzt die Landschaft mit dem Himmel, rauchblaue Hügelketten verbinden sich mit dünnen, blassgrauen Wolkenstreifen, und sind wir in Oban noch geduldig hinter anderen Autos hergefahren, werden es nun immer weniger. Vor Dunbeg tanke ich den Wagen noch einmal auf, und dann sind wir endgültig unterwegs, vorbei an der Ardmucknish Bay und Loch Creran. Kurz bevor wir Loch Linnhe erreichen, klingelt Jacks Handy.

«Callan», sagt er nach einem Blick auf das Display.

Gerade haben wir uns noch über Finny unterhalten, jetzt höre ich Jack knappe Antworten geben.

«Ja? Da, wo es immer steht. Ach, halt, nein, ich hab es letzte Woche zu den Säften geräumt.» Kurzes Schweigen, dann: «Ist jetzt nicht dein Ernst, oder? Callan, weiß ich auch nicht. Nein, hat er bei mir noch nie gemacht. Ja. Mhm. In dem Fall würd ich's mal mit Anschreien versuchen.»

Seufzend steckt er das Telefon wieder ein. «Gibt's doch gar nicht», murmelt er.

«Was ist denn?»

«Mein Vater hat gerade behauptet, es sei kein Geld mehr da. Callan muss aber fürs *Merry Men* Getränke nachbestellen.»

«Oh, shit. Und jetzt?»

«Keine Ahnung. Das ist neu. Er scheint zu erwarten, dass Callan das Geld auslegt.»

«Und? Macht er das?»

«Würde ich an seiner Stelle nicht tun. Reicht ja irgendwie, unbezahlt Abend für Abend dort zu arbeiten. Ich sag ja, man sollte den Pub verkaufen. Vielleicht kommt Callan in dieser Woche auch drauf.»

«Wäre eine Sache weniger, um die du dich kümmern musst.»

Ich spare mir den Zusatz, dass er dann vielleicht endlich mal über sich nachdenken könnte. Auch ohne das *Merry Men* hängt ja noch genug an ihm dran.

Wie zu erwarten erwidert Jack nichts darauf. Ich konzentriere mich auf die Straße, die in einiger Entfernung eine sanfte Biegung beschreibt und zwischen tausend Grüntönen verschwindet. Irgendwo am Ende wartet Emmeline Sinclair. Das heißt, eigentlich wartet sie nicht. Sie hat keine Ahnung, dass ihre Tochter sich auf den Weg zu ihr gemacht hat, und würde sie wohl die Flucht ergreifen, wüsste sie davon? Ihre Wohnung verschließen und sich so lange verstecken, bis die Gefahr vorüber ist? Ich sehe mich vor einer Tür stehen, den Finger auf den Klingelknopf gelegt, und höre den schrillen Ton, ohne dass jemand darauf reagieren würde. Was mache ich dann? Wieder fahren? Oder probiere ich es einige Stunden später noch einmal? Wäre ja immerhin möglich, dass sie für längere Zeit weg ist, auch ohne dass sie sich vor mir versteckt. In diesem Fall könnte ich vielleicht eine Nachricht in dem Café hinterlassen, das anscheinend ihr gehört.

Bis wir das am Loch Ness gelegene Fort Augustus erreichen, denke ich darüber nach, wie ich eine solche Nachricht formulieren würde, und als zunehmend mehr Häuser am Straßenrand auftauchen, bin ich zu dem Ergebnis gekommen, dass ich Emmeline Sinclair gegenüberstehen muss. Kein Zettel, den sie lesen und dann einfach entsorgen kann. Sie wird mir schon die Tür vor der Nase zuschlagen müssen, wenn sie mich ein zweites Mal aus ihrem Leben werfen will.

Wo eine Lücke zwischen zwei Häusern breiter ausfällt, leuchten dazwischen sattgrüne Hügel, und immer wieder weisen Schilder auf Bed-&-Breakfast-Unterkünfte hin.

«Jetzt wäre die Adresse gut», wende ich mich an Jack, der seit seinem Telefonat mit Callan gedankenverloren aus dem Fenster schaut.

«Moment.» Jack zieht noch einmal sein Telefon hervor und tippt etwas ins Navi ein. «Ist nicht weit von hier», stellt er fest.

Wenige Minuten später kommen wir vor einem weiß getünchten Haus am Straßenrand zum Stehen.

«Werden wir erwartet?», frage ich.

«Ich denke schon.» Jack steigt aus und öffnet den Kofferraum.

Ich blicke mich um. Ein hübsches Haus mit rot glänzender Eingangstür, Fensterrahmen im gleichen Ton und Blumen im Vorgarten. Das schmiedeeiserne Tor quietscht in den Angeln, als Jack es aufdrückt und wir über einen gekiesten Weg zur Haustür gehen. Unmittelbar auf unser Klingeln hin ist das Bellen eines Hundes zu hören, und Sekunden später steht ein Mädchen mit langen, roten Haaren im Türrahmen und mustert uns fragend.

«Hi, ich bin Jack. Ist Olivia da?»

Das Mädchen dreht ihren Kopf über die Schulter. «Mum!», brüllt sie und verschwindet ohne ein weiteres Wort wieder im Haus. Der Hund bellt immer noch, und dem tiefen, hallenden

Klang nach zu urteilen, handelt es sich um ein ausgesprochen großes Exemplar.

«Hallo!» Eine Frau in Jeans und weitem T-Shirt taucht auf und zieht den überraschten Jack, ohne zu zögern, in ihre Arme. «Wir haben uns ja ewig nicht mehr gesehen! Oh Gott, das letzte Mal warst du aber noch nicht größer als ich.» Sie tritt wieder einen Schritt zurück und mustert Jack genauer. «Oh Gott», wiederholt sie. «Es ist wirklich lange her. Kannst du dich überhaupt noch an unser letztes Treffen erinnern?»

«Ähm, ja, schon.» Jack wirkt ein wenig perplex. Ganz eindeutig hat er nicht mit einer solchen Überschwänglichkeit gerechnet.

«Du warst vielleicht neun oder zehn», sagt Olivia. «Deine Mum und ich haben gelegentlich telefoniert, aber ...»

Obwohl sie den Satz nicht beendet, steht deutlich zwischen uns, was sie hat sagen wollen. Kurz reibt sie sich über die nackten Arme. «Ach, Jack. Du siehst deiner Mutter ähnlich. Das war früher schon so, aber jetzt ...»

Sie begeht nicht den Fehler, Jack ein weiteres Mal umarmen zu wollen. Es wäre ihm dieses Mal schwergefallen, das zuzulassen, da bin ich sicher. Ich glaube nicht, dass Jack damit gerechnet hat, eine solche Unterhaltung führen zu müssen, sonst hätte er Olivia nie angeschrieben. Er redet nicht über seine Mutter, niemals. Ich weiß das nur zu gut.

«Entschuldige, und du bist ...?» Jetzt wendet Olivia sich mit einem noch immer leicht flackernden Lächeln an mich.

«Ich bin Vic. Hallo. Vielen Dank, dass wir heute hier übernachten dürfen.»

«Natürlich dürft ihr das, ich freue mich darüber. Kommt rein.»

Hinter Olivia betreten wir einen engen, kurzen Flur, in dem wild übereinandergeworfen Schuhe, Kleidungsstücke und

Bücher auf dem Boden liegen und von dem eine Treppe in den ersten Stock führt. Das Gekläffe, das irgendwann in den letzten Minuten verstummt ist, setzt von Neuem ein.

«Carlie!», ruft Olivia.

Das rothaarige Mädchen taucht im Türrahmen auf. «Was?»

«Bring endlich Tobi zum Schweigen. Und räum bitte deine Sachen hier raus.» Olivia lächelt entschuldigend. «Keine Ahnung, wie sie das macht. Sobald sie zu Hause ist, scheint alles aus den Regalen zu fallen. Soll ich euch als Erstes euer Zimmer zeigen?»

Ohne unsere Antwort abzuwarten, steigt sie die Treppe hinauf, und wir beeilen uns, ihr hinterherzukommen.

Olivia öffnet die Tür direkt rechts neben der Treppe. «Ihr habt ein Waschbecken im Zimmer, das Bad ist allerdings im Flur.»

Neugierig werfe ich einen Blick in den Raum. Ein schmaler, eintüriger Kleiderschrank und ein Doppelbett, an dessen Fußende mehrere zusammengefaltete Handtücher liegen. Vom Fenster aus sind die grünen Hügel zu sehen.

Mein Blick kehrt zu dem Bett zurück. Jack und ich werden heute Nacht gemeinsam in einem Doppelbett schlafen.

«Wollt ihr euch heute noch Loch Ness ansehen?», fragt Olivia.

«Ja, ich denke schon.» Jack setzt meine wuchtige Tasche ab. Seine ist noch im Van. «Oder was meinst du, Vic?»

Ich war in Gedanken noch mit Jack in diesem Bett, entsprechend ertappt fühle ich mich. Als wüssten alle, was mir eben durch den Kopf gegangen ist.

«Loch Ness? Klar.»

«Wenn ihr wollt, könnt ihr noch eine Kleinigkeit essen, bevor ihr euch auf den Weg macht», schaltet Olivia sich ein. «Warmes Essen gibt's heute Abend, aber irgendetwas findet sich bestimmt.»

«Danke, aber wir haben Sandwiches eingepackt», sagt Jack. «Wir essen erst einmal die.»

«In Ordnung. Es gibt eine Tour um vier, die schafft ihr, ohne dass ihr euch beeilen müsst. Ihr könnt auch online Tickets dafür buchen.» Olivia tritt einen Schritt zurück. «Aber heute Abend essen wir zusammen, oder?»

«Gern, vielen Dank», erwidert Jack. «Ich hole noch schnell meine Taschc.»

Während Jack zusammen mit Olivia das Zimmer verlässt, trete ich ans Fenster. An das Haus geschmiegt, liegt ein kleiner Garten mit sorgfältig angelegten Beeten und ein paar Blumenreihen dazwischen. Es sieht hübsch aus. Ob Emmeline Sinclair auch einen Garten hat? Mag sie Blumen? Eine schemenhafte Gestalt materialisiert sich vor meinen Augen, eine Frau, die sich zu dem Frühbeet hinunterbeugt.

Albern. Wird Zeit, dass ich mit solchen Überlegungen aufhöre.

Ich wende mich vom Fenster ab. Während ich gerade kontrolliere, ob jemand sich auf mein Mitfahrangebot hin gemeldet hat – was nicht der Fall ist –, höre ich es im Flur rumoren, und eine halbe Minute später betritt Jack das Zimmer.

«Willst du noch auspacken, oder wollen wir gleich los?»

«Meinetwegen können wir direkt weiter.»

«Okay, dann reserviere ich uns Tickets.»

Mir ist sehr danach, in Bewegung zu bleiben, und ich schiebe die Vorstellung von mir, wie Jack und ich heute Nacht zusammen in diesem Bett liegen werden. Ob die seltsame Nervosität ihm gegenüber wohl dieses beklemmende Gefühl zur Seite zu wischen vermag? Das Gefühl, das mich zuverlässig überkommt, sobald ich mir den Gesichtsausdruck meiner leiblichen Mutter vorzustellen versuche, nachdem ich ihr gesagt habe, wer ich bin?

Ich werde es wohl herausfinden.

Kapitel 11

Gemeinsam steigen wir die Treppe hinunter, und nach einem kurzen Klopfen öffnet Jack die Tür, zu der vorhin Carlie herausgeschaut hat. Zusammen mit Olivia sitzt sie an einem dunklen Holztisch, vor sich einige aufgeschlagene Hefte und Bücher und zu ihren Füßen, halb von der Tischplatte verborgen, einen riesigen Hund, der bei unserem Anblick den wuchtigen Schädel hebt und wachsam mit den Ohren zuckt.

«Das ist Tobi. Er ist manchmal laut, aber harmlos.» Olivia steht auf. «Ihr macht euch auf den Weg? Wisst ihr schon ungefähr, wie lange ihr unterwegs seid?»

«Ich habe Tickets für die Vier-Uhr-Tour reserviert», sagt Jack. «Danach sind wir wieder da.»

«Okay, dann viel Spaß!»

Kurz darauf laufen wir die Hauptstraße zum Caledonian Canal hinunter, der mitten durch Fort Augustus führt. Er wird von mehreren Schleusentoren unterteilt, und eine Weile stehen wir da und beobachten ein Schiff, das darauf wartet, das nächste Tor passieren zu dürfen. Nur langsam senkt sich der Wasserspiegel, und wir haben schon beinahe alle Sandwiches gegessen, bevor die Tore sich öffnen und zwei Männer von Bord springen, um das Boot an Seilen zur nächsten Staustufe zu ziehen.

«Eine Tour mit einem Hausboot hätte auch was», sagt Jack.

Ich sehe uns im Sonnenschein den Kanal entlangdümpeln und nicke. «Braucht man dafür eigentlich einen Bootsführerschein?»

«Keine Ahnung. Wäre aber vermutlich nicht ganz unkompliziert, von Oban aus nach Edinburgh zu kommen.»

Edinburgh. Emmeline Rose Sinclair. Für ein paar Minuten habe ich an beides nicht mehr gedacht. So unspektakulär das Schiffsmanöver gewesen ist, hatte es doch etwas Meditatives.

Langsam folgen wir dem Kanal weiter bis zu seinem Ende kurz vor dem Loch Ness. Unmittelbar nach der letzten Schleuse überqueren wir eine metallene Schwingbrücke. Schwarz schimmernd zieht der Kanal zu unseren Füßen dahin. In einiger Entfernung ist die Anlegestelle des Ausflugsdampfers zu sehen. Von hier aus haben wir nur einen beschränkten Ausblick auf den berüchtigten See. Hohe, dicht belaubte Bäume versperren an der Mündung die Sicht, doch nachher werden wir ihn in seiner ganzen Größe bewundern dürfen.

Auf der anderen Seite schlagen wir die entgegengesetzte Richtung am Kanal entlang ein. Nach einer Weile ist bis zu den Hügeln am Horizont nichts anderes zu sehen als Wald, Sträucher und Wiesen. Die wenigen vereinzelt stehenden Gebäude nehmen sich inmitten dieser Landschaft unscheinbar aus.

Meine Gedanken wandern schon wieder zu Emmeline Sinclair – ist sie hier vielleicht auch schon einmal gewesen, hat sie eine Bootstour gemacht? – und weiter zu unserer Begegnung mit Olivia. Ob Jack gewusst hat, dass sie seiner Mutter so nahestand? Vermutlich nicht. Ich halte es für unwahrscheinlich, dass er sie in diesem Fall angeschrieben hätte. Wie es ihm damit wohl gerade geht?

«Olivia ist nett», wage ich mich vor.

Jack brummt etwas Zustimmendes, und ich nehme das als Aufforderung weiterzureden.

«Sie scheint deine Mutter gut gekannt zu haben.»

«Mhm», erwidert Jack unverbindlich.

«Ist es schwierig für dich, sie wiederzusehen?»

Jack schaut stur geradeaus. «Nicht schwierig, eher ... seltsam. Ich kann mich erinnern, dass Olivia uns mal besucht hat. Sie hatte Carlie dabei, die war noch ein Baby, und ...» Jack gerät kurz ins Stocken, dann fügt er leiser hinzu: «Ich weiß noch, dass meine Mutter mich gefragt hat, ob ich mir vorstellen könnte, irgendwann auch mal ein großer Bruder zu werden.»

Das ist mit Sicherheit eine Erinnerung, die Jack lieber hätte ruhen lassen.

Ein langer Kahn mit gelber Reling zieht vorbei, und zwei Segelboote, die am Rande des Kanals vor Anker liegen, beginnen zu schaukeln.

«Ich glaube, meine Mutter hat Olivia hin und wieder besucht.» Jack spricht jetzt wieder mit festerer Stimme, als habe er eine Entscheidung getroffen. «Callan und ich bekamen Weihnachts- und Geburtstagsgeschenke von ihr, auch später noch. Es lagen immer Karten dabei, in denen hat sie manchmal von Carlie oder dem B&B erzählt, und wir haben Dankeskarten zurückgeschrieben. Das war lange der einzige Kontakt. Mein Vater hat sich um die meisten Freunde, die wir mal hatten, ja einfach nicht mehr gekümmert.»

Jack hat damals nicht nur seine Mutter verloren. Er hat auch seinen normalen Alltag verloren, mit Freunden und Besuchen und Ausflügen, und irgendwie hat er gleichzeitig auch noch seinen Vater verloren, der vor Trauer nicht mehr in der Lage war, sich um seine drei Söhne zu kümmern.

Zu dieser Zeit war Jack oft bei uns zu Hause. Alice und George haben ihn dazu häufig fast schon überredet, und ich weiß noch, dass mir das trotz der Umstände gefallen hat. So hatte ich meinen besten Freund plötzlich immer um mich, und wenn Jack bei uns war, hat er auch manchmal wieder gelacht. Meine Eltern haben ihr Verhalten Jack gegenüber immer beibehalten, auch später noch, als er Finny überallhin mitgenommen hat. Vor allem Alice hat sich um Jacks kleinen Bruder gekümmert, als sei er wirklich ihr Kind. Finny nennt sie *Tante Alice*, doch sie war immer mehr als nur eine Tante für ihn. Als habe sie ihn ein Stück weit adoptiert. Diesen Gedanken hatte ich früher häufiger mal, da war er noch nicht mehr als das – einfach ein Gedanke. Jetzt schiebe ich ihn beiseite.

Einige Male habe ich damals versucht, mit Jack über den Tod seiner Mutter zu sprechen, nachts, wenn wir nebeneinander im dunklen Zimmer lagen, doch er hat immer abgeblockt, so wie er es auch heute noch tut. Dass Olivia vorhin so plötzlich auf seine Mutter zu sprechen kam, hat ihm zugesetzt, das war ihm deutlich anzusehen.

«Meinst du, dein Vater wird irgendwann mal wieder ... anders sein?», frage ich, unfähig, dieses *Anderssein* genauer zu definieren. Vor dem Tod seiner Frau stand er meistens im *Merry Men*, und er hat oft gelacht.

«Keine Ahnung. Es ist jetzt über vier Jahre her. Er hat versucht, einfach weiterzumachen, aber das hat wohl nicht so gut geklappt.» Jack sieht in meine Richtung, nur kurz, und das Lächeln auf seinem Gesicht ist mehr eine bittere Grimasse.

Und du?, denke ich. *Hast du nicht auch versucht, einfach weiterzumachen? Und hat das besser funktioniert?*

Auf den ersten Blick wohl schon. Jack hat trotz allem seinen Schulabschluss gemacht, er hat neben dem Pub einen weiteren Job und kümmert sich um Finny, und wenn man ganz ehrlich ist, auch um Callan und seinen Vater. Und genau das ist das Problem. Ich werde demnächst studieren, aber Jack ... für Jack ist klar, dass er in Oban bleibt. Ich weiß, er würde selbst gern studieren, am liebsten irgendetwas in Richtung Lehramt, aber da sind seine Brüder, da ist das *Merry Men*, da ist sein hilfloser Vater ... eigentlich klappt es bei Jack selbst auch nicht so gut, und das wissen wir beide. Doch um darüber zu reden, müssten wir auch über andere Dinge sprechen, und ich kann mich noch gut an die Nacht erinnern, in der ich zum letzten Mal versucht habe, Jack auf den Tod seiner Mutter anzusprechen.

Bist du denn nicht traurig?, habe ich ihn damals gefragt, eine völlig bescheuerte Frage. Es war mein erbärmlicher x-ter Versuch, zu ihm vorzudringen, sein *Lass uns nicht darüber reden* zu überwinden.

Vic, hat er geantwortet, und bereits dieses einzelne Wort war mit einem solchen Schmerz getränkt, dass mir übel geworden ist. *Kannst du bitte aufhören, mich ständig daran zu erinnern?*

Es tut mir leid, habe ich erwidert, und das war's. Danach fiel jahrelang kein Wort mehr über seine Mutter. Bis auf das eine Mal neulich am Strand ist er nie freiwillig auf sie zu sprechen gekommen. Aber soll das immer so weitergehen? Irgendwann muss er sich doch auch einmal von allem befreien und sein eigenes Leben angehen.

In Jacks Hosentasche beginnt sein Handy zu summen, und als er es herauszieht und sieht, wer ihn da anruft, erscheint das erste echte Lächeln auf seinem Gesicht, seit wir an Olivias Tür geklingelt haben.

«Fin», sagt er. «Hey, wie läuft's?»

Er wird ihn nie allein lassen, wird mir plötzlich bewusst. Niemals. Jack wird sich immer um seinen kleinen Bruder kümmern, ganz egal, was er selbst dafür aufgeben muss.

Kapitel 12

Kurz bevor unsere Bootstour auf dem Loch Ness beginnt, zieht der Himmel sich zu, und wir sind noch keine zehn Minuten auf dem See, da beginnt es zu regnen, so fein und nieselig, dass ich das Gefühl habe, durch feuchtkühlen Nebel zu gleiten. Trotzdem beschließen Jack und ich, zusammen mit einigen wenigen Leuten auf dem Oberdeck zu bleiben, und der Anblick des schwarzen Wassers, umsäumt von baumbewachsenen Hügeln unter schweren, grauen Wolken, entschädigt uns dafür. Es hat etwas Geheimnisvolles, beinahe Mythisches, und obwohl weder Jack noch ich an die Existenz des berühmten Monsters glauben, wäre es für seinen Auftritt die perfekte Kulisse.

Bei meiner ersten Loch-Ness-Tour vor vielen Jahren brannte die Sonne vom Himmel, es war heiß, und ich weiß noch, dass ich mir gewünscht habe, die Fahrt möge endlich zu Ende sein, weil ich danach auf ein Eis hoffte. Jetzt sitze ich neben Jack statt neben Alice, und meine Gedanken driften dahin wie die hauchfeinen Regenschwaden über den flachen Wellen. George hat damals eine Million Fotos gemacht, und Alice hat versucht, mich mit kleinen Geschichten bei Laune zu halten.

«Siehst du die Ruine da?» Ich deute auf die verfallenen Mauern von Urquhart Castle. «Dort wohnten früher Lairds, aber irgendwann sind die Adeligen wieder geflüchtet, weil es ihnen zu kalt und nass und ungemütlich wurde.»

«Kann ich verstehen.» Jack mustert das, was von der einstigen Festung übrig ist.

«Als ich klein war, fand ich das langweilig, aber jetzt … Wenn ich mir vorstelle, dass dort vor Hunderten von Jahren Leute lebten, die ihre ganz eigenen Probleme hatten ...»

Heute ist es nur noch ein verwittertes Gemäuer, doch irgendwann einmal haben aus diesen schmalen Fensterhöhlen Menschen hinaus auf den See geblickt. Es ist ein irgendwie verrückter Gedanke. Als streite etwas in mir rundheraus ab, dass die Zeitrechnung nicht erst mit meiner Geburt begonnen hat.

«Das Gefühl kenne ich.» Jack folgt der Ruine mit seinem Blick, während wir daran vorüberziehen. «So ähnlich geht es mir manchmal, wenn ich ein altes Gebäude betrete oder eine Straße entlanglaufe. Ich frage mich, wer vor mir dort gegangen ist und woran dieser Jemand wohl gerade gedacht hat.»

Ich nicke. Ja, das lässt sich vergleichen. Es ist nicht nur die Tatsache, dass Menschen ihr Leben bereits lange vor mir lebten – es ist der aberwitzige Gedanke, dass sie alle ihre eigenen Geschichten haben. Unzählige Geschichten, die ineinander übergehen und sich gegenseitig beeinflussen. Und mitunter scheint man sie fast schon körperlich zu spüren, selbst wenn bereits Jahrhunderte verstrichen sind.

Dass sich jetzt zum millionsten Mal Emmeline Sinclair in meine Gedanken drängt, stört das erhabene Gefühl in mir empfindlich. Auch sie hat ihre Geschichte, und in genau dieser Sekunde fügt sie dieser Geschichte etwas hinzu, egal ob sie etwas ganz Alltägliches macht, wie die Seite eines Romans umzublättern, oder vielleicht auch gerade etwas Besonderes wie einen Ausflug zu einer alten Burg.

Uns trennt nur die räumliche Entfernung, nicht aber die Zeit. Und sie hat keinen blassen Schimmer, dass ein früherer Teil ihrer Geschichte gerade auf dem Weg zu ihr ist.

Als wir zurück zu Olivia laufen, hat die Feuchtigkeit jedes einzelne Kleidungsstück durchdrungen, und es hilft auch nicht viel, dass auf halber Strecke die Sonne wieder hervorbricht.

Ich ziehe mich im Badezimmer um, und als ich zurück in unser Zimmer komme, streift Jack sich gerade ein frisches Shirt über den Kopf. Hastig schaue ich an ihm vorbei, obwohl Jack meinen schnellen Blick auf seine nackte Haut nicht mitbekommen hat. *Du warst schon tausendmal mit ihm schwimmen*, weise ich mich selbst zurecht. *Du weißt, wie er in Badehosen aussieht. Warum also jetzt auf einmal dieses ziehende Gefühl, als sei ich eine zitternde Kompassnadel und Jack der Nordpol?*

Weil er früher einfach mein bester Freund in Badehosen war. Und jetzt ist er Jack mit flachem Bauch und sanft gebräunter Haut, nach dem ich gern die Hand ausstrecken würde.

«Gehen wir runter?»

«Was?»

«Ob wir runtergehen wollen?» Grinst Jack gerade etwas breiter als gewöhnlich? Nein, ich glaube nicht. Oder doch?

«Klar, ich bin so weit.»

Es ist ein wenig komisch, sich in einem fremden Esszimmer zum Abendbrot hinzusetzen, als gehöre man dazu, doch mein Unbehagen hält nicht lange vor, weil es Olivia innerhalb kürzester Zeit gelingt, mir das Gefühl zu vermitteln, mein Platz sei schon immer der neben Jack an einer der Längsseiten des Tisches gewesen.

«Wie war eure Bootsfahrt?», will sie wissen und reicht mir einen Teller mit Kartoffelgratin. «Mit dem Wetter habt ihr ja ein bisschen Pech gehabt.»

«Ach, nicht so schlimm», erwidere ich. «Es war trotzdem sehr schön.»

«Gut, dass ihr euch von so etwas nicht gleich die Stimmung verderben lasst.» Olivia hat Jack versorgt und ist nun bei Carlie angelangt. «Haben sie euch bei der Tour auch erzählt, dass die gesamte Weltbevölkerung gleich dreimal in den See hineinpassen würde?»

Ich halte mit der Gabel kurz vor dem Mund inne. «Wirklich?» Wir haben die Informationen, die aus den Lautsprechern schepperten, überwiegend ignoriert.

«Angeblich. Ich habe das jetzt schon einige Male von Gästen gehört, die eine Loch-Ness-Tour gebucht hatten. Das beeindruckt alle immer sehr.»

«Mich auch», gebe ich zu.

«Na ja, es lässt sich ja schlecht überprüfen.» Olivia lacht. «Fahrt ihr eigentlich morgen schon weiter? Was ist euer nächstes Ziel?»

«Wir wollen morgen nach Durness.» Jack trinkt einen Schluck Wasser. «Und von dort aus an der Küste entlang bis nach John O'Groats und dann runter nach Edinburgh.»

«Das hört sich nach einem tollen Urlaub an. Wie viel Zeit habt ihr denn dafür?»

«Ungefähr eine Woche», erwidert Jack, während ich über das Wort *Urlaub* nachdenke. Heute auf dem See kam es mir fast selbst so vor, als sei das alles hier nur ein schöner Ausflug. Wie Olivia wohl reagieren würde, wüsste sie, was der eigentliche Grund unserer Reise ist?

«Wisst ihr schon, wo ihr übernachten werdet? Eine Bekannte von mir hat ein schönes B & B in Durness.»

«Wir wollen campen», werfe ich ein. «Das ist ein bisschen günstiger.»

«Ihr schlaft im Wagen?»

«Könnten wir, aber wir haben auch ein Zelt dabei.»

«Dann kann ich euch Sango Sands empfehlen. Das ist ein wirklich schöner Campingplatz direkt über den Klippen bei Durness und auch gar nicht so weit weg von der Smoo Cave. Habt ihr davon schon gehört?»

Ich schüttle den Kopf.

«Ich war schon mal da, früher mit meinen Eltern», erwidert

Jack, und ich mustere ihn schnell. In diesem Moment wirkt er nicht besonders angespannt, aber das kann täuschen.

«An eurer Stelle würde ich die Smoo Cave auf keinen Fall auslassen», sagt Olivia. «Sie ist wirklich beeindruckend – wenn du sie schon gesehen hast, Jack, weißt du das ja selbst. Sie ist riesig! Wir waren früher oft mit unserem Camper unterwegs, mein Ex-Mann und ich. Wenn ich mich richtig erinnere, sind wir von Sango Sands aus sogar zur Höhle gelaufen. Und das Wasser ist dort zwar verdammt kalt, aber man kann Kitesurfen.»

Jack hat sein Smartphone hervorgezogen. «Dieser Campingplatz bietet keine Reservierungen an», stellt er fest. «Es sei denn, man bucht einen Platz mit Stromanschluss. Den brauchen wir aber nicht.»

«Mit einem Zelt müsstet ihr dort eigentlich immer unterkommen.»

«Die Bilder sehen toll aus.» Jack hält mir das Display seines Telefons hin, und ich blicke auf einen einsamen Sandstrand, umschlossen von grün bewachsenen Felsen.

«Wow! Wunderschön!»

«Ja, das ist er. Ich bin sicher, der Platz wird euch gefallen – es ist sehr romantisch, wenn man in der Dämmerung direkt an den Klippen sitzt und übers Meer schaut.»

Olivia sagt das mit einem Augenzwinkern, und mir wird klar, dass sie ganz selbstverständlich davon ausgeht, dass Jack und ich zusammen sind. Ein schneller Seitenblick zeigt, dass er sich gerade gelassen eine Gabel Gratin in den Mund schiebt und nicht darüber nachzudenken scheint, ob er Olivias Irrtum aufklären soll. Wieso auch? Es spielt keine Rolle, was sie darüber denkt.

«Wie geht es deinem Vater, Jack?», fragt Olivia jetzt. «Hat er sich wieder gefangen? Und was macht Callan so? Und ... wie heißt dein jüngerer Bruder? Finlay, oder?»

Weil mein Blick noch immer auf Jack liegt, sehe ich, wie sich der Ausdruck in seinem Gesicht verändert, wie für einen Moment eine wachsame Falte zwischen seinen Brauen entsteht, bevor sie wieder verschwindet und er sich hinter dieser Ausdruckslosigkeit verschanzt, die ich nun schon so gut von ihm kenne.

«Finlay, ja. Es geht ihnen gut. Callan hat einen Job ...»

Und ein paar Drogenprobleme, denke ich.

«... mein Vater kümmert sich noch immer um das *Merry Men* ...»

Wenn er nicht gerade betrunken ist und du nicht nur deine eigenen Schichten machst, sondern auch noch seine übernimmst.

«... und Fin kommt nächstes Jahr in die Schule.»

«Das klingt, als kämt ihr gut zurecht», sagt Olivia.

«Ja, sicher.» Jack erwidert Olivias Blick ganz offen, und ich bin überzeugt, sie ahnt nichts; nichts von den Problemen, mit denen Jack wirklich zu kämpfen hat.

«Sarah würde sich freuen. Ihre Familie – vor allem du und Callan und ... und Finlay –, ihr seid immer das Wichtigste für sie gewesen.»

Es fühlt sich an, als würde mein Herz in Eis getaucht. *Olivia, hör einfach auf. Für dich ist das nur irgendein Thema, über das man vielleicht nicht ganz so locker spricht wie gewöhnlich, aber für Jack ...*

«Wie ist das eigentlich für Finlay?», mischt sich Carlie jetzt ein. «Dass seine Mutter ... ich meine ... sie ist bei seiner Geburt gestorben, oder?»

Ich starre Carlie an und überlege, ob man mit dreizehn, vierzehn, oder wie alt auch immer sie genau ist, nicht schon wissen könnte, dass das eine unfassbar unsensible Frage ist.

«Er weiß es nicht», sagt Jack nüchtern. «Ich habe ihm nur erzählt, dass unsere Mutter krank war.»

«Ach so?» Carlie klingt viel zu interessiert, um sich mit dieser Antwort zufriedenzugeben. «Aber …», setzt sie an.

«Carlie, du hast gerade Ferien, oder?», falle ich ihr ins Wort, was mir einen verwirrten Blick von ihr einträgt.

«Was? Ja, wieso …?»

«Ich dachte nur, weil ich vorhin die ganzen Schulbücher gesehen habe.»

Jetzt räuspert sich Olivia. «Sie haben einiges über die Ferien zu tun», sagt sie. «Es gäbe noch Eis zum Nachtisch, will jemand?»

Ich habe damit gerechnet, dass Jack ablehnen würde, doch er scheint entschlossen, den Abend in seiner vollen Länge durchzuziehen, und deshalb helfen wir beim Tischabräumen und unterhalten uns bei Vanilleeis darüber, was man von Sango Sands aus noch alles unternehmen könnte. Ich bin ziemlich sicher, dass Olivia Carlie in der Küche beiseitegenommen hat, denn Jacks Familie spielt keine Rolle mehr.

«Wann wollt ihr morgen frühstücken?», fragt Olivia schließlich. «Plant ihr noch etwas hier in der Umgebung, oder fahrt ihr gleich vormittags weiter?»

Jack sieht zu mir, und ich zucke mit den Schultern. «Ich wäre dafür, nach dem Frühstück aufzubrechen.»

«Also, zwischen sieben und zwölf ist mir alles recht», sagt Olivia.

«Dann vielleicht so gegen halb neun?», sagt Jack.

Olivia nickt. Minuten später haben wir uns gegenseitig eine gute Nacht gewünscht und steigen die Treppe zu unserem Zimmer hinauf.

Ein Bett, fällt es mir wieder ein, als ich die Tür öffne. Ein *großes* Bett, aber eben nur *ein* Bett. Noch vor wenigen Wochen hätte ich daran keinen zweiten Gedanken verschwendet. Ich meine – es ist Jack. Mein bester Freund. Warum sollten wir nicht in einem Bett zusammen schlafen? So wie früher?

Weil ich früher neben Jack gelegen hätte, ohne darüber nachzudenken, dass ich in Wahrheit mehr will, als nur neben ihm zu liegen.

«Alles okay?» Jack hat damit begonnen, ein paar Sachen aus seiner Tasche auszupacken, und erst da wird mir bewusst, dass ich nur herumstehe und planlos durch die Gegend starre.

«Ja, alles okay. Ich bin nur ein bisschen müde.»

Jack knipst die kleine Lampe auf dem Nachttisch an und schaltet das Deckenlicht aus. Damit ist das Schlafzimmer noch mehr Schlafzimmer. Wie ein Scheinwerfer, der auf das Bett gerichtet ist.

Gott, manchmal hasse ich mein Hirn. Schade, dass es sich nicht wie die Lampe auf dem Nachttisch an- und ausknipsen lässt.

«Willst du zuerst ins Bad?», fragt Jack.

«Ich ... ja.» Aus meiner Tasche wühle ich den Kulturbeutel und ein langes Shirt heraus, stoße anschließend in meiner Nervosität mit dem kleinen Zeh gegen das Bettgestell, unterdrücke einen Schmerzensschrei und humpele aus dem Zimmer.

Kurz darauf krieche ich unter die schwere Bettdecke und fühle, wie Wärme sich um mich herum ausbreitet, während ich darauf warte, dass Jack aus dem Badezimmer zurückkehrt. Es scheint ewig zu dauern, und in dieser Zeit denke ich daran, dass Jack sich jetzt gleich neben mich legen wird, und ich denke über das Gespräch beim Abendessen und über die Frage nach, ob ich es aushalten werde, einfach nur neben Jack zu liegen, und ganz kurz denke ich auch an Emmeline Sinclair, die sich offenbar einfach überall reindrängen muss, und danach an den Kuss am Strand.

Es wäre alles wirklich sehr viel leichter, hätte es diesen Kuss nie gegeben. Möglicherweise wäre dann nie dieses Gefühl in mir aufgekommen, dass ich mehr von Jack will als das, was zwischen uns besteht. Das hat mir doch immer ausgereicht, mehr noch – es hat mich glücklich gemacht. Ich kann mich völlig auf ihn verlassen, wir können über alles reden, wir lachen über dieselben Dinge – ich meine, das ist doch schon fast so etwas wie eine Beziehung.

Aber eben nur fast.

Was ist mit dem Bedürfnis, ihm das Shirt wieder nach oben zu streifen, dass er sich vorhin über den Kopf gezogen hat, mit beiden Händen über seine nackte Haut zu streicheln, seine Brust zu küssen, seinen Hals, ihn noch einmal so zu küssen wie damals am Strand und dabei ...

«Schläfst du schon?»

Obwohl Jack flüstert, zucke ich unter der Bettdecke zusammen.

«Nein», gebe ich halblaut zurück, ohne die Augen zu öffnen. Würde ich das tun, könnte Jack alles in ihnen lesen, da bin ich sicher.

Im nächsten Moment spüre ich einen kühlen Luftzug, als Jack die Decke anhebt, bevor die Matratze sich neben mir absenkt.

Ich liege Jack zugewandt auf der Seite und frage mich, ob er mich in dieser Sekunde ansieht, dann klickt es, und es wird dunkel.

Atemlos liege ich da und warte. Darauf, dass Jack etwas sagt oder sich bewegt. Darauf, dass unsere Hände sich vielleicht berühren, ganz zufällig. Ich könnte es ihm jetzt einfach sagen, im Schutze der Dunkelheit. *Weißt du, Jack ...*

Und wie weiter?

Denkst du manchmal noch daran, wie wir uns geküsst haben?

Hast du auch das Gefühl, da ist seitdem vielleicht irgendwie mehr zwischen uns?

Oder vielleicht nicht *mehr*, eher ... etwas Neues.

Glaubst du, dass beste Freunde sich ineinander verlieben können?

Ich öffne die Augen, warte, bis sie sich an die Dunkelheit gewöhnt haben. Jack liegt neben mir auf dem Rücken, die Hände im Nacken verschränkt. Er wirkt ganz und gar nicht so, als würden ihm ähnliche Gedanken wie mir durch den Kopf gehen, und ein dumpfes Gefühl der Enttäuschung macht sich in mir breit. Vielleicht schläft er sogar.

«Glaubst du, Fin könnte es ahnen?», fragt er plötzlich.

Es dauert ein paar Sekunden, bis ich kapiere, was Jack meint. Carlie und ihre blöde Frage beim Abendessen.

«Wieso sollte er?», erwidere ich. «Diese Verbindung kann er nicht ziehen, dazu ist er zu jung, oder?»

«Ich weiß nicht.» Jack klingt angespannt. «Ich habe mich schon einige Male gefragt, was in ihm vorgeht. Ob er sich vielleicht doch irgendwie ... keine Ahnung, schuldig fühlt. Aber ich habe nie gewusst, wie ich ihn darauf ansprechen soll, ohne vielleicht am Ende dafür zu sorgen, *dass* er sich schuldig fühlt.»

«Redet Finny ab und zu von ihr?» Es fühlt sich an, als würde ich mit meinen Worten ein Tabu brechen, und alles in mir drängt danach, noch etwas Abmilderndes hinzuzufügen. Nur gibt es nichts Abmilderndes.

«Nein», sagt Jack nach einer Weile. «Er redet nie von ihr. Jedenfalls schon eine ganze Weile nicht mehr. Das ist es ja.»

«Du meinst, früher hat er?»

«Er wollte einige Male wissen, warum wir keine Mutter haben, und ich habe ihm jedes Mal erklärt, dass sie gestorben ist. Da war er vielleicht knapp drei oder so. Er wollte wissen, wie und warum es passiert ist, und ich habe ihm gesagt, sie sei krank gewesen.» Jacks Flüstern ist so leise, dass ich ihn kaum verstehe. «Ich meine, Herrgott, was hätte ich denn sagen sollen? Und ich weiß noch, dass er mal gefragt hat, ob ich diese Krankheit auch kriegen könne – und dann hat er von einem Tag auf den anderen aufgehört, darüber zu reden. Er hat es einfach nie wieder erwähnt.» Jack atmet aus. «Warum ist mir eigentlich nie der Gedanke gekommen, dass das schräg sein könnte? Ich war einfach erleichtert, aber vielleicht … vielleicht gibt es einen Grund, dass er plötzlich nicht mehr über sie gesprochen hat.» Ich höre ihn tief durchatmen. «Weißt du, ich habe in den letzten Jahren immer versucht, Verständnis für meinen Vater zu haben. Weil ja nicht zu übersehen ist, wie er leidet. Aber wenn er das gemacht hat … wenn er Fin wirklich die Schuld am Tod von Mum aufgebürdet hat …»

Ich würde Jack in diesem Moment gern etwas Beruhigendes sagen, aber es wäre Jacks Vater zuzutrauen, und das wissen wir beide. Er könnte es getan haben, weil er mit dem Tod seiner Frau nicht klarkam, weil er einen Schuldigen gesucht hat. Weil er seine Emotionen bei jemandem abladen wollte und vielleicht auch, um Finny zu bestrafen.

Es ist doch verrückt. Lange sind Eltern für ihre Kinder einfach nur perfekt. Sie sind unser Ein und Alles, sie sind unsere Welt, wir lieben sie abgöttisch. Doch irgendwann kommt wohl immer der Zeitpunkt, an dem man feststellt, dass sie einfach nur Menschen sind, keine Superhelden. Sie belügen dich. Laden Schuld auf deine Schultern. Sterben.

Ich taste nach Jacks Hand, weil ich ihm etwas Tröstendes geben will und weil ich es brauche. Warm schließen sich seine Finger um meine. Und als ich etwas näher an ihn heranrücke, ist das okay, und als er einen Arm um mich legt, ist das auch okay. Den Kopf unter sein Kinn geschmiegt, liege ich da, lausche seinem Herzschlag, denke an Jacks Eltern und an meine, denke an Emmeline Sinclair und frage mich, ob ich später genauso schwach sein könnte, sollte ich mal Kinder haben.

Lieber bekomme ich keine, bevor ich ihnen so etwas antue.

Kapitel 13

Das, was gestern Nacht auf einmal ganz leicht schien, verändert sich grundlegend, als ich am nächsten Morgen erwache. Im Zimmer ist es bereits hell, und ich drehe den Kopf vorsichtig zur Seite. Jacks wirre Haare, die ihm über die geschlossenen Augen fallen, seine scharfe Kinnlinie und sein Mund, von dem ich genau weiß, wie er sich auf meinen Lippen anfühlt. Noch immer liegt sein Arm über meinem Oberkörper, und dass er noch schläft, ändert überhaupt nichts daran, dass alles in mir sich langsam elektrisch aufzuladen beginnt.

Ich sollte einfach aufstehen, stattdessen bleibe ich regungslos liegen und bin mir jedes einzelnen Zentimeters meines Körpers bewusst, den Jack mit seinem berührt.

Das ist ... verflucht, das ist nicht gut.

Wieso nicht? Er schläft.

Darum geht es nicht.

Worum geht es dann?

Darum, dass ich mir wünsche, er wäre wach und sein Arm würde trotzdem genau dort liegen. Es geht darum, dass ich mich gern zu ihm drehen und meine Hand auf seine Hüfte legen möchte, während ich ihn noch einmal so küsse, wie wir uns am Strand geküsst haben, und ich würde wollen, dass er sich mir dabei so entgegendrängt, wie ich mich ihm entgegendrängen würde, und obwohl ich einfach weiter ruhig daliege, kann ich nicht dafür garantieren, dass es dabei bleibt.

Aber was wäre danach? Was, wenn es nicht funktioniert, weil aus einer Freundschaft nicht einfach mal so eben eine Beziehung werden kann? Was, wenn einer von uns es bereut? Wir könnten wohl kaum zu einer Freundschaft zurückkehren.

Und was, wenn Jack ohnehin nicht so weit gehen würde? Möglicherweise hat der Kuss am Strand für ihn bereits eine Grenze überschritten. Immerhin tun wir beide seitdem so, als habe es diesen Kuss nie gegeben.

Ich stelle mir vor, wie ich mit den Fingerspitzen über Jacks Wangenknochen fahre, etwas, das ich unendlich gern tun würde, und er würde die Augen aufschlagen, und ich sähe darin nichts als Verwirrung, Bedauern und Mitleid. Gott.

Behutsam winde ich mich unter Jacks Arm heraus und gleite lautlos aus dem Bett. Meine Tasche liegt am Fußende auf dem Boden, und ich habe sie fast erreicht, als die Bohlen unter meinen Füßen ein lautes Knarren von sich geben.

«Vic?»

Ich drehe mich zu Jack um, der sich in diesem Moment verschlafen die Haare aus der Stirn streicht.

«Guten Morgen.» Meiner Stimme ist nicht anzuhören, dass ich mir in diesem Moment nur zu bewusst bin, lediglich ein dünnes Shirt zu tragen, das mir gerade mal so über den Hintern reicht, und ein Teil von mir würde einfach gern zurück zu Jack ins Bett kriechen trotz aller Bedenken, die sich gerade noch aufgetürmt haben.

Verdammt. Grauem Morgenlicht, geblümter Bettwäsche und einem kalten Dielenboden gelingt es nicht im Entferntesten zu verhindern, dass sich ein pulsierendes Kribbeln in mir ausbreitet, während ich mir vorstelle, wie Jack einen Arm nach mir ausstreckt und mich zu sich zieht und wie wir dann ...

Ich bücke mich nach meiner Tasche.

«Wie viel Uhr ist es?», murmelt er.

Ich mag seine Stimme früh am Morgen. Sie ist dann weicher und irgendwie ein bisschen desorientiert, und jetzt gerade führt ihr Klang dazu, dass ich mich wirklich zusammenreißen muss, um nicht irgendetwas völlig Unpassendes zu erwidern.

«Halb acht», sage ich.

Ich kann Jacks Blick auf mir spüren, während ich ein paar Sachen aus meiner Tasche zusammensuche und nach meinem Kulturbeutel greife. «Ich geh ins Bad», erkläre ich überflüssigerweise.

Das kribbelnde Gefühl begleitet mich über den Flur hinweg ins Badezimmer, wo ich mein Zeug auf einem Stuhl neben der Dusche ablege, meine Haare aus dem Gesicht binde und mir einen Schwung eiskaltes Wasser ins Gesicht kippe. Tropfend starre ich mich im Spiegel an, die Hände auf den Waschbeckenrand gestützt.

Das mit den Doppelbetten lassen wir für den Rest unserer Reise mal besser – ab sofort wird nur mit dem Schlafsack gekuschelt.

Geduscht und mit feuchten Haaren kehre ich kurz darauf ins Zimmer zurück, wo ich es vermeide, Jack dabei zuzusehen, wie er aus dem Bett steigt und ebenfalls in seiner Tasche herumkramt. Als er das Zimmer verlässt, geht er so dicht an mir vorbei, dass sein Arm meinen streift, und es kostet mich einiges, diesen Film in mir anzuhalten, in dem Jack und ich weit mehr als nur beste Freunde sind.

Nur beste Freunde.

Herrgott! Es gibt keinen besseren Freund als Jack, und ich will das zwischen uns nicht zerstören, nur weil ich offenbar seit Tagen völlig neben mir stehe!

Schluss jetzt damit!

Ich greife nach meinem Handy und rufe die Seite der Mitfahrzentrale auf, die mir erklärt, dass sich noch immer niemand dafür interessiert, ein Stück mit uns zu fahren und dafür einen Teil der Spritkosten zu übernehmen. Wäre ja auch zu schön gewesen – meine Anfrage war offenbar ziemlich kurzfristig. Dabei würde ich eine dritte Person, die uns begleitet, im Moment wirklich sehr begrüßen – ein bisschen Ablenkung täte mir mit Sicherheit gut.

Olivia hat es sich nicht nehmen lassen, uns ein komplettes B & B-Frühstück zu servieren inklusive Tattie Scones und Baked Beans, und mit vollen Mägen sitzen wir erst gegen halb elf im Auto, auf dem Weg zu dem Campingplatz in der Nähe der Smoo Cave, den Olivia empfohlen hat.

Als wir Fort Augustus verlassen, scheint die Sonne. Jack hat angeboten, auch mal zu fahren, doch ich habe abgelehnt. Wenn ich mich auf den Verkehr konzentriere, denke ich weniger nach. Das glitzernde Wasser des Loch Ness' begleitet uns bis zu den Ruinen von Urquhart Castle, wo sich der Himmel zuzuziehen beginnt, während der See hinter uns zurückbleibt. Heftige Regenschauer prasseln noch auf uns nieder, als wir Beauly erreichen.

«Wie lange fahren wir noch?», unterbricht Jack die eher ungewöhnliche Stille zwischen uns.

«Noch zweieinhalb Stunden», erwidere ich nach einem Blick auf das Navi und setze im nächsten Moment den Blinker, weil ich in einiger Entfernung ein Tankstellenschild entdecke.

Ich fülle den Tank und öffne noch einmal die Fahrertür, um Jack zu fragen, ob er irgendetwas aus dem kleinen Supermarkt braucht.

Jack schüttelt den Kopf. «Gab es eigentlich schon eine Antwort von der Mitfahrzentrale?»

«Ich schau gleich noch mal nach. Bis heute Morgen jedenfalls nicht.»

Daran hat sich auch nichts geändert, als ich Minuten später meine Benachrichtigungen überprüfe.

«Schade», merkt Jack an, und ich frage mich, ob es ihm auch lieber wäre, wären wir nicht nur zu zweit unterwegs. Seit wir von Fort Augustus aus losgefahren sind, haben wir kaum miteinander geredet, und beim Frühstück haben wir uns hauptsächlich mit Olivia unterhalten.

Ich setze den Wagen zurück auf die Straße. Die grauen Wolken beginnen sich zum Horizont hin wieder zu lichten, und nach einigen Meilen leuchtet direkt vor uns ein Regenbogen. Er ist wunderschön – könnte ich das alles hier doch einfach unbeschwert genießen. Wie unkompliziert wäre es, würden wir gerade wirklich nur Urlaub machen.

Diesem Gedanken hänge ich noch hinterher, als Jack sich plötzlich aufrichtet. «Lass uns kurz anhalten, ja?»

«Wieso?» Ich habe den Fuß schon auf der Bremse. «Was ist?»

«*Highland Coos* – ich muss für Fin ein Foto machen, okay? Er liebt die.»

Ich erwidere sein Grinsen. «Klar.»

Augenblicke später stehen wir an einem dünnen Stacheldrahtzaun, hinter dem ein einsames Hochlandrind grasend auf der Weide vor sich hin schaukelt. Mit dem Handy pirscht Jack sich näher heran, und das zottelige Tier hebt für einen Moment den Kopf. Dann wendet es sich ab und trottet gleichmütig einige Schritte die Straße entlang.

«Das war noch nix.»

Jack folgt dem Rind, und ich folge Jack. Jetzt dreht es ihm das Hinterteil zu, und er läuft ein Stück weiter, um es von der Seite zu erwischen, woraufhin das Tier in einen behäbigen Trab verfällt und sich vom Zaun entfernt.

«Hast du ein gutes Bild?», frage ich und gehe zu Jack, um ihm über die Schulter zu sehen.

«Na ja.» Skeptisch wischt Jack durch die Fotos. «Das hier ist ganz okay – bisschen weit weg, aber Fin wird sich trotzdem freuen.»

«Wird ja bestimmt nicht das einzige Hochlandrind bleiben.»

Ich drehe mich um und erwidere überrascht die neugierigen Blicke einer ganzen Rinderherde. Die Tiere stehen auf der anderen Straßenseite hinter dem Zaun und glotzen uns unverwandt an.

Ich muss lachen. «Jack?»

Als Jack in mein Lachen einstimmt und noch einmal sein Smartphone hebt, fühle ich mich zum ersten Mal heute beinahe leicht.

Ab Lairg fahren wir immer wieder an riesigen Seen vorbei, und wir machen uns gegenseitig ein ums andere Mal auf besonders schöne Ausblicke aufmerksam. Die verhaltene Stimmung zwischen uns ist seit der Begegnung mit den Hochlandrindern verschwunden, und ich bin dankbar dafür.

Der Anblick des Campingplatzes, der sich hinter Durness vor uns auftut, nachdem wir die letzten Häuser passiert haben, entschädigt eindeutig für die lange Fahrt. Eine Reihe von Wohnwagen scheint im wahrsten Sinne des Wortes am Rande der Welt zu stehen. Unmittelbar dahinter erstreckt sich in einem tiefen Blaugrün der Ozean, und der Himmel, an dem sich gerade wieder dramatisch die Wolken zusammenballen, liefert die perfekte Kulisse.

Das Einchecken verläuft unproblematisch. Wir bekommen zwar keinen Platz in der ersten Reihe, aber das ist völlig egal, denn niemand hindert uns daran, unmittelbar nach dem Aussteigen bis zum Rand der Klippen zu laufen. Es weht ein scharfer Wind, der meine Augen tränen lässt, doch für den Moment bin ich ausnahmsweise im Reinen mit mir und der Welt. Jack steht neben mir, und das Meer zusammen mit dem Wissen, dass er da ist, wecken in mir ein Gefühl von tiefer Zufriedenheit … Nein, dieser Begriff reicht nicht aus, es ist mehr, es ist ein bisschen, als könne ich die Arme ausbreiten und in dieses von Wolken durchzogene Blau über mir aufsteigen.

«Wollen wir zum Strand und dort etwas essen?», fragt Jack.

«Lass uns erst noch das Zelt aufbauen», erwidere ich. «Dann haben wir das erledigt.»

Das Zelt ist alt und der Aufbau alles andere als selbsterklärend. Es dauert eine Weile, bis wir schlau aus dem ganzen Zeug werden, doch letzten Endes steht es, und es ist verdammt klein. Kaum größer als das Doppelbett letzte Nacht. Aber immerhin keine gemeinsame Decke und ein Schlafsack für jeden.

Genervt von mir selbst, schiebe ich diese Überlegungen zur Seite, während wir etwas aus unserem Essensvorrat zusammensuchen. Ein Glück, dass meine Gedanken nicht in Blasen um meinen Kopf herumschweben – Jack müsste mich mittlerweile zu Recht für ziemlich fixiert halten.

Dann machen wir uns auf den Weg hinunter zum Strand. Obwohl sehr viele Wohnwagen und andere Zelte auf dem Campingplatz stehen, sind in der Bucht nur wenige Menschen zu sehen. Sie wird von zwei mächtigen grasüberzogenen Felsarmen begrenzt, und riesige Steinbrocken erheben sich vereinzelt aus dem feinen Sand. Im Windschatten von einem dieser Steine breiten wir eine Decke aus, essen Brot mit Hummus, Tomaten und Äpfeln, und zum Nachtisch bedient sich jeder aus der Blechdose mit dem Shortbread, die Alice uns für die Reise mitgegeben hat.

«Ich könnte ewig hier sitzen», erklärt Jack irgendwann, und ich verstehe ihn vollkommen.

Mit dem frischen Duft von Salzwasser in der Nase und dem Rauschen der anbrandenden Wellen im Ohr denke ich über die Felsen nach, die sich aus dem Sand erheben: wie sie sich bearbeiten ließen, wie man sie glätten und ihnen eine neue Form geben könnte, die das Meer im Laufe der Zeit wieder hinwegspülen würde. Für den Moment fühlt sich alles perfekt an – warum kann es nicht einfach so bleiben?

Ich lehne mich neben Jack gegen den sonnenwarmen Felsen.

Könnte es ja. Es könnte alles so bleiben, wenn ich beschließen würde, das Ziel unserer Reise aufzugeben. Dann wären Jack und ich nur zwei Menschen, die gemeinsam ein paar Tage in den Highlands verbringen. Beste Freunde. Und ich würde vielleicht aufhören, mich so sehr nach Jacks Nähe zu sehnen, weil ich keine Angst mehr vor dem haben müsste, was kommt. Klingt nicht unlogisch, oder?

«Wollen wir heute noch zur Höhle?», fragt Jack, sieht dabei aber ganz und gar nicht so aus, als würde er darauf brennen. Die Augen geschlossen, lässt er sich die Sonne ins Gesicht scheinen.

«Es ist kurz nach vier – wir könnten es noch schaffen», erwidere ich.

«Stimmt», sagt Jack und bewegt sich keinen Millimeter.

«Wenn ich jetzt aufstehe, stehst du dann auch auf?», frage ich nach einigen Minuten friedlicher Stille.

«Kann sein. Vielleicht.»

Ich muss lachen. «Jack», rufe ich und stoße ihm den Ellbogen in die Seite, berühre dabei seinen Oberarm und halte unwillkürlich kurz den Atem an.

Das gibt's doch nicht. Ich meine – wieso? Warum fühlt sich jede Berührung verdammt noch mal besonders an? Als hätte ich mich noch nie wirklich nach jemandem gesehnt, und das ist eindeutig nicht so. Ich kenne diesen Drang nach körperlicher Nähe durchaus. Seit meiner letzten Beziehung bin ich keine Jungfrau mehr, und ich war definitiv auch schon früher verliebt – Moment.

Ich bin nicht verliebt. Maximal bedürftig.

Ich muss endlich aufhören, mich da in etwas hineinzusteigern. Das nimmt sonst kein gutes Ende.

«Also, ich würde sagen, wir gucken uns die Höhle heute noch an», rufe ich und springe entschlossen auf.

Jack hebt die Hand über die Augen und blinzelt mich an. «Du meinst das ernst, oder?»

Statt ihm zu antworten, beginne ich, unser Picknick zusammenzupacken.

Nach kurzer Diskussion beschließen wir eine Viertelstunde später, den Wagen stehen zu lassen und zur Smoo Cave zu laufen. Der Weg über den Klippen ist wunderschön. Es geht vorbei an niedrigen Steinmauern und zerzausten Weiden, das Meer zu unserer Linken, das weit unter uns den Strand hinaufbrandet und wuchtig gegen die zum Wasser hin abfallenden Felsarme schlägt. Als es irgendwann hinter grasigen Hügeln verschwindet, tauchen die ersten Schafe auf. Ein paar der Tiere tun mir den Gefallen und kommen bis an den Zaun, wo ich sie mit Gras füttere, das offenbar grüner ist als das, auf dem sie herumlaufen.

«Was ist das denn?» Jack zeigt auf einen aufgeschichteten Steinhaufen in einiger Entfernung, der aussieht wie ein etwas zu hoch geratenes Iglu. Als wir ihn erreichen, verlassen wir den Weg, um ihn uns genauer anzusehen.

«Da steht was drauf. *Durness Millennium Cairn*», liest Jack laut vor.

«Ein Gedenkstein? Wofür soll der denn sein?», will ich wissen.

Die Auflösung erfolgt nur wenige Schritte später in Form eines Schildes: *Durness Village Hall Garden John Lennon Memorial.*

«Eine Gedenkstätte für John Lennon?» Ich bin verblüfft. Wer rechnet denn in dieser Gegend mit so etwas?

«Komm, das schauen wir uns mal näher an», sagt Jack.

Die Stätte ist ein wenig abseits von der Straße angelegt. Drei terrakottafarbene Steintafeln mit eingravierten Zeilen bilden einen Halbkreis, und ein Stück davon entfernt ergeben helle und dunkle Kiesel auf dem Boden eine Schnecke, in deren Mitte eine Art Metallbäumchen vier verschiedenfarbige Kugeln trägt.

«Meinst du, die stehen für die Beatles?», rufe ich zu Jack hinüber, der sich gerade eine Informationstafel ansieht. «Da muss jemand ja echt ein großer Fan gewesen sein.»

«Er hat hier oft seine Ferien verbracht», ruft Jack zurück. «Steht hier. Als er noch ein Kind war. Das ist verrückt, oder? Wenn du so berühmt bist, dass eine Gedenkstätte für dich errichtet wird, nur weil du irgendwann mal irgendwo Urlaub gemacht hast.»

«Warum sitzt da wohl ein Hund?» Ich zeige auf die Statue eines Bobtails vor einer der Steintafeln. «Hatte John Lennon einen Hund?» Oder ist es vielleicht doch eine Anspielung auf die typische Beatles-Frisur?

«Paul McCartney hatte einen Bobtail», sagt Jack, während er zu mir rüberkommt. «Ich glaube, er hieß Martha.»

«Woher weißt du denn so was? Stand das auch auf der Infotafel?»

«Nein. Gehört zu dem Zeug, das man irgendwo liest und nie wieder vergisst. Bis gerade eben wusste ich nicht mal mehr, dass ich es weiß.»

There are places I remember all my life, steht hinter Martha, dem Bobtail, und irgendwie bringen diese Worte etwas in mir zum Klingen.

«Solche Orte kenne ich auch», sage ich.

Jack nickt. «Wer nicht. Woran denkst du?»

Kurz zögere ich. «An mein Zuhause.»

Zuhause. Der Ort, der mir fast als Erstes in den Sinn gekommen ist. Mein Zuhause bei Alice und George. Es kann niemals ein anderes Zuhause für mich geben, wird mir bewusst. Völlig egal, wie mein Treffen mit Emmeline Sinclair verlaufen wird. Selbst wenn sie sich wider Erwarten als ein ganz großartiger Mensch herausstellt – mein Zuhause wird niemals mit ihr verbunden sein.

Aber das hat sie ja auch nicht gewollt.

«Und welche Orte sind es bei dir?», frage ich Jack.

Es dauert einige Sekunden, bis er antwortet, und in dieser Zeit überlege ich, ob er jetzt auch an den Ort denkt, der mir als Erstes eingefallen ist.

«Vielleicht … unsere Küche», sagt er langsam. «Zumindest war das früher mal ein besonderer Ort für mich.»

Früher. Ich muss nicht nachhaken. Der Nachsatz *«als meine Mutter noch gelebt hat»* schwebt zwischen uns in der Luft.

«Und dein Zuhause», redet Jack weiter. «Weil es eine Weile auch fast so etwas wie mein Zuhause war und immer noch ein Zuhause für Fin ist. Und …» Jack hält inne.

Und? Und welcher Ort noch?

«Ganavan Sands.»

Von meiner Brust ausgehend beginnt das Blut heiß in mir zu strömen. Ganavan Sands. Er hat es ausgesprochen. Stur halte ich den Blick auf die blassgoldenen Zeilen vor mir gerichtet.

«Warum?», frage ich schließlich, weil Jack jetzt schweigt. Meine Stimme klingt erstaunlich normal.

Als er nichts erwidert, drehe ich mich doch zu ihm um.

Ganavan Sands. Ich suche nach einer Antwort in Jacks Augen. Ganavan Sands und unser Kuss. *Ist es das, woran du denkst, Jack?* Ich möchte ihn das fragen und wage es nicht, denn dann wüsste er, dass zumindest ich immer wieder an diesen Moment denke. Und was, wenn Ganavan Sands für ihn einfach nur die vielen Stunden sind, die wir dort schon gemeinsam verbracht haben?

«Weil wir …», beginnt Jack, dann durchbricht das Summen eines Telefons die aufgeladene Atmosphäre. Jack begegnet meinem Blick, bevor er sich abwendet und sein Handy aus der Tasche zieht.

«Fin», sagt er dabei entschuldigend.

Der Moment ist vorbei. Was auch immer Jack gerade hat

sagen wollen, jetzt wird er es nicht mehr tun. Nur halbherzig mustere ich wieder die Steintafeln, ohne auf das zu achten, worüber Jack am Telefon mit Finny redet.

Es dauert nicht lang, nur wenige Minuten, doch nachdem er das Smartphone wieder weggesteckt hat, finde ich nichts mehr von dem in seinem Gesicht, was ich gerade noch unbedingt darin habe sehen wollen.

Ach, Jack, ich wünschte, du wärst nicht so unendlich gut darin, deine Gefühle zu verbergen.

Und ich wünschte, ich hätte nicht so viel Angst davor, genau das Falsche zu sagen oder zu tun.

Kapitel 14

Kurz darauf erreichen wir ein Schild mit der Aufschrift *Smoo Cave*. Noch immer in gedämpfter Stimmung lasse ich den Blick über die Klippen gleiten, die links von uns jetzt wieder zu sehen sind.

«Wo ist denn die Höhle?», frage ich und steige einige Stufen hinunter zu der Aussichtsplattform, die hinter einem Parkplatz aufgetaucht ist. «Müsste man sie von hier aus nicht schon sehen können?»

«Du siehst sie schon noch», erwidert Jack grinsend.

Vom Aussichtspunkt hat man einen beeindruckenden Blick über eine tief in die Felsen eingeschnittene Bucht. Grüne Flechten, Gras und Moos überwuchern die mächtigen Klippen bis hin zu dem Punkt, an dem es in die Tiefe geht, und ein breiter, sandbrauner Fluss, von einer Holzbrücke überspannt, fließt weit unter uns träge ins Meer. Ich mache Jack darauf aufmerksam, als ich entdecke, dass Besucher mit hellen Kieseln ihre Namen in Großbuchstaben auf die steilen Wiesen geschrieben haben. *Joe, Mike, Jess* und noch viele andere, die meisten nicht mehr zu entziffern. Wahrscheinlich haben die friedlich vor sich hin grasenden Schafe die Kiesel verschoben. Einige der Tiere balancieren auf aberwitzig schmalen Felsvorsprüngen, als wüssten sie nicht, dass sie lediglich über Hufe verfügen. Ich frage mich, wie es ihnen gelungen ist, diese Stellen überhaupt zu erreichen.

Nur eine Höhle kann ich nirgends entdecken.

«Hat Olivia nicht gesagt, die Höhle sei riesig?»

Wenn man sie nicht einmal von hier sieht, kann sie so beeindruckend eigentlich nicht sein.

«Okay, komm mit», sagt Jack.

Er steuert einen Trampelpfad an, der sich in engen Kurven den steilen Hang bis zum Strand hinunterwindet. Unten angekommen, laufen wir weiter über Steine und Sand in Richtung der Brücke, die von oben zu sehen war. Die Quelle des dahinplätschernden Flusses liegt hinter einer Felswand, und als wir diese umrunden, stolpere ich fast über meine eigenen Füße.

«Wow!»

Ein gewaltiger Steindom ragt vor uns auf, und ich lege den Kopf in den Nacken, um bis zur schwindelerregend hohen Decke zu blicken. Kein Wunder, dass wir die Höhle auf der Aussichtsplattform nicht haben sehen können – wir standen direkt über der gigantischen Öffnung.

«Das ist ja unglaublich.»

Zutiefst beeindruckt folge ich Jack zur Brücke, ohne meinen Blick vom Höhleneingang losreißen zu können. Auf der anderen Seite des Flusses schlängelt sich ein Pfad zwischen den abschüssigen Wiesen wieder nach oben, während ein weiterer nach etwa dreißig Metern zu einem überdachten Brettersteg hin abzweigt. Er führt in die Höhle hinein, deren Wände mit bläulich schimmernden Algen bewachsen sind. Obwohl auf dem Parkplatz mehrere Autos standen, ist außer uns niemand hier, doch eine ganze Menge Besucher haben ihre Anwesenheit mit Kieseltürmchen dokumentiert; aufeinandergestapelte graue und weiße Steine, die neben dem Steg in die Höhe wachsen.

«Kann man tiefer reingehen?», frage ich, noch immer völlig überwältigt.

«Ein Stück weit schon.»

Der Steg führt zu einem kurzen Tunnel, an dessen Ende eine Holzplattform in eine düstere Felsenkammer hineinragt. Weiter hinten stürzt ein unterirdischer Wasserfall über mehrere Felsvorsprünge die zerklüfteten Steine hinunter, und im von oben einfallenden Tageslicht tanzen Schaumblasen auf der Wasseroberfläche. Wie tief dieses Becken wohl ist?

«Es gibt noch eine dritte Kammer», ruft Jack gegen das tosende Wasser an. «Siehst du die Öffnung auf der rechten Seite? Dort geht's weiter. Normalerweise kann man eine Führung machen, man wird mit einem Schlauchboot dorthin gebracht, aber anscheinend sind wir dafür heute schon zu spät dran.»

«Schade. Habt ihr das damals gemacht?»

Jack nickt. «Ich weiß aber nicht mehr viel davon. Nur noch, dass es kalt war und ich mich gegruselt habe. Wenn man aus dem Schlauchboot steigt, kommen ziemlich glitschige Holzplanken, und mir ist der Helm dauernd über die Augen gerutscht», fügt er mit einem Grinsen hinzu.

Gemeinsam kehren wir kurz darauf ans Tageslicht zurück. Die Sonne steht noch weit über dem Horizont, während wir an der Klippenstraße zurück zum Campingplatz laufen, doch das Licht ist bereits intensiver geworden. Ich liebe die sanfte Abendsonne, in der alle Farben noch einmal warm leuchten, bevor der graue Schleier der Dämmerung sich hinabsenkt.

Der Summton, der die friedliche Stimmung unterbricht, stammt diesmal von meinem Handy. Es ist Alice, und obwohl ich mich freue, ihren Namen auf dem Display zu lesen, meldet sich gleichzeitig mein schlechtes Gewissen, weil ich mich bisher nicht bei ihr gemeldet habe.

«Hi.»

«Hallo, Vic», begrüßt mich Alice. «Ich wollte nur mal hören, wie's euch geht.»

«Gut.» Mein Blick schweift über glitzerndes Wasser. «Wir haben uns gerade eine Höhle angesehen und laufen jetzt zurück zum Campingplatz.»

«Wo seid ihr denn?»

«Bei Durness. Gestern waren wir in Fort Augustus und sind heute weitergefahren.»

«Na, das ist ja eindeutig nicht der direkte Weg», erwidert Alice und lacht im nächsten Moment nervös auf. Vermutlich, weil sie das eigentliche Thema, das immer und ständig zwischen uns steht, nicht so schnell zur Sprache bringen wollte. Ich sollte ihr vielleicht sagen, dass es schon okay ist. Ganz eindeutig bin ich derzeit die Erste, die weiß, wie es sich anfühlt, wenn die Gedanken hartnäckig immer um dasselbe kreisen, egal, wie viel Mühe man sich gibt, endlich damit aufzuhören.

«Wollt ihr morgen weiter?»

«Ja, wahrscheinlich schon.»

«Und wie sieht euer Plan aus?»

«Wir fahren einfach die Küste lang. Wir haben es ja nicht eilig.»

«Ja, ich weiß, das hattest du gesagt, ich dachte nur ... Keine Ahnung, was ich dachte. Ich wollte dich nur mal hören, glaube ich.» Darauf fällt mir jetzt auf die Schnelle nichts ein, doch Alice redet bereits weiter. «Hier ist so weit alles in Ordnung – Dad lässt dich grüßen.»

Was ist das denn für ein Satz? «Er lässt mich grüßen?»

«Ja, er ... hat gerade viel zu tun, aber er wird sich bestimmt noch mal bei dir melden.»

Jede Wette, dass nicht. Und muss auch nicht sein.

«Was habt ihr heute Abend noch vor?»

«Nichts Besonderes. Weißt du, wir sind jetzt gleich da.» Das stimmt nur bedingt, doch das Gespräch beginnt mich zu stressen, und ich weiß nicht einmal so genau, warum eigentlich. Oder doch: weil es so schwierig ist, Alice' bemühte Unbeschwertheit einfach hinzunehmen, statt auf das einzugehen, was sie eigentlich sagt. *Das ist aber nicht der direkte Weg zu Emmeline Sin-*

clair. Dein Dad zieht es vor, viel zu tun zu haben, um dich nicht anrufen zu müssen.

Dann eben nicht. Und Emmeline Sinclair werde ich noch früh genug gegenüberstehen. Wenn sie mir die Tür vor der Nase zuschlägt, redet George vielleicht sogar wieder mit mir. Fragt sich nur, ob ich dann noch mit ihm reden will.

Alice hat die unterschwellige Botschaft meines letzten Satzes offenbar erst einmal sacken lassen müssen. «Okay», sagt sie jetzt, «dann will ich nicht weiter stören. Habt noch einen schönen Abend, grüß Jack von mir, ja? Ich melde mich die Tage wieder, wenn das für dich in Ordnung ist.»

«Ja, klar. Bis dann.»

«Tschüss, mein Schatz. Ich hab dich lieb.»

«Ich dich auch.»

Sag es. Sag: Ich dich auch, *Mum*. Das sagst du doch normalerweise immer, und sie wartet darauf.

Mein Daumen schwebt über dem Display, dann beende ich die Verbindung. Was ist im Moment schon normal?

Es dämmert bereits, als wir den Campingplatz erreichen. Es gibt Nudeln mit Fertigsoße, die wir auf dem kleinen Kocher zubereiten, und als Jack nach dem Essen vorschlägt, noch einmal zum Strand hinunterzugehen, stimme ich zu. Es ist kühl geworden, nachdem die Sonne endgültig untergegangen ist, und ich ziehe mir die Kapuze meines Hoodies über den Kopf, während wir mit langsamen Schritten direkt an der Brandungslinie entlanglaufen.

Wir reden nicht viel, ein wenig über die Smoo Cave und darüber, dass wir morgen Richtung John O'Groats weiterfahren werden, und jedes Mal, wenn wir schweigen, sehe ich wieder Jack vor mir, wie er sich im John Lennon Memorial Garden zu mir umdreht. Da war dieser kurze Moment, in dem ich fast sicher war, dass alle Fragen, die Jack betreffen, sich gleich auflösen werden. Warum kann man einen solchen Augenblick nicht viel länger festhalten, warum musste er sich danach wieder auffächern in tausend Unsicherheiten und Fragezeichen?

Das Sternenlicht reicht gerade aus, um Jacks Gesicht als undeutlichen, hellen Schemen zu erahnen, und zum zweiten Mal innerhalb weniger Stunden frage ich mich, wie es sich anfühlen würde, könnte ich Emmeline Sinclair wieder aus meinem Leben streichen. Hätte ich doch einfach nicht nach diesem verfluchten Ordner gegriffen. Ich versuche mir vorzustellen, wie es mir in diesem Moment ginge, würden die Umstände und das Ziel unserer Reise nicht ständig alles überschatten. Würde mir dann auch auffallen, dass Jack und ich uns beim Laufen gelegentlich berühren, dass meine Schulter hin und wieder gegen seinen Oberarm stößt? Würde ich mir wünschen, dass er einen Arm um mich legt?

Oder wären wir einfach nur beste Freunde, die lächeln müssten, wenn sie daran denken, dass sie sich einmal geküsst haben? Vielleicht hätten wir diesen Kuss am nächsten Tag einfach zu einem freundschaftlichen Kuss erklärt, einem, der beweist, wie nahe wir uns stehen, aber mehr auch nicht.

Ich habe keine Ahnung. Weiß nicht, was gewesen wäre, hätte die Tatsache, nicht die zu sein, für die ich mich immer gehalten habe, mich nicht weg von Alice und George und hin zu Jack getrieben.

Andererseits: Ich wollte Jack küssen. Ich wollte es schon, bevor ich von der riesigen Lüge in meinem Leben erfahren habe. Schieben wir also mal ganz nüchtern alles zur Seite, was danach kam, dann …

«Das heute Nachmittag», setzt Jack plötzlich an, und meine Gedanken überschlagen und verknoten sich. «Wegen Ganavan Sands …»

Wir erreichen das Ende der Bucht, stehen einander vor den

Felsen gegenüber, und ich habe das Gefühl, dass er mich genauso prüfend mustert wie ich ihn. *There are places I remember all my life.*

«Denkst du manchmal darüber nach? Darüber, dass wir uns dort geküsst haben?», fragt er.

Manchmal? Mir ist danach, hysterisch aufzulachen. Manchmal, Jack?

«Ich wollte am nächsten Tag mit dir darüber reden», spricht er weiter, ohne meine Antwort abzuwarten. «Aber du hattest gerade diese Adoptionsunterlagen gefunden und warst völlig durcheinander.»

Ich weiß. Ich weiß noch, wie ich mich an diesem Vormittag gefühlt habe. Einen Schatten dieses Gefühls trage ich seitdem ständig mit mir herum.

«Wir waren immer Freunde, aber nach dem Abend am Strand ...», sagt Jack.

Unwillkürlich lege ich eine Hand auf seine Brust, und das Rauschen der Brandung wird lauter, füllt mich immer weiter aus.

Jack neigt sich ein wenig vor.

Auf genau diesen Moment habe ich gewartet, seit wir uns vor gefühlten Ewigkeiten am Strand voneinander gelöst haben. Seit unser Kuss endete, habe ich mich nach dem nächsten gesehnt, jetzt allerdings spüre ich meinen rasenden Herzschlag bis in die Kehle hinein. Ich will mehr, natürlich will ich mehr, aber was, wenn es schiefgeht? Was, wenn sich zwischen uns etwas verschiebt, wenn wir plötzlich etwas anderes sind als Freunde, und es funktioniert nicht? Was, wenn wir es dann kein zweites Mal schaffen, so zu tun, als sei da nie mehr gewesen, als hätten wir uns nie am Strand geküsst ...

«Halt», höre ich mich sagen. Atemlos. Angespannt.

Jacks Lippen schweben über meinen, ich spüre die Hitze seines Körpers. Oder geht sie von mir aus?

«Warte, Jack. Es … es wäre ein Fehler.»

Ein paar Sekunden verstreichen, dann richtet Jack sich auf. «Ein Fehler?»

Ich möchte es ihm erklären und mir selbst gleich mit, doch all die Sätze, die sich gerade in meinem Kopf befinden, lassen sich nicht entwirren. *Nein, es wäre kein Fehler, Jack, oder vielleicht doch – ich weiß es einfach nicht!*

«Ein Fehler also», wiederholt Jack.

Er tritt ein paar Schritte zurück, und ganz kurz hebt sich meine Hand, als setze sie sich über den ganzen aufgewühlten Rest hinweg, um Jack wieder zu mir zu ziehen.

«Es tut mir leid», sagt Jack, und er sagt das ganz sachlich.

Selbst jemand, der ihn nicht so gut kennt wie ich, würde bemerken, dass er gerade bewusst jede Emotion aus der Situation herausnimmt.

«Jack, ich …»

Im Begriff, sich von mir wegzudrehen, hält er inne.

«Es tut mir auch leid», flüstere ich.

Ich höre ihn durchatmen. «Schon okay. Gehen wir zurück?»

Du hast ihn verletzt, hämmert es in meinem Hirn, während ich Jack folge, der jetzt eine wesentlich schnellere Gangart als vorhin eingeschlagen hat. *Ihn vor den Kopf gestoßen.* Und das nur, weil ich so ein elender Feigling bin. Und mir Sorgen mache, eine Veränderung zwischen uns könnte dazu führen, Jack zu verlieren. Und das würde ich einfach nicht überstehen.

Aber ist es jetzt so viel besser?

Es wird vergehen, versichere ich mir. In ein paar Tagen – oder meinetwegen in ein paar Wochen – werden wir beide nicht mehr darüber nachdenken, wir werden einfach dort wieder anknüpfen, wo wir vor diesem Abend am Ganavan Sands aufgehört haben.

Ich werde das mit Alice und George geklärt und ich werde

Emmeline Sinclair kennengelernt haben. Mein Leben wird sich wieder ordnen. Irgendwie.

Und dass mir gerade zum Heulen zumute ist, spielt dann keine Rolle mehr. Es war trotzdem die richtige Entscheidung.

Kapitel 15

Der Schlafsack neben mir ist leer, als ich am Morgen erwache. Jack ist bereits aufgestanden, ohne dass ich es mitbekommen hätte. Ach, verdammt, Jack.

Wir haben nicht mehr viel miteinander geredet, nachdem wir gestern Abend zum Campingplatz zurückgekehrt sind. In einem angestrengten Schweigen haben wir beiseitegeräumt, was noch vor dem Zelt herumlag, und sind anschließend mit unseren Zahnbürsten zu den Sanitäranlagen gegangen. Ich habe länger gebraucht, und Jack hat auf mich gewartet, und als wir endlich in unseren Schlafsäcken lagen – mit so viel Abstand zwischen uns wie eben möglich –, war ich noch überzeugt, niemals einschlafen zu können.

Jetzt liege ich in dem stickigen Zelt und versuche, mich für den Tag zu wappnen – oder eher für mein erstes Aufeinandertreffen mit Jack nach letzter Nacht –, bis klapperndes Geschirr mich endlich dazu bringt, den Schlafsack zu öffnen.

Völlig unmöglich, einen Reißverschluss geräuschlos aufzuziehen, und warum versuche ich es überhaupt? Mit einem entschlossenen Ruck ziehe ich ihn hinunter und strecke den Kopf aus dem Zelteingang.

Jack ist ein paar Meter von mir entfernt damit beschäftigt, den Kocher zu reinigen. «Hey, guten Morgen», sagt er und blickt mir freimütig ins Gesicht. «Wir müssen bis elf ausgecheckt haben, wenn wir nicht für eine weitere Nacht bezahlen wollen. Noch zehn Minuten, und ich hätte dich geweckt.»

«Wieso, wie viel Uhr ist es denn?»

«Zwanzig nach zehn.»

Zwanzig nach zehn. So lange schlafe ich nie. Hastig suche ich meine Sachen zusammen und mache mich auf den Weg zu den Duschen. Als ich zurückkehre, hat Jack das Zelt bereits im Van verstaut.

«Kann ich noch was tun?», frage ich ein wenig überfordert mit allem.

«Du kannst dir aus der Box nehmen, was du gleich essen willst.» Jack packt die Heringe in einen Beutel. «Dann checken wir aus, fahren den Wagen auf den Parkplatz und frühstücken noch einmal am Strand. Das wäre jedenfalls mein Vorschlag.»

«Klingt gut.»

Als wir kurz darauf den Klippenweg hinunterlaufen, steht keine einzige Wolke am strahlend blauen Himmel. Hinter der weißen Gischt, die den Strand hinaufschäumt, schimmert das Meer in einem hellen Türkis, das zum Horizont hin zunehmend dunkler wird. Der Wind weht stärker als gestern, in scharfen Böen kommt er vom Meer herangezogen und zerstreut die warmen Sonnenstrahlen.

Zum zweiten Mal in meinem Leben steht da etwas zwischen uns, über das wir nicht sprechen, nur diesmal liegt es nicht daran, dass andere Ereignisse darüber hinweggerollt wären. Ich würde Jack so gern fragen, wie er über alles denkt, stattdessen esse ich kalten, weichen Toast mit Marmelade und versuche, so etwas wie innere Ruhe in der stetigen Wiederholung der heranrollenden Wellen zu finden. Wenn das Wasser sich zurückzieht, klingt das Geräusch von Milliarden winziger, sich aneinanderreibender Steinchen, als würde man mit vollen Händen winzige Kiesel in eine Glasschüssel rieseln lassen.

«Ich habe nachgeschaut – bis John O'Groats sind es keine hundert Meilen, dafür brauchen wir nicht einmal drei Stunden», sagt Jack und trinkt einen Schluck aus seiner Wasserflasche. «Es gibt dort einen Campingplatz in Hafennähe, den hab ich mal angeschrieben.»

«Perfekt. Was kann man denn da in der Umgebung unternehmen?»

Ich steige auf Jacks lockeren Tonfall ein und krame mein Handy aus der Tasche. Noch bevor ich allerdings dazu komme, John O'Groats zu googeln, leuchtet mir eine Benachrichtigung entgegen.

«Oh, warte …»

«Was ist?»

Schnell überfliege ich die wenigen Zeilen. «Wir haben vielleicht eine Mitfahrerin», antworte ich. «Eine Willow Scott. Ab Thurso. Sie will nach Perth.»

«Das wäre kein Problem», sagt Jack. «Falls sie es nicht eilig hat.»

«Ich antworte ihr mal eben. Wir könnten sie spätestens morgen einsammeln und ein Stück mitnehmen.»

Nachdem ich die Nachricht abgeschickt habe, fange ich an, die Überreste des Frühstücks zusammenzuräumen. Jack hilft mir, ohne ein Wort zu verlieren. Er sagt nicht, dass wir unter normalen Umständen mit Sicherheit noch eine Weile am Strand sitzen und den Wellen zuschauen würden, und er startet auch nicht den Versuch, über irgendetwas zu reden, über etwas anderes als über *das* Thema, das sich wie ein Elefant zwischen uns breitmacht.

Wir können es nicht dauerhaft so stehen lassen, wird mir klar. Spätestens nach Edinburgh müssen wir über alles noch einmal sprechen.

Als wir zum Van zurückkehren, hat Willow Scott bereits geantwortet, und während Jack beginnt, die Sachen zu verstauen, lese ich ihre Nachricht.

«Sie schreibt, sie hätte es nicht eilig und wir könnten sie heute schon mitnehmen.»

«Schon heute?», fragt Jack und runzelt die Stirn. «Hast du ihr geschrieben, dass wir eine Nacht in John O'Groats bleiben wollen?»

«Ja, klar. Wenn ich das richtig verstehe, macht sie selbst gerade eine Schottland-Tour, und es ist ihr egal, wo sie Zwischenstation macht.»

«Na dann», Jack zurrt die Box mit unseren Essenvorräten fest. «Umso besser.»

Das sehe ich genauso. Willow Scott wird uns davor bewahren, wahlweise angespannt zu schweigen oder über irgendwelche Nichtigkeiten zu reden. Zumindest mich. Jack scheint beschlossen zu haben, den vergangenen Abend einfach aus seiner Erinnerung zu streichen. Und die Nacht bei Ganavan Sands vermutlich gleich mit. Er verhält sich, als sei absolut nichts vorgefallen, und wüsste ich nicht ganz genau, dass das nicht stimmt, würde nicht einmal ich etwas bemerken.

Am meisten daran stört mich, dass mich das stört.

Und wie könnte es auch nicht? Wir reden immer über alles – dass ich selbst das fällige Gespräch lieber noch ein paar Tage hinauszögern will, ändert nichts daran, dass mich Jacks entspannte Haltung irritiert.

Diesmal nehme ich sein Angebot an, auch einmal zu fahren, mache es mir auf dem Beifahrersitz bequem und gebe vor zu dösen.

Hinter Durness führt die Straße zwischen Felsen hindurch, die mit Sträuchern und Gestrüpp überwuchert sind, bevor das Land allmählich flacher wird und nach einer Weile nur noch in der Ferne graue Hügelketten zu erkennen sind. Das Meer, das immer wieder zu unserer Linken auftaucht, leuchtet tiefblau und nimmt in den zahllosen Buchten einen glitzernden Aquamarinton an. Sonst ist kaum mehr zu sehen als Vieh, das hinter Zäunen, Hecken und moosbewachsenen Mauern herumläuft. Schafe, Ziegen, Rinder – einmal fahren wir an dem größten Schwein vorbei, das ich jemals gesehen habe. Im ersten Moment halte ich es sogar für eine Kuh.

Willow hat als Treffpunkt eine Tankstelle am Rand von Thurso vorgeschlagen. Wir werden dort den Wagen noch einmal volltanken und dann erneut, wenn Willow sich wieder von uns verabschiedet. Sie hat sich damit einverstanden erklärt, die entstandenen Spritkosten für diesen Teil des Weges durch drei zu teilen. Wo genau sie uns verlassen wird, hat sie offengelassen – ich nehme an, es hängt davon ab, wo und wie oft wir noch Zwischenstopps einlegen werden.

Sie hat mir ein Foto von sich geschickt, eine junge Frau mit einer wilden, blonden Lockenmähne, doch ich hätte sie auch ohne dieses Bild sofort entdeckt. Sie sitzt auf einer niedrigen Mauer neben einer Werbetafel, zu ihren Füßen einen riesigen Rucksack. Als Jack den Blinker setzt, erhebt sie sich. Den Rucksack über eine Schulter geschwungen, tritt sie auf den Van zu, als wir vor einer der Zapfsäulen zum Stehen kommen und Jack und ich aussteigen.

«Hi, ich bin Willow!», sagt sie mit einem strahlenden Lächeln, das man nur erwidern kann. «Und ihr seid Victoria und Jack, richtig?»

«Hi. Vic reicht», erwidere ich. «Wartest du schon lange?»

«Nein, überhaupt nicht. Ich war gerade noch ein bisschen einkaufen. Falls ihr auch noch etwas braucht, kann ich euch den Laden zeigen, es war dort ganz günstig.»

«Hi», sagt nun auch Jack und schenkt Willow ein breites Grinsen. «Danke, aber wir sind so was von versorgt – damit kämen wir bis nach London.»

«Oh, wollt ihr da noch hin?», fragt Willow.

«Nein, wir fahren nur bis nach Edinburgh», sage ich. «Und dann zurück nach Oban. Von dort sind wir gestartet.»

«London ist großartig!» Willow lässt ihren Rucksack neben sich fallen, und Jack beugt sich vor, um ihn in den Van zu verfrachten.

«Oh, warte, das Ding ist schwer, lass mich lieber ...»

«Hey, wir haben uns gerade erst kennengelernt, und schon beleidigst du mich?», sagt Jack, bevor er den Kofferraum öffnet.

Willow fällt in sein Lachen ein. «Oh nein! Nein, um Gottes willen, ich wollte nur höflich sein!» Noch immer lächelnd wendet sie sich jetzt wieder an mich. «Vielen Dank, dass ihr mich ein Stück mitnehmt. Ich verspreche, ich bin extrem unkompliziert.»

Ich erwidere ihr Lächeln, während ich nach dem Zapfventil greife. «Ich freu mich, dass du dabei bist.»

Willow Scott ist definitiv ein Glücksgriff, und ich bin sicher, mit ihr wird die weitere Fahrt wesentlich entspannter verlaufen.

Von Thurso aus liegt John O'Groats nicht mehr weit entfernt, doch der vom Meer heranziehenden Wolkendecke gelingt es, auch noch die winzigste Spur von Blau am Himmel auszulöschen, bevor wir unser Ziel erreichen. Auf den letzten Meilen kommen wir an einem Friedhof vorbei. Verwitterte Obelisken und Grabsteine stehen zwischen kurz gemähtem Gras, und vielleicht ist das der Grund, aus dem mich plötzlich eine niedergeschlagene Stimmung ergreift. Die ersten Gebäude, an denen wir vorbeifahren, stehen neben Kieshügeln und Bretterhaufen in den Vorgärten. Menschen scheint es hier überhaupt keine zu geben, und der nassgraue Himmel, der mittlerweile über uns hängt, lässt alles nicht fröhlicher wirken.

John O'Groats selbst besteht aus wenig mehr als aus einer Handvoll Häuser direkt an der Straße. Es gibt ein Postgebäude und daneben ein Schild mit einem Hinweis auf den Campingplatz, doch als ich ihm gerade folgen will, ruft Willow von hinten: «Oh, warte doch mal!»

«Was ist?» Ich lasse den Wagen an den Straßenrand rollen.

«Seht mal, das Schild hier.» Willow zeigt durch die Heckscheibe auf ein an Ketten schwingendes Holzbrett. *Farm Shop* und *Home Baking* steht darauf.

«Wollen wir da mal kurz reinschauen? Das klingt super.» Sie beugt sich vor und sieht von mir zu Jack und wieder zurück.

«Na ja, wir haben eigentlich alles ...», beginne ich, doch Willow unterbricht mich mit einem Lachen.

«Ja, bestimmt habt ihr alles – aber *home baking*! An so etwas fährt man doch nicht vorbei!»

Jack mustert sie mit einem Grinsen, dann zuckt er mit den Schultern. «Also, von mir aus können wir den Abstecher gern machen.»

«Na gut.» Ich wende den Wagen und fahre das kleine Stück zurück.

Einige Hühner eilen flügelschlagend zur Seite, als ich langsam in den Hof einbiege, vor dem das Schild schaukelt. Neben einer Holzbank lugen auf langen Hälsen die Köpfe von zwei Gänsen hervor. Wir steigen aus, und ich sehe mich um. Hinter einem verwinkelten Gebäude, bei dem sich kaum mehr erkennen lässt, welche Anbauten nachträglich hinzugefügt worden sind, kann man das Meer sehen, ein dumpfes Grau, noch grauer als der Himmel. Mehr aus einem unbehaglichen Gefühl heraus und weniger, weil mir wirklich kalt wäre, ziehe ich die Ärmel über meine Handgelenke.

Etwas stupst mich in die Kniekehlen. Ein mickriges, schwarz zerzaustes Zicklein steht hinter mir und scheint mich frech anzugrinsen. Als ich mich zu ihm hinunterbeuge, schmiegt es sein hartes Köpfchen in meine Hand wie ein zutraulicher, kleiner Hund. Ich höre jemanden lachen und richte mich auf.

«Das ist Taylor.» Eine Frau mit einer Kiste unter dem Arm nähert sich uns von einem der Schuppen, die neben dem Haus stehen. «Er liebt alle Fremden. Kann ich euch helfen?»

«Wir haben das Hofladen-Schild gesehen – ist denn geöffnet?», frage ich.

«Natürlich, kommt mit.» Sie wendet sich um und geht an einer verglasten Veranda vorbei hinter das Haus. In hölzernen Regalen und auf Bänken stehen hier Körbe mit Obst und Gemüse, und an der Rückwand des Hauses sind säuberlich beschriftete Einmachgläser zu sehen.

«Dad?»

Ein älterer Mann taucht zwischen den Regalen in einem Eingang auf, der in das Haus hineinführt.

«Kundschaft.» Die Frau lächelt uns im Vorübergehen zu. «Der Kuchen ist ganz frisch, ich habe ihn heute Morgen erst gebacken.»

«Vielen Dank!», ruft Willow ihr hinterher, bevor sie Jack und mich anstrahlt. «Also, kann ja sein, dass ihr nichts braucht, aber ich werde hier definitiv zuschlagen.»

Als wir kurz darauf weiterfahren, liegen in einem Pappkarton neben Willow drei mit Gemüse gefüllte Pasteten, ein selbst gebackenes Tomatenbrot, eine Zwiebelstange mit Kümmel, mehrere Äpfel und eine riesige Melone. Noch einmal extra verpackt hat der ältere Mann uns drei große Stücke Stachelbeerkuchen, auf den ich mich schon jetzt freue.

Willow ist ebenfalls hochzufrieden. «Seit ich zum ersten Mal einen solchen Laden entdeckt habe, kann ich nicht mehr daran vorbei», erklärt sie, und ich muss ihr recht geben. Einfach alles, was sich dort in den Regalen befand, sah unglaublich lecker aus.

Der Weg führt jetzt zwischen Weiden und Feldern hindurch, und die vereinzelten Häuser wirken, als habe ein Kind sie ziellos auf die flache Ebene gesetzt, mit genügend Platz dazwischen, um sie beim Spielen nicht versehentlich umzustoßen. Obwohl hin und wieder Autos auf den Höfen stehen, ist uns schon seit einer Weile kein Fahrzeug mehr entgegengekommen. Ein paar Schafe mit deutlich sichtbaren roten Farbflecken in ihrer Wolle laufen an der Straße entlang und drehen interessiert die Köpfe nach uns um. Zäune und Gatter scheint es keine zu geben, und auch ein Schäfer ist nicht zu sehen.

Hinter einer leichten Anhöhe taucht plötzlich erneut das Meer vor uns auf, und ich werde noch langsamer, als ich wegen der Schafe ohnehin schon fahre.

«Oh, wie schön!», höre ich Willow rufen.

Die Wellen brechen sich an schroffen, dunklen Felsen, Gischt spritzt meterhoch in die Luft, und ich erwache erst aus meinem andächtigen Staunen, als ein schmutzig graues Schaf mit schwarzem Kopf und wippenden Ohren direkt vor dem Van seelenruhig auf die Straße stakst.

Jetzt wirkt der wolkenverhangene Himmel nicht mehr niederdrückend, sondern verleiht der Landschaft mit ihren flachen Hügeln einen erhabenen Ernst, und selbst die durch die Gegend wackelnden Schafe vermögen die Ehrfurcht nicht zu zerstören, die gerade in mir aufsteigt. Auf den grasbewachsenen Klippen sind noch mehr Schafe unterwegs, und beim Näherkommen ist zu erkennen, dass auch sie Markierungen tragen, allerdings blaue oder grüne.

Mittlerweile sind nirgendwo mehr Häuser zu sehen. Nur vereinzelte Schilder, die auf das Vieh hinwiesen, und schmale Trampelwege zeigen auf, dass Menschen diese Gegend bewirtschaften.

Als in der Ferne ein Leuchtturm auftaucht, werde ich wieder langsamer. «Das kann jetzt nicht mehr stimmen. Ich glaube, ich habe die Zufahrt zum Campingplatz verpasst.»

«Hier ist es aber auch ganz schön», stellt Willow fest.

«Sollen wir bis zum Leuchtturm weiterfahren?», frage ich.

«Ja, klar!», ruft Willow, und Jack nickt.

Wir sind die Einzigen auf dem kleinen Parkplatz. Unmittelbar nach dem Aussteigen peitscht mir der Wind die Haare vor die Augen, und ich zerre die Kapuze des Hoodies über meinen Kopf. Zusammen mit Jack und Willow laufe ich an dem Leuchtturm vorbei bis fast zum Rand der Klippen, über denen er thront.

Halb im grauen Dunst verborgen, sind Berge zu erkennen, Inseln im Ozean, die die Weite nicht begrenzen, sondern ihr eine zusätzliche Tiefe verleihen.

Nichts hier ist verlassen oder niederdrückend. Es ist nur so, dass ich bisher nicht gewusst habe, wie sehr alles von Menschenhand Geschaffene auf sich selbst zurückgeworfen wirkt, wenn es nur ein winzig kleines Bruchstück im unberührten Gesamtbild darstellt.

«Oh Gott, ich liebe es hier – ist es nicht wunderbar?» Willow lacht und breitet die Arme aus. Sie schließt die Augen und stößt plötzlich einen lauten Schrei aus, eine Art Johlen oder Juchzen, und sowohl Jack als auch ich starren sie fasziniert an.

Als sie unsere Blicke bemerkt, lacht sie noch mehr. «Entschuldigt, manchmal überkommt es mich einfach – es ist unglaublich hier, findet ihr nicht? Muss das bei euch nicht auch einfach raus? Wenn etwas so unfassbar schön ist?»

Jack lächelt, als er den Kopf schüttelt. «Noch nie auf diese Weise, nein.»

Willow grinst. «Was haltet ihr davon, wenn wir den Kuchen hier essen?»

Es hat begonnen zu nieseln, doch als wir uns jetzt ansehen, ist die Sache geklärt. Kurz darauf sitzen wir im Windschatten des Leuchtturms und essen Stachelbeerkuchen.

«Ich kenne einen Leuchtturm, in dem kann man Urlaub machen», sagt Willow kauend und wischt sich dabei ein paar feuchte Strähnen aus dem Gesicht. «Er steht auf einer einsamen Insel, und man wird mit dem Boot dorthin gebracht.»

«Wirklich?», frage ich. «Wo ist das denn?»

«Vor Castledunns. Das liegt in Irland. Mein Ex-Freund und ich haben mal in dem B&B von der Frau übernachtet, der auch der Leuchtturm gehört – allerdings hatten wir ein bisschen Pech mit ihrer Mutter.» Willow kichert.

«Wieso, was war mit ihrer Mutter?», will ich wissen.

«Shane und ich waren ihr beim Sex zu laut», erklärt Willow. «Oh Gott, es war so peinlich. Sie hat an unsere Tür geklopft – oder eher dagegengehämmert –, und wir dachten, es sei irgendwas passiert, ein Brand oder so. Aber dann geht Shane hin, nur mit einem Handtuch, das er sich um die Hüften gewickelt hat, und da steht diese kleine Frau und giftet ihn an, dass wir gefälligst leiser sein sollen, sie wolle schlafen, und das könne sie nicht, wenn wir so laut rumstöhnen würden.» Jetzt schlägt Willow beide Hände vors Gesicht. «Oh, Scheiße, ehrlich, ich wusste gar nicht, wo ich hingucken sollte! Und dann kam die Frau, der das B&B gehörte, Airin hieß sie, glaube ich, und hat versucht, ihre Mutter zu beruhigen, und Shane war so sauer, dass er sein Handtuch einfach in die Ecke gefeuert hat, und dann wusste echt niemand mehr, wo er hinschauen sollte ...»

Ich habe bereits zu lachen begonnen, als Willow bei der wütenden, älteren Dame an der Tür angekommen war, doch jetzt pruste ich richtig los, und Jack geht es nicht anders.

«Es war wirklich schrecklich», ruft Willow und verschluckt sich fast vor Lachen. «Überhaupt nicht komisch! Bitte sagt mir, dass euch auch schon mal so was Peinliches passiert ist!»

«Ich arbeite abends häufiger mal in einem Pub», sagt Jack. «Und irgendwann hat mir da mal eine Frau Kondome zugesteckt ...»

«Was?», unterbreche ich ihn. Im Ernst jetzt?

«Sollte wohl so eine Art schräges Trinkgeld sein – sie hatte mit Sicherheit ein paar Drinks zu viel. Ich hab die Dinger jedenfalls eingesteckt, weil ich sie ja schlecht auf der Theke rumliegen lassen konnte, und dann sind sie mir herausgefallen, als ich beim Einkaufen Geld aus der Tasche gezogen habe.»

Willow lacht auf. «Okay, das ist peinlich!»

«Nein, peinlich wird's erst noch – ich habe das nämlich nicht bemerkt. Deshalb hat sich die Frau hinter mir danach gebückt und quasi durch den halben Laden gebrüllt: *Junger Mann! Ihre Verhütungsmittel!*»

Obwohl auch ich jetzt lachen muss, bin ich ein winziges bisschen überrascht. Von dieser Geschichte hat Jack mir nie erzählt. Und jetzt haut er die Story einfach so für Willow raus.

«So was Ähnliches ist mir auch mal passiert», gluckst die jetzt. «Ich habe für meine Oma in der Drogerie eingekauft und direkt ein paar Kondome mitgenommen. Leider habe ich dann vergessen, sie aus der Tüte herauszunehmen, und meine Oma hat mich angerufen und meinte: *Es ist ja nett, dass du so an mich denkst, aber Opa und ich bevorzugen die genoppten.*»

Die Geschichten sind lustig, ja, und ich lache darüber, doch gleichzeitig fühle ich mich etwas schräg. Mir hat noch nie jemand Kondome zugesteckt, ich habe auch noch nie welche gekauft, und mit Sicherheit hat niemals jemand gegen die Tür gehämmert, weil ich beim Sex zu laut war – Willow ist vermutlich nur ein paar Jahre älter als ich, doch neben ihr fühle ich mich plötzlich sehr jung.

«Jetzt du, Vic», ruft sie in diesem Augenblick. «Erzähl auch mal was!»

Ich schiebe mir den letzten Rest meines Stachelbeerkuchens in den Mund. Oh Gott, was soll ich denn jetzt sagen? Ich bin mal vom Pferd gefallen? Hatte zu wenig Geld beim Einkaufen dabei?

Habe den Van gegen einen Poller gesetzt? Das ist alles maximal blöd, aber ganz bestimmt nicht lustig.

«Ich fühle mich langweilig, aber mir fällt echt nichts ein», gebe ich zu und meine das wortwörtlich so, auch wenn Willow jetzt schon wieder lacht.

«Du Glückliche», sagt sie. «Ich hab das Gefühl, mir passieren solche Dinge andauernd.»

«Wollen wir dann mal zum Campingplatz?», fragt Jack und klopft sich die Kuchenkrümel vom Shirt.

«Ja, klar!» Willow springt auf. «Schlaft ihr eigentlich im Auto, oder habt ihr Zelte dabei?»

«Ein Zelt», erwidert Jack und erhebt sich ebenfalls.

«Prima, ich auch. Soll ich heute für uns kochen? Als kleines Dankeschön?»

«Du beteiligst dich doch schon an den Spritkosten», erinnere ich sie.

«Ja, klar, aber das ist ja kein Grund, nicht trotzdem zum Dank ein Abendessen zu machen, oder? Wie wäre es mit Camper-Curry – mögt ihr es scharf?»

«Also ich ja», sagt Jack.

«So siehst du auch aus», erwidert Willow, und bin ich jetzt die Einzige, die sich fragt, wie genau sie das gemeint hat?

Jack jedenfalls lacht nur, und als wir zum Van zurückschlendern, fühle ich mich ein klitzekleines bisschen außen vor, obwohl die beiden mich in die Mitte nehmen.

Willow ist wirklich nett. Und witzig und unterhaltsam und ziemlich attraktiv.

Verflucht, ich will gar nicht so genau wissen, was es über mich aussagt, dass ich insgeheim erleichtert bin, wenn ich daran denke, dass sie uns nicht bis nach Edinburgh begleiten wird.

Kapitel 16

Der Campingplatz bei John O'Groats liegt nicht so spektakulär wie Sango Sands über den Klippen, doch ebenfalls direkt am Meer. Er besteht aus nicht viel mehr als einer riesigen Wiese, die von einigen Asphaltwegen durchzogen ist, und wir dürfen uns einen Platz aussuchen. Wenig überraschend sind wir alle dafür, unsere Zelte direkt am Strand aufzubauen.

Willow gelingt tatsächlich ein großartiges Curry aus getrockneten roten Linsen, Reis, Zwiebeln und Knoblauch, gegen das die Nudeln mit Fertigsoße von gestern nur verlieren können, und was auch immer sie da reingekippt hat, es ist wirklich ziemlich scharf.

Die Wolkendecke hat sich aufgelockert, als die Sonne langsam untergeht. Satt und zufrieden sitzen wir auf unseren Isomatten und bewundern das Farbschauspiel, das sich uns bietet. Der Himmel, der Ozean, die Hafenmole, alles leuchtet flieder- und rosafarben, und nicht nur Willow ist absolut hingerissen.

«Es ist wie ein Traum, findet ihr nicht?», seufzt sie irgendwann. «Ich wünschte, ich könnte mein ganzes Leben lang einfach reisen und immer nur reisen.»

«Wo kommst du eigentlich her?», frage ich.

«Aus Oxford. Aber jetzt frag mich bitte nicht, ob ich in Oxford studiere – ich wohne da nur.»

«Wenn du nicht gerade quer durch die Highlands fährst», fügt Jack hinzu.

«Genau», erwidert Willow vergnügt.

«Wo warst du denn schon überall?», will ich wissen.

«Oh Gott, lass mal überlegen – also in Spanien, Frankreich, Italien, in Griechenland und in Deutschland, in den USA, ein paar Wochen in Australien, in Irland und jetzt in Schottland. Ach, und in Norwegen.»

«Wow.» Ich bin beeindruckt. «Und du reist immer nur mit einem Rucksack?»

«Nein, nicht immer, aber oft. Ich finde, es ist die schönste Art, sich ein Land anzusehen – man erlebt viel mehr, und es bleibt genug Zeit, alles genauer zu erkunden. Was ist mit euch, seid ihr auch oft unterwegs?»

Ich werfe einen schnellen Blick zu Jack hinüber. «Nein, eigentlich nicht.»

«Dann ist das euer erster gemeinsamer Urlaub?»

«So ähnlich könnte man das sagen, ja.»

«Vielleicht kommt ihr ja auch auf den Geschmack – ich will noch so viel wie möglich von der Welt sehen, bevor ich irgendwann so was wie einen festen Job habe. Na ja, und wenn ich irgendwann einen festen Job habe, werde ich trotzdem nicht aufhören, durch die Gegend zu reisen.»

Ich denke an Finny und an das *Merry Men* und an Alfie und an Jacks Vater. Und daran, dass es eine leise Stimme in mir gibt, die schon ein, zwei Male vorgeschlagen hat, doch einfach auch in Oban zu bleiben. Bei Jack.

Bisher habe ich immer versucht, diese Stimme zu ignorieren. Unsere Freundschaft würde mein Studium in Edinburgh überstehen, da bin ich völlig sicher. Doch nach den letzten Tagen fühlt sich alles ein wenig anders an – würde ich jetzt meine Sachen packen und nach Edinburgh gehen, keine Ahnung, ob das zwischen mir und Jack noch existieren würde, wenn ich irgendwann zurückkäme. Jetzt, wo ich ihn so vor den Kopf gestoßen habe. Wenn man bedenkt, dass Frauen ihm im *Merry Men* Kondome als Trinkgeld hinterlassen.

Und gleichzeitig finde ich die Vorstellung faszinierend, so zu leben wie Willow. Okay, ich bin jetzt nicht der Typ, der dafür direkt das Studium hintanstellen würde, aber wenn man nicht als Studentin reisen kann, wann dann?

«Wie finanzierst du das alles?», frage ich.

«Ich versuche, unterwegs ein paar Jobs anzunehmen», sagt sie. «Mal eine Weile kellnern oder in irgendwelchen Ferienressorts Kinder bespaßen. Und wenn es zu knapp wird, fahre ich nach Oxford zurück und arbeite in der Kanzlei meiner Mutter, bis ich wieder genug zusammenhabe. Ich gebe zu, ohne diese Sicherheit wäre es manchmal schwierig.»

«Deine Mutter ist Anwältin?»

«Steuerberaterin. Die beste, die es gibt», erwidert Willow nicht ohne Stolz.

«Willst du auch mal in diese Richtung gehen?»

«Nein, auf keinen Fall!», ruft sie und lacht auf. «Für immer wäre das definitiv nichts für mich – ich würde gern was Künstlerisches machen. Reich wird man mit so etwas zwar nicht gerade, aber vielleicht ist es ja genug, um mein Leben zu finanzieren. Ich brauche nicht viel. Was hast du vor?»

«Ich habe mich für das Edinburgh College of Art beworben.»

«Oh, dann bist du auch künstlerisch unterwegs? Was machst du? Malen? Fotografieren?»

«Skulpturen. Im Moment würde ich gern in Richtung Bildhauerei gehen.»

«Spannend!» Willow sagt das so begeistert, wie ich es selten erlebt habe. Normalerweise sind Leute immer eher erstaunt, mitunter sogar skeptisch, wenn ich darüber rede. «Wie kam es dazu?»

«Ich habe schon immer gerne modelliert. Als ich klein war mit Sand oder Knete, meine Mutter hat oft für mich Salzteig gemacht. Und später dann mit Ton und Lehm, bis ich aktuell jetzt bei Stein gelandet bin. Bisher habe ich überwiegend mit weicheren Steinen gearbeitet, also mit Speckstein oder auch mit Alabaster, aber in diesem Sommer habe ich mich zum ersten Mal an Kalkstein rangetraut.» Ich halte inne. So viel erzähle ich selten auf diese einfache Frage hin. Es liegt daran, wie Willow zuhört. Das kenne ich so nur von Jack.

«Und wie sieht das aus, was du machst?»

«Warte, ich kann es dir mal zeigen.» Ich hole mein Telefon aus der Tasche und öffne das Album mit den Bildern, die ich von meinen Werken gemacht habe. «Die meisten Leute denken bei der Bildhauerei automatisch an Michelangelo oder Rodin. *Der Denker* und so. Aber ich liebe zum Beispiel die Arbeiten von Barbara Hepworth – sie sind so klar und organisch und einfach wunderschön. Oder Bruno Catalano. Ganz anders, aber seine *Traveller* kann ich nicht anschauen, ohne eine Gänsehaut zu bekommen, und ich mag auch Jaehyo Lee, der macht viel mit Holz – alles sehr unterschiedliche Künstler, aber mich berühren sie sehr.»

Während ich rede, klickt Willow sich durch die Fotos. Ich bin ein wenig nervös, als sie wieder aufsieht. «Die sind toll! Ich mag besonders dieses Ding hier, das du da in der Hand hältst.»

Mit *dieses Ding* meint sie einen transparent-weißen Alabasterstein, den ich so lange geschliffen und poliert habe, bis er so wirkt, als würde er zwischen meinen Fingern schmelzen. Liegt er einfach nur herum, sieht er ziemlich absurd aus, aber auf dem Bild kommt er in meiner Hand ziemlich gut zur Geltung.

«Wann erfährst du, ob du am College angenommen wirst?»

«Bis Ende August werden die Zusagen verschickt.»

«Du bekommst bestimmt eine», sagt Willow so zuversichtlich, als habe sie darüber zu entscheiden. «Und was ist mit dir?», wendet sie sich jetzt an Jack. «Wie sehen deine Pläne aus?»

Jack antwortet nicht sofort. «Im Moment habe ich keine besonderen Pläne», sagt er schließlich. «Ich habe die Arbeit in der Bar und noch einen anderen Job ...»

«Hört sich ja an, als wärest du ziemlich flexibel», sagt Willow und liegt mit dieser Einschätzung so was von daneben. Doch solange Jack Finny nicht erwähnt, werde ich das auch nicht tun.

«Wenn du schon Erfahrungen als Barkeeper hast, bist du fürs Reisen doch bestens geeignet – die werden ja auch immer wieder gesucht», sagt Willow jetzt. «Und vielleicht entwickeln sich dabei ja Ideen. Mir jedenfalls fallen unterwegs ständig neue Dinge ein, die ich mal ausprobieren könnte. Aktuell würde ich zum Beispiel gern ein Kunst-Café eröffnen – da hätte ich dann gleich einen Ausstellungsraum für meine Bilder.»

«Du malst?», frage ich.

«Nur so nebenbei. Es macht mir Spaß.» Willow winkt ab. «Habt ihr noch Lust auf einen kleinen Strandspaziergang?»

Die Sonne ist vor einigen Minuten am Horizont verschwunden, und die Farben lösen sich langsam auf, doch noch ist es hell genug.

«Warum nicht?», sage ich, und Willow springt auf.

«Kommst du auch mit, Jack?», fragt sie.

«Ich kümmere mich lieber mal hier um das ganze Zeug», erwidert er. «Vielleicht komme ich euch noch hinterher.»

«Gut, wir laufen einfach ein bisschen am Wasser entlang», sagt Willow.

«Sollen wir dir noch helfen?», frage ich. «Wir könnten danach gemeinsam gehen.»

«Nein, Quatsch, das erledige ich schnell. Geht ruhig schon mal vor.»

Okay, er will einen Moment allein sein. Jack redet nicht gern über seine Zukunft, und schon darüber nachzudenken reicht offenbar aus, um ihn herunterzuziehen.

«Dann bis gleich!», ruft Willow, als wir schon an den niedrigen Büschen vorbeilaufen, die den Campingplatz vom Strand trennen.

Minuten später stapfen wir über grobkörnigen Sand und angeschwemmte Algen, und ich höre mit halbem Ohr Willow zu, die gerade von der Luft und der Stimmung und überhaupt von allem begeistert ist. Es fällt ihr so leicht, glücklich zu sein, und ich frage mich, ob sie es auch noch wäre, befände sie sich in meiner Situation. Würde sie dann immer noch lachen und mit den Schultern zucken? Bei ihr könnte ich mir das glatt vorstellen.

«Du hast mit Jack wirklich einen netten Freund», sagt sie in diesem Moment und reißt mich damit aus meinen Gedanken. «Wie lange seid ihr denn schon zusammen?»

«Also ... wir sind gar nicht zusammen. Wir sind einfach nur gute Freunde.»

«Ah so?»

Willow sagt das in einem Ton, bei dem ich mir wünsche, ich hätte sie in dem Glauben gelassen, das mit Jack und mir sei etwas Festes. Allerdings hätte ich dann zukünftig auch eine peinliche Story beizutragen, sollte sie Jack irgendwann ähnliche Fragen stellen wie mir.

«Dann kennt ihr euch schon lange, oder?»

«Seit ich in die Schule gekommen bin. Also ja, schon ziemlich lange.»

«Das spürt man.»

Willow schüttelt ihre blonden Locken zurück, fasst sie kurz mit beiden Händen zu einem lockeren Pferdeschwanz zusammen und lässt sie wieder fallen.

«Er sieht verdammt gut aus», stellt sie dann übergangslos fest, und darauf fällt mir nichts Besseres ein, als ihr Grinsen verkrampft zu erwidern.

Noch so ein Moment, in dem ich mich fühle, als sei Willow ungefähr zehn Jahre älter und erfahrener als ich, weil sie meilenweit davon entfernt zu sein scheint, über alles ständig nachzugrübeln. Man könnte meinen, dass sie durch diese Unbeschwertheit jünger wirken müsste, aber sie scheint einfach nur souverän und vollkommen mit sich im Reinen. Während ich mich andauernd so fühle, als hätte ich einen Grund zum Heulen.

«Siehst du schon den Großen Wagen?», fragt Willow.

Sie läuft neben mir und hat den Kopf in den Nacken gelegt. Am Himmel tauchen gerade die ersten Sterne auf.

«Noch nicht.»

Jetzt starren wir beide im Gehen nach oben. Sieht bestimmt lustig aus, sollte uns jemand beobachten.

«Schau mal, das ist er, oder?» Sie zeigt in die Luft. «Da die Deichsel und dahinter die vier Sterne ...»

«Ja, jetzt sehe ich ihn auch.»

«Hat mir mein Dad früher gezeigt. Die ganzen Sternbilder. Als ich noch klein war.»

Willow lächelt in den Nachthimmel hinein, doch in diesem Moment wirkt sie ein wenig verhalten.

Für ein paar Sekunden widerstehe ich dem Impuls, sie auf ihren Vater anzusprechen. Es gibt Fragen, die möchte man, unmittelbar nachdem man sie geäußert hat, gern wieder zurücknehmen, und mein Gefühl sagt mir, dass die Frage nach Willows Vater dazugehört. Auf George würde ich derzeit auch nicht gern angesprochen werden.

Wir laufen noch eine Weile weiter, bis Willow in der zunehmenden Dunkelheit ins Stolpern gerät, und wir beschließen, den Rückweg anzutreten.

Dass Jack uns nicht mehr hinterhergekommen ist, wundert mich nicht. Die kleine Solarlampe leuchtet vor unserem Zelt und lässt die Nacht finsterer wirken, sobald man ihren Lichtkreis betritt.

«Hey», sagt Willow und lässt sich neben Jack nieder. «Doch keine Lust mehr auf einen Spaziergang gehabt?»

Ich überlege kurz und setze mich dann neben Willow. Ich will nicht, dass es so wirkt, als würde ich plötzlich doch Besitzansprüche anmelden.

«Als ich fertig war, dachte ich mir, ihr seid bestimmt eh gleich wieder da.»

«Meine Güte, wie lang hast du denn für ein paar Teller und den Kocher gebraucht?», ruft Willow und streicht sich die Haare über eine Schulter, wodurch ich plötzlich nur noch Locken sehe und nichts mehr von Jack.

«Ich bin eben gründlich», höre ich ihn antworten. «Und außerdem waren alle Spülbecken besetzt.»

«Ach, du hättest einfach alles stehen lassen sollen – morgen bin ich nach dem Essen an der Reihe mit Aufräumen.»

Ich hoffe, Willow spricht gerade vom Frühstück.

Im nächsten Moment fühle ich mich schäbig wegen dieses Gedankens. Erst hänge ich Jack quasi ununterbrochen nach, dann lasse ich es zu, dass wir uns *fast* ein zweites Mal küssen, bevor ich es mir in letzter Sekunde anders überlege, und nachdem es mir nun also gelungen ist, Jack so richtig vor den Kopf zu stoßen, bin ich plötzlich eifersüchtig auf Willow.

Mein Telefon beginnt zu summen. Nach einem kurzen Blick stehe ich auf. Es ist Alice, und ich gehe einige Schritte in Richtung Strand.

«Hallo, Vic», begrüßt Alice mich warm, und gänzlich unerwartet verspüre ich Heimweh.

«Hi», erwidere ich.

«Störe ich gerade?»

«Nein, gar nicht … wir haben schon gegessen und sitzen jetzt nur noch ein bisschen vor dem Zelt und unterhalten uns.»

Ich werfe einen schnellen Blick zurück und stelle fest, dass diese Äußerung beinahe stimmt: Jack und Willow jedenfalls scheinen sich ganz großartig zu unterhalten.

«Wo seid ihr denn mittlerweile?»

«Auf einem Campingplatz bei John O'Groats.»

«John O'Groats – ihr dreht ja eine richtig große Runde.»

«Kann man so sagen, ja.»

«Und wie fühlst du dich mittlerweile? Bist du … bist du ein bisschen nervös?»

Es wäre gelogen, diese Frage zu verneinen. Genauso wenig kann ich Alice jetzt aber erzählen, dass mich seit gestern Abend die Sache mit Jack mindestens genauso sehr beschäftigt wie die Sache mit Emmeline Sinclair. Das muss ich selbst zunächst einmal auf die Reihe bekommen.

«Es geht so», antworte ich vage. «Ich habe beschlossen, mir erst dann Gedanken darüber zu machen, wenn ich vor ihrer Tür stehe.»

Alice lacht leise, und ich muss ebenfalls lächeln. Natürlich nimmt sie mir diese Behauptung keine Sekunde ab. «Du weißt, dass ich sofort losfahre, sobald du auch nur ein Wort sagst.»

«Ja, weiß ich», erwidere ich. «Aber musst du nicht. Wirklich nicht. Ich komm schon klar.»

«Natürlich kommst du klar.» Alice seufzt. «Wenn wir ehrlich sind, bin eher ich es, die nicht so gut klarkommt, was?»

«Ich finde, du machst das super.»

«Danke. Ist es in Ordnung für dich, wenn ich morgen Abend wieder anrufe?»

«Sicher. Wie geht's … George?»

«Der kommt auch nicht besonders gut klar», sagt Alice lapidar, und obwohl ihre Antwort mir einen Stich versetzt, bin jetzt ich es, die lachen muss.

«Vielleicht kommen wir alle gerade nicht so gut klar», sage ich dann.

«Ja, vielleicht.» Alice' Stimme nimmt diesen besonderen Ton an, der signalisiert, dass sie jetzt etwas Wichtiges zu sagen hat. «Aber das darf auch mal sein. Wir sind eine Familie. Wir schaffen das.»

«Okay», sage ich leise. «Bis dann.»

«Bis dann. Ich hab dich lieb.»

Alice legt auf, und das ist der zweite Stich, den sie mir verpasst. Sie hat nicht gewartet, bis ich *Ich dich auch* ohne das *Mum* am Ende geantwortet habe.

Vielleicht will sie es mir ja leichter machen. Oder sich selbst.

Ich drehe mich wieder zu Jack und Willow um, und da ist der dritte Stich an diesem Abend. Jack sieht Willow an, als sei sie das Tollste, was ihm seit langer Zeit begegnet ist. Mit beiden Händen untermalt sie das, was sie ihm gerade erzählt, und ich wette, es ist etwas Witziges, etwas Leichtes, so wie alles sich mit Willow witzig und leicht anfühlt. Wie zur Bestätigung höre ich die beiden jetzt lachen, wobei Willow eine Hand auf Jacks Arm legt und sie einfach dort liegen lässt.

Würde Jack versuchen, Willow zu küssen, würde die garantiert nicht *Stopp* sagen. Am liebsten würde ich mich in Luft auflösen und Willow das Feld überlassen. Stattdessen strecke ich den Rücken durch und gehe langsam auf die beiden zu.

«Hey», sagt Willow und zieht ihre Hand zurück. «Alles in Ordnung mit dir? Du siehst ein bisschen sehr ernst aus.»

«Nein, alles okay. Das war nur meine Mutter.»

Eine von beiden, hängt mein Hirn hintendran, und ich verkneife es mir, idiotisch aufzulachen.

«Wir haben uns gerade überlegt, ob wir morgen mal den Küstenwanderweg beim Leuchtturm ausprobieren sollen», sagt Willow. «Was meinst du?»

«Da gibt es einen Küstenwanderweg?» Sie scheint es überhaupt nicht eilig zu haben, nach Perth zu kommen.

«Ja, ich habe dort vorhin ein Schild gesehen.»

Kurz schaue ich zu Jack, der meinen Blick erwidert. Ich könnte in diesem Moment nicht sagen, was in ihm vorgeht, und das verunsichert mich, obwohl es sich nur um eine so banale Frage dreht – normalerweise weiß ich immer, was Jack denkt.

«Gute Idee», sage ich endlich. Bleiben wir eben noch eine Nacht länger, was soll's.

«Dann sind wir alle dafür», erwidert Willow vergnügt. «Ich würde vorschlagen, direkt nach dem Frühstück aufzubrechen. Je später es in den Nachmittag reingeht, desto voller wird es.»

Bisher sind uns zwar noch nirgends Menschenmengen begegnet, aber es spricht ja auch nichts dagegen, also nicke ich einfach.

«Ich geh dann mal Zähneputzen.» Willow steht auf und streckt sich. «Wir könnten morgen früh auch einfach etwas einpacken und beim Leuchtturm frühstücken.»

«Gute Idee», sagt Jack.

Als wir wenig später zu unserem Platz zurückkommen, wirft Willow uns eine Kusshand zu, bevor sie in ihrem Zelt verschwindet. «Dann gute Nacht, ihr zwei.»

Stille senkt sich herab, in der nur noch die anbrandenden Wellen und die gelegentlichen leisen Stimmen von den anderen Plätzen zu hören sind.

«Ich könnte im Wagen schlafen», sagt Jack.

«Nein, wieso denn?», erwidere ich ziemlich überrumpelt. Der vierte Stich heute Abend. «Also, ich meine – natürlich, wenn du möchtest.»

Ein paar Sekunden verstreichen, bevor Jack antwortet: «Ich glaube, das wäre besser.»

«Gut, dann – wie du willst.» Ich hoffe, mir ist nicht anzusehen, wie sehr Jacks Vorschlag mich kränkt.

Die Hände in die Taschen meiner Jeans gestopft, sehe ich ihm dabei zu, wie er seinen Schlafsack aus dem Zelt holt und damit vor mir stehen bleibt.

«Okay. Gute Nacht.»

«Ja, gute Nacht», erwidere ich steif.

Seine Schritte rascheln im Gras, als er zum Auto geht. Es klickt, dann ist das dumpfe Geräusch einer Wagentür zu hören, die zugezogen wird, und unmittelbar darauf stehe ich zwischen den Zelten und fühle mich nicht nur allein, sondern auch noch unendlich einsam.

Kapitel 17

Ich bin nicht sicher, ob Willow gestern Nacht noch mitbekommen hat, dass Jack im Wagen übernachtet. Als ich am nächsten Morgen das Zelt öffne, ist von beiden nichts zu sehen, und als ich von den Duschen zurückkehre, steht nur Jack da, die Hände im Nacken verschränkt, und sieht über die niedrige Hecke aufs Meer.

«Guten Morgen», sage ich.

Jack dreht sich um. Im Licht der ersten Sonnenstrahlen wirken seine Augen fast schon unnatürlich grün. «Hi», sagt er. «Gut geschlafen?»

Nein, ich habe mich noch endlos lang hin und her gewälzt und darüber nachgedacht, was es zu bedeuten hat, dass du im Wagen schlafen willst, und ob ich gerade dabei bin, unsere Freundschaft zu zerstören, obwohl ich doch genau das unbedingt vermeiden will.

«Ja, und du?»

«Mhm.»

Er tritt auf mich zu, und unwillkürlich halte ich den Atem an – nein, er geht nur an mir vorbei zum Zelt. Mit seinem Rucksack kommt er wieder hinaus.

«Ich geh auch mal duschen.»

«Okay.»

Von Willow ist immer noch nichts zu sehen oder auch nur zu hören, als Jack zwanzig Minuten später wieder da ist.

«Fast halb zehn.» Jack wirft seinen Rucksack ins Auto. «Tja – wollen wir sie wecken?»

Ist mir egal, denke ich. *Ist mir eigentlich völlig egal, ob wir schon in zehn Minuten zusammen mit Willow zum Leuchtturmweg fahren oder erst in einer Stunde, ich will nur nicht auch noch mit dir so tun, als sei alles in Ordnung, wenn doch eigentlich nichts in Ordnung ist.*

«Jack, ich ...»

«Guten Morgen.» Willow streckt verschlafen ihren Kopf aus dem Zelt und gähnt. «Ihr seid ja schon angezogen – wie spät ist es denn?»

«Halb zehn», sagt Jack. «Guten Morgen.»

«Oh Gott, ist das noch früh.»

Als sie jetzt aus dem Zelt kriecht, presse ich kurz die Lippen zusammen. Willow trägt ein dünnes, weißes T-Shirt, knappe Shorts und keinen BH. Ihre blonden Locken fallen ihr so perfekt über die Schultern wie meine Haare nur dann, wenn ich sie stundenlang zurechtgeföhnt habe. Sie sieht einfach geradezu unglaublich sexy aus.

«Ich beeile mich, okay?»

Sie bückt sich noch einmal zu ihrem Zelt hinunter, wobei ihr Shirt hochrutscht und den halben Rücken freigibt, dann winkt sie in unsere Richtung und macht sich auf den Weg zu den Duschen. Ein Typ, der gerade dabei ist, alles auf seinem Motorrad zusammenzupacken, läuft gegen seinen Freund, weil beide ihr hinterherstarren.

«Wir sollten das Auto nehmen.»

«Was?»

«Wir sollten mit dem Auto zum Leuchtturm fahren», wiederholt Jack. «Das dauert keine zehn Minuten, aber zu Fuß brauchen wir fast eine Stunde.» Er streckt mir sein Handy entgegen. «Schau.»

«Gut, dann ... müssen wir ja wohl nichts fürs Frühstück raussuchen.»

«Wie lange willst du eigentlich noch hierbleiben?», fragt Jack.

Wenn ich ihm jetzt antworte, dass ich nicht einmal vorhatte, noch eine zweite Nacht in John O'Groats zu verbringen, wird Jack zu Recht wissen wollen, warum ich dem dann gestern zugestimmt habe. So genau weiß ich das übrigens selbst nicht. Ich glaube, es ist einfach verdammt schwer, neben Willow von irgendetwas nicht ähnlich begeistert zu sein.

«Ich würde morgen weiterfahren wollen», sage ich.

Am liebsten direkt nach Perth. Das wären knappe fünf Stunden. Ich habe gestern Nacht noch nachgesehen.

Gott, ich bin so gemein und unfreundlich und einfach nur bescheuert.

«Das wäre gut – ich habe nämlich leider nur diese eine Woche», erklärt Jack in diesem Moment. «Und wir müssen von Edinburgh aus ja auch noch wieder nach Oban.»

Kurz rechne ich zurück. Sind wir tatsächlich schon vier Tage unterwegs? Verflucht, das heißt, wenn wir morgen losfahren, bleiben uns nur noch ganze zwei Tage. Und am Ende dieses zweiten Tages müssen wir wieder in Oban sein, weil Jack Finny nicht länger allein lassen kann und den ganzen anderen Kram, der an ihm hängt, wohl auch nicht.

«Dann sollten wir morgen vielleicht Willow nach Perth bringen und direkt weiterfahren.»

Jack nickt. «Es wäre sicher gut, für Edinburgh ein bisschen Zeit einzuplanen. Du weißt ja auch nicht, ob du sie gleich erwischst.»

«Stimmt», murmele ich. Oh Gott, in zwei Tagen schon? Oder vielleicht sogar schon morgen Abend?

«Du willst es noch durchziehen, oder?» Jack mustert mich prüfend.

«Okay, ich wäre so weit!» Willow ruft das bereits aus zwanzig Meter Entfernung zu uns hinüber. «Wir können direkt los.

Wir haben übrigens noch die Pasteten – die geben ein perfektes Frühstück ab.»

Ich nicke Jack zu, ein kurzes Nicken, gerade so, dass es als Antwort durchgeht, dann knipse ich mein Lächeln an und blicke Willow entgegen.

Der Trampelpfad, der am Parkplatz des Leuchtturms beginnt, verliert sich recht schnell zwischen harten, kurzen Halmen und blassgelben Flechten. In den Tälern zwischen den steinigen Hügeln ist es sumpfig, und winzige weiße Blüten im Moos und im Farn überwuchern das, was vielleicht früher tatsächlich ein Weg gewesen ist.

Haben wir anfangs noch darauf geachtet, nicht zu dicht an den Rand der steil abfallenden Felsen zu geraten, bin vor allem ich es, die irgendwann immer wieder so nah wie möglich an die Abhänge herantritt. Das Geschrei von Seevögeln hängt in der Luft, und sehr weit unter mir schäumt und tost das Wasser gegen spitze Felsnadeln, algenbewachsen und von Möwen umschwärmt. Meine Lippen schmecken salzig.

Ich beteilige mich nur oberflächlich an dem Gespräch zwischen Jack und Willow, denn meine Gedanken kreisen um Emmeline Sinclair. Zwischen unserer Abreise in Oban und diesem Augenblick liegen nur vier Tage, doch diese vier Tage haben sich wie ein Gebirge zwischen mich und meine Angst geschoben. Seit Jack mich vorhin allerdings gefragt hat, ob ich es noch durchziehen will, ist alles wieder hervorgebrochen.

Ich werde vor irgendeiner Tür stehen. Ich werde klingeln. Und eine Frau wird mir öffnen, und dann ... Gott, keine Ahnung, was dann.

Dann fragst du sie einfach, ob sie deine Mutter ist.

Jacks Vorschlag scheint hundert Jahre zurückzuliegen und überdies völlig absurd zu sein.

Ich würde gern noch einmal mit ihm über alles reden – wirklich über alles! –, doch er lacht gerade mit Willow, die im Übrigen an seinem Arm hängt, als sei er ihr Freund und nicht mein Freund und mit Sicherheit auch mehr als nur ihr bester Freund.

Ich wende mich von den beiden ab, setze mich auf einen aus dem struppigen Gras ragenden Felsen und blicke aufs Meer hinaus. Ich möchte da sein, wo Willow gerade ist. Ich möchte an Jacks Arm hängen und mit ihm lachen und herumalbern, so wie früher.

Nein, nicht ganz so wie früher.

Ich schließe die Augen und atme mehrere Male tief durch.

Okay, also ... Emmeline Sinclair. Ich werde das morgen hinter mich bringen. Spätestens übermorgen. Alles ständig weiter vor mir herzuschieben, macht es nicht besser, denn sobald ich mir vorzustellen versuche, wie unser Zusammentreffen verlaufen wird, beginnt mein Herz zu rasen. Es ist nicht mehr so schlimm wie am Anfang, das nicht. Aber es wird auch nicht leichter, je länger ich damit warte. Und vielleicht wird es ja auch völlig unspektakulär, könnte ja sein. Vielleicht sehe ich sie an, und da ist einfach nichts.

Ich werde es erst wissen, wenn ich ihr gegenüberstehe.

Und Jack ... ich wollte ihn bei dieser ganzen Geschichte dabeihaben, weil ich mir nicht habe vorstellen können, es ohne ihn durchzuziehen. Dass sich alles plötzlich anders angefühlt hat, habe ich mir nicht ausgesucht – aber ich hätte es nie so weit kommen lassen dürfen, dass wir uns beinahe zum zweiten Mal geküsst hätten. Ihn im letzten Augenblick zurückzuweisen ... Natürlich habe ich ihn damit verletzt.

Dass er sich jetzt aber mit Willow ablenkt und überhaupt nicht mehr zu bemerken scheint, wie es mir geht ... Obwohl ich selbst Mist gebaut habe, tut es weh. Es ist das erste Mal, dass ich mich von Jack im Stich gelassen fühle. Willow hat ja keine Ahnung, warum wir diese Reise überhaupt angetreten haben.

Für sie muss es aussehen wie ein ganz normaler Kurztrip, und ich selbst habe ihr gesagt, dass Jack und ich nicht zusammen sind. Wieso sollte sie also nicht mit ihm flirten? Aber Jack … Auch wenn mein Verhalten bescheuert war, hätte ich nicht von ihm erwartet, dass er sich ausgerechnet jetzt zurückziehen würde.

«Vic?» Jacks Stimme durchbricht meine Gedanken. «Alles okay mit dir?»

Ich sehe die beiden in einiger Entfernung stehen und zu mir zurückblicken. Als ich nicht reagiere – im Moment wüsste ich nicht, wie –, kommt Jack zurück, und Willow folgt ihm.

«Hey, was ist denn?», will er wissen.

Viele Antwortmöglichkeiten fallen mir nicht ein.

Wieso, was soll denn sein? Zickig.

Nichts. Auch zickig.

Frag einfach nicht, okay? Zickig.

Lauf doch einfach mit Willow weiter, und ich geh schon mal zum Auto. Megazickig.

Oder vielleicht ist das alles nicht mal besonders zickig, aber auf jeden Fall ist jede einzelne dieser Antworten völlig sinnlos.

«Ich bin einfach …» Ängstlich? Angespannt? Ohne Ende traurig, weil alles von Bedeutung einfach wegzubrechen scheint? «… ein bisschen schräg drauf. Tut mir leid. Zu wenig geschlafen, vermutlich.»

Super. Nicht zickig, dafür feige.

Innerlich winde ich mich unter Jacks und Willows Blicken. Gleich werde ich hier und jetzt wirklich losheulen, und ganz bestimmt will ich das nicht erklären müssen. Ich stehe auf. «Wollen wir weiter?»

Willow sieht zu Jack, der in diesem Moment leicht den Kopf schüttelt, dann tritt er auf mich zu und zieht mich in seine Arme.

Wärme umfängt mich und Jacks Duft und ein so tiefes Gefühl

von Nähe, dass mir jetzt doch die Tränen in die Augen steigen. Ich habe nicht einmal geahnt, wie dringend ich diese Umarmung gebraucht habe. Vor Erleichterung, Jack zumindest als Freund nicht verloren zu haben, fühlen sich meine Knie ein wenig weich an, und ich bin so verflucht dankbar, dass Jack mich mit meinem blöden *Wollen wir weiter?* nicht hat davonkommen lassen.

Erst als er sich viel zu schnell wieder von mir löst, fällt mir Willow ein, und ich schiebe mir mit beiden Händen die Haare aus dem Gesicht in dem Versuch, nicht ganz so aufgelöst zu wirken, wie ich mich gerade fühle.

«Es ist ... es geht um meine Mutter», bricht es aus mir heraus, weil ich in ihrem Gesicht nichts erkennen kann außer Mitgefühl und Ratlosigkeit. «Ich werde vielleicht schon morgen meine leibliche Mutter kennenlernen.»

«Deine leibliche ...?» Willow schaltet schnell. «Du siehst sie morgen zum ersten Mal?»

«Genau.» Mit dem Ärmel wische ich mir einmal übers Gesicht und probiere mich versuchsweise an einem Lächeln. «Sie hat keine Ahnung, dass ich komme. Und ich hatte bis vor knapp zwei Wochen keine Ahnung, dass es sie überhaupt gibt.»

Willows Augen weiten sich. «Du hast nicht gewusst ... Deine Adoptiveltern haben dir nie gesagt ...?»

«Nein. Nein, haben sie nicht.»

«Oh Gott. Aber warum?»

«Weil meine leibliche Mutter mich gleich nach der Geburt abgegeben hat und danach nichts mehr von mir wissen wollte. Ich bin nicht einmal sicher, ob ihre Adresse stimmt. Meine Eltern wollten mich wohl einfach schützen.»

Das Willow gegenüber auszusprechen, fühlt sich anders an, als es von George oder Alice zu hören. Als würde ich mir selbst mehr glauben als ihnen.

«Was willst du ihr sagen?», fragt Willow. «Wenn du sie zum ersten Mal siehst?»

«Weiß ich noch nicht. Eigentlich wollte ich sie fragen, warum sie mich damals nicht wollte, aber mittlerweile denke ich, ich werde ihr einfach nur sagen, wer ich bin, und dann schauen, wie sie reagiert.»

«Wow», sagt Willow. «Das ist heftig. Und ziemlich mutig.»

«Na ja. Ich fühle mich nicht sehr mutig, um ehrlich zu sein.»

«Du bist es aber. Ich überlege immer mal wieder, ob ich versuchen soll, noch einmal Kontakt zu meinem Vater aufzunehmen, aber ich trau mich nicht.»

«Was ist denn mit deinem Vater?», frage ich vorsichtig und denke dabei an unseren Strandspaziergang gestern Abend.

«Er ist abgehauen», erklärt Willow lapidar. «Es wurde ihm alles zu viel. Mit einer Tochter und so. Keine Ahnung. Und manchmal möchte ich ihn einfach gerne fragen, wie er das fertiggebracht hat – ich meine, bis zu dem Tag, an dem er einfach verschwand, dachte ich ja, er liebt mich.»

Mein Herz zieht sich zusammen. «Willow, das tut mir leid.»

«Ja, mir auch. Aber es ist siebzehn Jahre her, also denke ich nicht mehr ununterbrochen daran. Sondern nur noch einmal im Monat oder so.» Sie grinst ein wenig schräg. «Das Ding ist, ich würde ihn das fragen, um von ihm zu hören, dass er es bereut und seitdem jeden Tag heult. Würde ich jedenfalls angemessen finden. Nur weiß ich, dass er mittlerweile wieder verheiratet ist und mit der Frau zwei Kinder hat. Was also könnte er mir sagen, damit ich mich besser fühle?»

Ich bemühe mich zu schlucken, aber es geht nicht. Scheiße. Das hat Willow mir jetzt zu deutlich auf den Punkt gebracht.

«Bei dir ist das anders», ruft sie, vermutlich, weil ihr in diesem Moment mein Gesichtsausdruck aufgefallen ist. «Ich weiß leider zu viel über meinen Vater, aber du weißt ja gar nichts über deine Mutter. Wäre ich du, würde ich sie auch zumindest einmal sehen wollen. Ich meine – vielleicht hat sie ja tatsächlich Gründe, die man irgendwie verstehen kann, oder so.»

«Das sagt Jack auch dauernd», erwidere ich.

«Na also. Vielleicht haben wir ja recht.» Willow stupst Jack in die Seite. «Und wie ist es bei dir? Hast du wenigstens dieses liebevolle Elternhaus, von dem alle immer sprechen?»

«Meine Mutter ist vor vier Jahren gestorben und mein Vater mittlerweile Alkoholiker.»

Willow fällt die Kinnlade herunter, und auch ich ziehe scharf die Luft ein. Im Gegensatz zu ihr bin ich allerdings weniger vom Inhalt dieser Sätze überrascht als von der Tatsache, dass Jack sie überhaupt ausspricht. Einfach so. Quasi mit einem Schulterzucken.

«Scheiße, Entschuldigung! Ich wollte nicht ... Ich habe echt nicht damit gerechnet ...», stammelt Willow fassungslos.

Jack macht eine abwehrende Handbewegung, dann taucht ein leichtes Grinsen auf seinem Gesicht auf. «Das geht hier fast schon als Selbsthilfegruppe durch.»

Ich bin die Erste, die lacht. Es ist einfach so absurd. Wir stehen hier im wahrsten Sinne des Wortes am Abgrund, der Wind hat noch einmal aufgefrischt und zerrt an verfilzten Grasbüscheln und Gestrüpp, und genau jetzt spüre ich die ersten, schweren Regentropfen auf meiner Haut. Drei Menschen am Ende der Welt. Und obwohl mir beim Anblick der sich zusammenballenden Wolken kurz der Gedanke durch den Kopf schießt, dass wir uns besser schleunigst auf den Rückweg machen sollten, trete ich vor und rufe: «Hallo, ich bin Victoria, und meine Eltern haben es vermasselt!»

Willow lacht nervös auf, doch Jack deutet eine Verbeugung an und sagt: «Hallo, Victoria.»

«Was ...?» Willow beginnt jetzt zu grinsen. «Okay, also – hallo,

Victoria! Und danke, dass du das mit uns geteilt hast. So funktioniert das doch, oder?» Sie greift erst nach meiner und dann nach Jacks Hand. «Hallo, ich bin Willow, und mein Vater ist ein Arschloch!»

«Hallo, Willow!», rufen Jack und ich gleichzeitig, wobei sich unsere Hände ebenfalls finden.

«Er ist ein verantwortungsloser Feigling, und ich habe jahrelang wegen ihm geheult und mich immer wieder gefragt, was falsch an mir ist!» Willow hebt die Stimme, um den Wind zu übertönen, der uns um die Ohren pfeift. «Aber damit ist jetzt Schluss! Ich kenne eine Frau, die Scheiße noch mal mutig ist, und ich werde es auch sein! Mach dich auf einen Besuch gefasst, *Dad!*»

«Danke, Willow, dass du das mit uns geteilt hast!»

Jack und ich übertönen uns gegenseitig, und ich drücke dabei Willows Hand. Der Regen wird verdammt schnell heftiger, mittlerweile ist es so dunkel, als sei die Dämmerung bereits über uns hereingebrochen.

«Hallo, ich heiße Jack, und ich wünschte, ich könnte damit aufhören, meinen Vater zu hassen!»

Jack sieht weder zu mir noch zu Willow, während er das sagt, sondern starrt zwischen uns hindurch auf das aufgewühlte Meer.

«Hallo, Jack!», brüllt Willow, doch mir versagt die Stimme.

«Er ist schwach, er säuft sich durchs Leben, er ist blind und voller Selbstmitleid, und wenn er meinem Bruder wirklich die Schuld am Tod meiner Mutter aufgeladen hat, werde ich Fin nehmen und mit ihm verschwinden – und ich hasse meinen Vater auch dafür, dass ihm das scheißegal sein wird!»

Oh Gott. Oh mein Gott. Ich umklammere Jacks Hand so fest, dass es schmerzt. In wahren Sturzfluten strömt der Regen über mein Gesicht, und ich kneife die Augen zusammen, um sie vor dem scharfen Wind zu schützen.

«Danke, dass du das mit uns geteilt hast, Jack!» Willow versucht vergeblich, ihre triefenden Haare zurückzuschütteln. Uns allen kleben die nassen Strähnen an den Wangen.

Ich atme tief durch. Es hatte vorhin nur so ein Spruch sein sollen, aber jetzt ... «Es macht mir Angst, dass ich ein Kind war, das man einfach weggeben konnte, das man nie kennenlernen wollte, das vielleicht gehasst worden ist! Ich stelle mir vor, wie meine Mutter mich angesehen hat, und ...» An dieser Stelle muss ich mich räuspern und noch einmal neu ansetzen. «Und ich fühle mich dadurch manchmal wertlos.» Das letzte Wort gerät mir schon wieder kieksig, Herrgott! Noch einmal hole ich Luft. «Ich werde dieser Frau morgen sagen, dass ich sie sehen musste, um mit ihr abzuschließen! Dass es eine Sache ist, ein Kind zur Adoption freizugeben, und eine andere, diesem Kind nie in die Augen sehen zu wollen, um die Frage nach dem Warum zu beantworten. Und dass es Menschen gibt, die mich lieben!»

Mit den letzten Sätzen überrasche ich mich selbst – ich ahne jetzt schon, dass ich sie noch einmal von allen Seiten genauer betrachten muss. Jetzt gerade jedoch sind sie einfach so aus mir herausgekommen, und ich fühle mich überraschenderweise fast ein wenig euphorisch.

«Danke, dass du das mit uns geteilt hast, Victoria!», schreit Willow.

Jack sieht mich nur an.

Als Willow meine Hand jetzt loslässt, tut sie das nur, um sowohl mich als auch Jack zu umarmen.

«Okay!», ruft sie dann. «Meint ihr, wir schaffen es irgendwie zurück, bevor wir von dieser Klippe gespült werden?»

Die Gefahr besteht durchaus. Alles, was auf dem Weg hierher trocken, starr und staubig war, ist jetzt ein einziges Fließen, wir versinken in den Senken zwischen den Hügeln bis zu den Knien im Morast, und obwohl wir uns gegenseitig stützen, rutscht jeder von uns gleich mehrfach aus. Eine ganze Weile bin ich nicht einmal sicher, ob wir überhaupt noch in die richtige Richtung gehen, trotzdem ebbt diese seltsame Euphorie in mir nicht ab.

Weder Schlamm noch Wind noch Kälte vermögen etwas daran zu ändern, dass eine Flamme sich in mir entzündet hat, und ich werde sie mit allem beschützen, was mir zur Verfügung steht.

Kapitel 18

Kurz bevor wir endlich den Parkplatz erreichen, schlägt das Wetter wieder um. Nicht früh genug für uns.

«Wir sollten einfach, so wie wir sind, gleich unter die Dusche gehen», sagt Willow, während sie versucht, zumindest den gröbsten Dreck von den Schuhsohlen zu kratzen.

Jack breitet Handtücher über die Sitze. «Zieh die Schuhe einfach aus.»

«Und die Socken. Und die Hosen. Am besten einfach alles», erwidert Willow, und ich muss lachen. Sie hat so was von recht – wir sind bis zum Haaransatz mit Schlamm bespritzt, und der Regen hat es geschafft, den Dreck in Schlieren überall zu verteilen.

Zurück auf dem Campingplatz, werden wir auf dem Weg zu den Duschen diesmal alle drei angestarrt, und wir sind ziemlich lange damit beschäftigt, erst uns selbst vom Schmutz zu befreien und anschließend, so gut es eben geht, unsere Klamotten.

Es ist nicht einmal fünf, als wir in trockenen Kleidern vor den Zelten sitzen und Nudelsalat essen, den heute Jack zubereitet hat. Ich bin erschöpft, aber nicht auf diese niedergeschmetterte Art der letzten zwei Wochen. Mehr … ausgelaugt. Als habe ich mich bei den Klippen selbst ausgewrungen und wäre dadurch all das zersetzende, giftige Zeug in mir zumindest für eine Weile endlich mal losgeworden.

Seitdem wir unsere Kleider zum Trocknen über die Hecken gebreitet haben – in der Hoffnung, dass es bis zum Abend nicht von Neuem zu regnen beginnt –, haben wir weitestgehend vor uns hin geschwiegen, doch jetzt räuspert sich Willow.

«Ich werde das wirklich tun. Meinen Vater besuchen.» Sie hackt mit der Gabel in ihrem Nudelsalat herum, als habe der gerade widersprochen. «Im Moment glaube ich, das hätte ich längst schon tun sollen.» Sie sieht auf. «Es war ziemlich verrückt vorhin. Aber gut.»

Ich nicke langsam. Verrückt, aber gut. Das trifft es.

Nach dem Essen stellt Willow ihren Teller beiseite. «Ich muss noch mal ein bisschen allein sein», sagt sie und steht auf. «Bis nachher.»

Ich sehe ihr hinterher, wie sie an der Hecke entlang zum Strand läuft, dann picke ich mit der Gabel die letzten Nudeln von meinem Teller.

Zum ersten Mal seit Tagen fühlt sich das Schweigen, das zwischen Jack und mir gerade herrscht, nicht unangenehm an.

«Wo würdest du hinwollen?», frage ich nach einer Weile. «Mit Finny?»

«Weit genug weg für einen echten Neuanfang.»

Darüber muss ich einen Moment nachdenken. «Das heißt vielleicht auch raus aus Oban?»

Jack nickt.

Das wäre unendlich hart für Alice. Und – wenn ich es mir genauer überlege – wohl auch für Finny.

«Denkst du wirklich, dein Vater würde das zulassen?»

Als Jack jetzt auflacht, klingt es bitter. «Bis der das überhaupt mitbekommt, ist Fin volljährig.»

Ich versuche, die einzelnen Teile, aus denen das alles besteht, so hinzulegen, dass ein Bild daraus wird, in dem Jack seine Zukunft nicht für seinen kleinen Bruder opfert, doch es gelingt mir nicht. Wenn er die komplette Verantwortung für Finny übernimmt, muss er so schnell wie möglich Geld verdienen. Er hat von seinem Vater nichts zu erwarten, Callan hat mit sich selbst ebenfalls genug zu tun, und ob Jack öffentliche Hilfe annehmen würde – auf die Gefahr hin, dass man Finny zurück zu seinem unfähigen Vater verfrachtet –, bezweifle ich.

Sollte Jack mit Finny gehen, würde er die nächsten Jahre alles daransetzen müssen, sich und ihn über die Runden zu bringen. Und wenn Finny erst einmal alt genug wäre, um ohne ihn klarzukommen, hätten sich für Jack viele Türen bereits für immer geschlossen. Klar, man kann auch noch mit Mitte dreißig ein Studium beginnen, aber ...

«Morgen also Edinburgh?», sagt Jack in meine Gedanken hinein.

«Ja», erwidere ich und fühle unmittelbar, wie mich wieder diese Entschlossenheit überkommt, die vorhin in mir aufgestiegen ist. Ich hoffe sehr, sie hält eine Weile vor.

«Wie wollen wir es machen? Ich nehme an, du willst dabei alleine sein – wir könnten den Wagen irgendwo in der Nähe stehen lassen, und du rufst mich an, wenn du mich brauchst.»

Wenn du mich brauchst.

«Ich wollte dir nicht wehtun, Jack», sage ich, und Jack, der gerade die Teller zusammengestellt hat, blickt überrascht auf. «Bei Sango Sands. Ich war nur so ... in diesem Moment dachte ich ...»

Sollte ich angenommen haben, dass es mir nach einem Tag wie heute sicher auch gelingen würde, die richtigen Worte für Jack zu finden, so habe ich mich getäuscht.

«Ich war plötzlich einfach nicht mehr sicher», sage ich, und das sind sie definitiv nicht, die richtigen Worte.

Jacks Gesicht verhartet sich. «Lass uns einfach nicht mehr darüber sprechen, okay?»

«Aber wir sollten darüber sprechen, wir müssen sogar!»

«Warum?»

«Weil ich nicht will, dass dadurch etwas zwischen uns kaputtgeht. Weil ich Angst habe, dass es unsere Freundschaft zerstört.»

«Ich werde immer dein Freund sein», sagt Jack ernst. «Wenn du das so willst.»

Das sollte mich jetzt eigentlich beruhigen, oder? Warum fühle ich mich dann nicht beruhigt?

«Ich geh mal das Zeug sauber machen.»

«Nein, warte, du warst gestern dran – heute mach ich das», widerspreche ich.

Jack und ich stehen gleichzeitig auf.

«Okay.» Er reicht mir die Teller. «Dann dreh ich auch noch eine Runde.»

Ich kann förmlich spüren, wie alles, was ich mir für morgen aufgebaut habe, in sich zusammenfällt, und das darf nicht passieren. Statt Jack zu fragen, ob wir nicht noch zusammen zum Strand gehen wollen – wir müssen *reden* –, richte ich mich daher gerade auf.

«Okay.»

In unterschiedliche Richtungen gehen wir auseinander, und nur ich drehe mich noch einmal um und sehe ihn denselben Weg einschlagen, den Willow vor einer Weile genommen hat.

Ich verspüre keine Eifersucht mehr deswegen. Nur Elend. Denn selbst wenn Jack und ich in diesem Moment nebeneinanderlaufen würden, wüsste ich gar nicht, was wir sagen könnten, um diese Mauer wieder zum Einsturz zu bringen, die seit Durness zwischen uns steht.

Nach dem Abwasch setze ich mich an den Strand und rufe Alice an. Sie hat mich gefragt, ob es okay für mich wäre, wenn sie sich heute wieder meldet, und gerade weil mir nicht unbedingt nach Reden ist, habe ich das Bedürfnis, das Gespräch hinter mich zu bringen. Als Alice meine Stimme hört, klingt sie so erfreut, dass ich mich für den letzten Gedanken schäme.

«Vic! Das ist aber nett, dass du anrufst.»

«Hi.»

«Moment, ich will hier nur kurz etwas runterstellen ... so, jetzt. Wie geht es euch? Wo seid ihr gerade?»

«Noch in John O'Groats. Wir fahren morgen weiter.»

«Morgen erst – wollt ihr eure Fahrt verlängern?»

«Nein, eigentlich nicht.»

«Das heißt ...», beginnt Alice und zögert.

«Das heißt, wir fahren morgen nach Edinburgh», beantworte ich ihre unausgesprochene Frage.

Nach einigen Sekunden lacht Alice leise auf. «Ich frage dich jetzt nicht noch einmal, ob du nervös bist, aber ich bin es.»

«Ich auch», gebe ich zu.

«Ich hoffe so sehr, dass es wird, wie du es dir vorstellst.»

«So kann es gar nicht werden – ich weiß nämlich nicht, was ich mir überhaupt vorstellen soll.»

«Vielleicht wäre jetzt doch der Moment, deine ... Mutter darüber zu informieren, dass du kommst.»

Langsam schüttele ich den Kopf. «Nein.»

Alice schweigt einen Moment. «Es ist deine Entscheidung», sagt sie dann. «Ich will nur nicht, dass du vielleicht von ihrer ersten Reaktion enttäuscht bist.»

«Wenn ich von ihrer Reaktion enttäuscht sein werde, ist es gut, dass ich sie gesehen habe. Ich will nicht, dass sie mir etwas vorspielt. Und außerdem rechne ich sowieso damit, dass sie sich nicht besonders freuen wird, mich zu sehen – ich meine, immerhin wollte sie mich ja für immer loswerden.»

«Vic», sagt Alice sanft. «Du kennst die Umstände nicht, unter denen sie damals gehandelt hat ...»

«Jetzt fang du nicht auch noch an», unterbreche ich sie. «Wieso haben eigentlich alle so viel Verständnis für Emmeline?»

«Verständnis für Emmeline?», wiederholt Alice. «Nein, es

geht mir dabei um dich – du bist es doch, die sich abgeschoben fühlt. Aber wenn du wüsstest, dass es dafür Gründe gab – gute Gründe, nachvollziehbare Gründe –, würde es vielleicht weniger wehtun, meinst du nicht?»

«Keine Ahnung.» Mit den Fingern ziehe ich Wellenlinien durch den Sand. «Manche Gründe sind vielleicht nachvollziehbar, aber trotzdem schrecklich. Könnte ja sein.»

«Rufst du mich an? Wenn dieses Treffen schrecklich für dich verläuft?»

«Ich ruf dich an», erwidere ich. «Aber ich bin ja nicht alleine hier.»

«Ich weiß», sagt Alice. «Ich weiß. Trotzdem. Bitte ruf mich an.»

Bevor wir uns verabschieden, hat sie mir das Versprechen abgerungen, mich morgen auf jeden Fall zu melden, und während ich das Handy zurück in meine Hosentasche schiebe, bin ich mir nicht ganz sicher, ob es gut war, mich darauf eingelassen zu haben. Vielleicht brauche ich danach ja erst einmal eine Weile Zeit für mich.

Dann kriegt sie eben nur eine Nachricht, entscheide ich und stütze das Kinn auf meine Knie. Sie hat überhaupt nichts über George gesagt. Ich wüsste gern, wie er inzwischen über alles denkt. Und warum er sich noch immer nicht gemeldet hat.

«Hey», sagt Willow, und ich zucke zusammen.

Sie lässt sich neben mich in den Sand fallen. Im ersten Moment überwiegt in mir der Wunsch, sie wäre einfach an mir vorbeigegangen und hätte mich alleine weiter aufs Meer blicken lassen, doch nach einer Weile lehne ich mich mit einem Ausatmen zurück. «Wie geht's dir?»

«Ganz gut, glaube ich.» Willow hat die Arme um ihre angewinkelten Beine gelegt und sieht mich beim Sprechen nicht an. «Es ist komisch, dass ich so viele Jahre immer wieder Gründe dafür gefunden habe, meinen Vater nicht zu besuchen, und jetzt würde ich am liebsten sofort hinfahren, um wirklich einen Strich ziehen zu können. Ich meine – warum ist mir denn nicht aufgefallen, dass mir das nicht durch Ausblenden gelingt?»

«Und du meinst, wenn du bei ihm warst, wird es danach anders sein?»

«Das hoffe ich zumindest. Ist auf jeden Fall etwas, das ich noch nicht ausprobiert habe.» Willow dreht sich kurz zu mir, um mich anzugrinsen.

«Wann willst du das machen?»

«Mal sehen. Vielleicht nächste Woche? Ich muss erst einen Flug organisieren.»

«Wo wohnt dein Vater denn?»

«Kalifornien.»

«Oh.»

«Ja, oh.» Willow lacht. «Nicht ganz unkompliziert. Und meine Mutter wird auch nicht begeistert sein.»

«Wieso nicht?»

«Weil sie noch immer wütend auf ihn ist. Ihrer Meinung nach verdient er keine Minute unserer Aufmerksamkeit, und dass ich dafür jetzt extra nach Kalifornien fliegen werde ... Aber das Ding ist: Mit all der Aufmerksamkeit, die er in den letzten Jahren noch immer von mir bekommt, hätte ich schon zehnmal nach Kalifornien und zurück fliegen können.»

«Mhm.» Nach einer Weile füge ich hinzu: «Was machst du, wenn es nicht funktioniert?»

«Dann suche ich mir einen Exorzisten.»

Wir lachen gemeinsam. «Heb die Nummer für mich auf, ja?», sage ich dann.

«Okay.»

Am Horizont steht die Sonne unmittelbar davor, den Ozean zu berühren, ein kleiner, goldener Ball, der schimmernde Reflexe auf den silbergrauen Wellen hervorruft und um den sich eine orangefarbene Aureole auffächert.

«Was ist das eigentlich mit dir und Jack?», fragt Willow, und das friedliche Gefühl, das gerade in mir aufgestiegen ist, bricht in sich zusammen. Weil ich ein paar Sekunden brauche, um darauf eine Antwort zu finden, hakt sie nach: «Du hast gesagt, ihr seid nicht zusammen – aber nur Freunde seid ihr auch nicht, oder?»

«Doch», widerspreche ich automatisch. «Eigentlich schon.»

«Eigentlich?»

Jetzt ist sie da, die erste Berührung zwischen Sonne und Meer.

«In letzter Zeit ist ziemlich viel passiert.»

Willow lässt diesen Satz so stehen, sieht mich nur an, und irgendwann wird der Druck zu groß, und ich rede weiter.

«Es fing alles damit an, dass Jack herausbekam, dass sein älterer Bruder Callan Probleme hat. Er wollte ihm helfen, aber Callan war darüber nicht so begeistert. Er hat ihn zusammengeschlagen. Callan Jack, meine ich.»

Willow verzieht das Gesicht. «Was für ein Arsch.»

«Als ich Jack danach gesehen habe – keine Ahnung, ich war geschockt und entsetzt und irgendwie ... er war so ...»

«Ich kann's mir vorstellen», sagt Willow.

Das glaube ich nicht, aber ich lasse das so stehen. «An diesem Abend haben wir uns zum ersten Mal geküsst. Ich habe Jack geküsst, um genau zu sein, aber es war ganz bestimmt keine einseitige Sache. Und danach ... na ja. Danach hat keiner von uns mehr darüber gesprochen.»

«Wieso nicht?»

«Weil ich direkt am nächsten Tag erfahren habe, dass meine Eltern nicht meine Eltern sind. Das hat erst einmal alles andere nach hinten geschoben, sogar *das*. Aber eben ... nicht ganz.»

«Und jetzt weißt du nicht, was genau du für ihn empfindest?»

Was soll ich darauf jetzt sagen? Mal so, mal so? Dann könnte ich die Frage auch einfach bejahen, oder?

«Falls es so ist, kann ich dir die Antwort darauf verraten», merkt Willow trocken an.

«Wie bitte?»

«Du bist total verliebt in Jack.»

«Was?»

«Entschuldige, aber das merkt jeder. Wirklich jeder. Das war mir direkt klar – ich war echt überrascht, als du meintest, ihr seid nicht zusammen.»

«Aber … ich glaube nicht, dass du das wirklich alles überblickst.»

«Das behaupte ich auch gar nicht, aber ich krieg doch mit, wie du ihn ansiehst. Wie deine Stimme sich verändert, wenn du mit ihm sprichst. Dass du ihn ständig anschaust, und sobald er dich berührt, schlägt es quasi Funken.»

«Wie gesagt, er ist mein bester Freund …»

«Vic!» Willow lacht auf. «Das war er bestimmt mal. Und jetzt ist er außerdem noch der Kerl, in den du dich verliebt hast.»

Auf diese Feststellung sagt eine ganze Weile keiner mehr etwas, und die Sonne ist schon fast zur Gänze im Meer versunken, als ich mich endlich räuspere.

«Ich denke, es könnte vielleicht auch mit all dem anderen zusammenhängen.»

«Du meinst, dass du erfahren hast, dass du adoptiert worden bist?»

«Genau. Vielleicht bin ich deshalb einfach nur … dünner als sonst. Weniger stabil. Und sehe deshalb etwas in unserer Freundschaft, das gar nicht vorhanden ist.»

«Du hast mir gerade erzählt, du hättest Jack geküsst, bevor du das andere überhaupt wusstest.»

«Ja, aber an diesem Abend war er verletzt! Du hättest ihn

sehen sollen! Callan ist über ihn hergefallen, während er geschlafen hat, und …»

«Deshalb küsst man jemanden aber doch nicht gleich», fällt Willow mir ins Wort. «Ich hätte vermutlich nach Aspirin gesucht.»

«Willow!» Ich muss lachen.

«Na ja, okay, bei Jack hätte ich vielleicht auch deine Methode angewendet – und jetzt guck!» Willow zeigt mit dem Finger auf mich. «Jetzt müsstest du dich sehen.»

Abrupt wende ich mich ab und richte den Blick wieder auf den Horizont, wo nur noch ein dünnes, leuchtendes Band auf die im Meer versunkene Sonne hinweist.

«So hast du mich in den letzten zwei Tagen übrigens schon mehrfach angesehen», sagt Willow, und ich höre das Grinsen aus ihrer Stimme heraus. «Ich kann dir aber versichern: Ich würde mich nie, wirklich nie zwischen zwei Leute stellen. Nicht wenn es so deutlich spürbar ist.»

«Oh Gott.» Ich beuge mich vor, stütze die Ellbogen auf die Knie und halte mit beiden Händen meine Haare davon ab, mir ins Gesicht zu fallen. «Glaubst du, Jack kriegt das mit?»

«Mit Sicherheit.»

«Und was … also … hast du das Gefühl … was meinst du, wie denkt er darüber?» Ich starre Willow an wie eine Kristallkugel.

«Na ja … um ehrlich zu sein, bin ich nicht sicher.»

Enttäuschung breitet sich in mir aus.

«Zum einen ist Jack wesentlich besser als du darin, seine Gefühle nicht raushängen zu lassen, und zum anderen – dass er so gar nicht darauf eingeht, wo es von deiner Seite aus so offensichtlich ist …» Willow stockt. «Vielleicht ist es für ihn tatsächlich in erster Linie Freundschaft, vielleicht ist es aber auch so, dass der ganze andere Mist in seinem Leben – und davon gibt es ja scheinbar eine Menge – ihn zu viel kostet. Menschen ticken ja manchmal so, dass sie sich nur auf das konzentrieren, was Energie abzieht, statt auf das, was ihnen Energie schenken würde.»

Während Willow noch weiterredet, kleben meine Gedanken an einem ihrer letzten Sätze fest. *Dass er so gar nicht darauf eingeht, wo es von deiner Seite aus so offensichtlich ist …*

Jack ist ja darauf eingegangen. Am Strand von Sango Sands. Und ich habe Stopp gesagt.

«Da kommt er.»

«Wer?», frage ich dämlich.

«Jack.»

Wir blicken ihm beide entgegen, wie er in der Dämmerung auf uns zu schlendert, und kurz bevor er uns erreicht hat, stehe ich auf.

«Ich mach mich mal fertig», sage ich noch, bevor ich mich einfach umdrehe und zurück zu unserem Zeltplatz laufe.

Ich krieg doch mit, wie du ihn ansiehst, wie deine Stimme sich verändert, wenn du mit ihm sprichst, und sobald er dich berührt, schlägt es Funken …

Ich bin also ein offenes Buch, zumindest für alle anderen, wenn schon nicht für mich selbst. Der Gedanke, dass Jack es vielleicht wirklich aus jedem einzelnen meiner Blicke herauslesen kann, fühlt sich in dieser Sekunde furchtbar an. Wenn das stimmt, muss er mich für komplett irre halten. Erst stelle ich alle Zeichen auf grün, und dann lasse ich ihn auflaufen. Sollte Jack darüber nachgedacht haben, ob er mehr für mich empfindet, war das mit Sicherheit die perfekte Methode, um ihn von diesem Gedanken wieder abzubringen.

Ich krieche ins Zelt, um meinen Kulturbeutel herauszuholen.

Jetzt gerade wächst mir alles einmal mehr über den Kopf.

Morgen werde ich Emmeline Sinclair kennenlernen. Für dieses Treffen brauche ich alles, was ich an Energie und Entschlossenheit zusammenkratzen kann.

Und deshalb werde ich mich um alles andere auch erst danach kümmern. So.

Kapitel 19

Willow möchte nicht mehr nach Perth, sondern zurück nach Oxford, weshalb wir beschließen, sie bis nach Edinburgh mitzunehmen. Von dort aus wird sie mit dem Zug weiterfahren, und einen passenden Flug für nächste Woche hat sie letzte Nacht auch noch herausgesucht.

«Wenn meine Mutter wüsste», hat sie dazu angemerkt. «Aber dass ich vorhabe, nächsten Donnerstag nach Kalifornien zu fliegen, werde ich ihr lieber erst verraten, wenn sie mir zum dritten Mal gesagt hat, wie sehr sie sich darüber freut, mich wiederzusehen.»

Heute Morgen haben wir nur kurz gefrühstückt und sind direkt danach losgefahren. Diesmal habe wieder ich das Steuer übernommen in der Hoffnung, mich auf den Straßenverkehr zu konzentrieren, könne mich von dem ablenken, was im Laufe des Tages noch alles auf mich zukommen wird. Und außerdem dürfte mein Gesichtsausdruck ziemlich neutral sein, während ich den Blick auf die Straße gerichtet halte.

Über Willows Worte habe ich gestern noch viel zu lange nachgedacht, bis ich endlich eingeschlafen bin, um genau zu sein, und mittlerweile fühlt sich das alles sogar noch unangenehmer an als gestern Abend.

Dank Willow fällt das allerdings nicht weiter auf. Sie hat mit Jack den Platz getauscht und unterhält uns vom Beifahrersitz aus mit Geschichten aus der Steuerkanzlei ihrer Mutter. Bin ich bisher davon ausgegangen, dass der Beruf des Steuerberaters gänzlich unlustig ist, nehme ich dieses Urteil bereits nach kurzer Zeit zurück, spätestens als Willow von einem Mandanten erzählt, der ein detailliertes Toilettentagebuch geführt habe, um den Einbau eines zweiten WCs in seiner Privatwohnung zu rechtfertigen.

«Er hat das damit begründet, dass er dadurch Zeit spare und früher im Büro sei. Seine Familie blockiere nämlich morgens immer so lange das Badezimmer.»

«Und hat er die Kosten absetzen dürfen?», frage ich.

«Natürlich nicht.» Willow lacht. «Aber man glaubt echt nicht, was die Leute sich alles einfallen lassen. Wollen wir übrigens mal was essen? Es ist schon Mittag.»

«Von mir aus gern, was sagst du, Jack?», frage ich mit einem schnellen Blick in den Rückspiegel.

«Okay.»

Bei der nächsten Rastmöglichkeit schere ich aus, stelle jedoch unmittelbar fest, dass wir nicht die Einzigen sind, die diese Idee hatten. Obwohl es sich um einen eher kleinen Rastplatz handelt, haben offenbar jede Menge Leute beschlossen, hier eine Pause einzulegen.

«Ganz schön was los», sage ich und ziehe den Autoschlüssel nur zögernd ab. «Wollen wir noch ein Stück weiterfahren?»

«Das scheint hier ein Aussichtspunkt zu sein», sagt Jack. «Lasst uns mal gucken.»

Jack hat recht. Vor einer hüfthohen Steinmauer am Rande des Rastplatzes steht eine breite Informationstafel, und nachdem wir ausgestiegen sind und darauf zulaufen, wird schnell klar, wieso dieser Rastplatz so gut besucht ist.

Hinter der Mauer fällt ein weites Tal ab, umrahmt von bewaldeten Hügeln. Der Wind treibt Wolkenfetzen über den Himmel, und sehr weit unten kann man einen See im Licht der Mittagssonne glitzern sehen.

«Wow!», sagt Willow, und eine Weile versuchen wir alle drei, diesen grandiosen Anblick mit unseren Handykameras festzuhalten. Unmöglich – zumindest mir gelingt es nicht ansatzweise, dieser Weite mit einem winzigen Ausschnitt gerecht zu werden. Stattdessen mache ich ein Bild von Jack und frage mich im nächsten Moment, was mich da gerade geritten hat.

Schließlich setzen wir uns an einen der Holztische, die im Gras stehen, und essen Melone, Äpfel und außerdem das letzte Brot, das inzwischen schon ziemlich trocken geworden ist.

In diesem Moment bin ich nur noch wenige Stunden vom Ziel meiner Reise entfernt, wird mir auf einmal bewusst. Während wir hier sitzen, kocht Emmeline Sinclair sich vielleicht gerade ein Mittagessen. Oder sie bedient jemanden in ihrem Café, schneidet Kuchen oder unterhält sich mit einem ihrer Gäste. Vor meinem inneren Auge sehe ich eine entspannte Frau mit braunen Haaren, die sie vielleicht hochgesteckt trägt. Sie könnte gerade über etwas lachen, und ich frage mich, wie sie reagieren würde, würde ihr jemand sagen, dass sie ihrer Tochter wohl noch heute gegenüberstehen wird.

Plötzlich rastlos, rutsche ich von der Bank und gehe die wenigen Schritte bis zur Steinmauer. Heftige Böen fegen aus dem Tal hinauf, mein T-Shirt flattert, und ich breite die Arme aus, um den Wind noch stärker zu spüren.

Emmeline Sinclair könnte Kinder haben. So wie Willows Vater. Meine Halbschwester könnte mir die Tür öffnen, und ich zerstöre durch mein Auftauchen eine wunderbare Familienidylle. Dieser Gedanke ist mir bisher noch überhaupt nicht gekommen. Vielleicht hat Alice doch recht, und ich sollte meine leibliche Mutter vorwarnen. *Achtung, ein unschöner Teil deiner Vergangenheit holt dich demnächst ein.*

In dieser Sekunde steigt ein Vogelschwarm aus der Talsenke empor, eine Wolke aus schwarzem Gefieder, und für lange Sekunden ist um mich herum alles ein einziges Flügelrauschen.

Das Geschrei der Vögel in den Ohren, erfasst mich plötzlich das irrwitzige Gefühl, mit dem Schwarm zu fliegen, emporzusteigen, dem Himmel entgegen – dann ist der Moment vorüber, und Willows Stimme dringt zu mir durch.

«Oh mein Gott! Oh mein Gott, was war das denn? Ich hab Bilder gemacht, Vic, willst du mal sehen?»

Sie stürzt auf mich zu, das Smartphone in der Hand, und noch immer etwas benommen beuge ich mich mit ihr zusammen über das Display, bemüht, im grellen Mittagslicht Einzelheiten zu erkennen.

«Das war ja unglaublich! So etwas habe ich echt noch nie erlebt!» Aufgeregt wischt Willow durch die Fotos. «Ich glaube, das hier ist gut geworden. Und das. Ich schick sie dir. Das sah gerade wirklich völlig verrückt aus – dreh dich mal, es hat dich hoffentlich keiner angekackt.»

Diese Bemerkung holt mich schlagartig aus dem unwirklichen Gefühl, in dem ich mich noch immer befinde. Lachend drehe ich mich einmal um mich selbst. «Okay?»

«Sieht so aus. Ein Wunder. Bei mir reicht oft genug *ein* blöder Vogel, und der trifft mich ganz genau!»

Als wir kurz darauf weiterfahren, wird mir plötzlich klar, dass Willow sich vermutlich schon bei unserem nächsten Halt verabschieden wird. Der Gedanke, dass ich sie noch gestern Morgen am liebsten eher früher als später irgendwo abgesetzt hätte, scheint mir jetzt vollkommen lächerlich – am liebsten hätte ich sie auch in Edinburgh an meiner Seite. Oder noch länger. Nicht nur weil Willow so ein herzlicher, liebenswerter Mensch ist und ich mir sogar vorstellen könnte, sie in meiner Nähe zu wissen, wenn ich diese Sache mit meiner leiblichen Mutter angehe, sondern auch weil ich mich vor dem Moment fürchte, ab dem ich wieder mit Jack alleine bin.

Habe ich das gerade tatsächlich gedacht?

Dass ich lieber nicht mit Jack alleine wäre?

Unwillkürlich umfasse ich das Lenkrad fester.

Du wirst das nicht vor dir herschieben, nehme ich mir vor. *Sobald diese andere Geschichte geklärt ist, kümmerst du dich um das zwischen Jack und dir*. Ich lasse das nicht kaputtgehen! Ganz egal, was ich dafür tun muss.

Am späten Nachmittag erreichen wir Edinburgh, und bereits an der Queensferry Crossing muss ich immer wieder tief durchatmen und die Schultern lockern. Es gelingt uns tatsächlich, einen Parkplatz bei der Waverley Station zu finden, der zwar unverschämt teuer ist, aber für einige Stunden zu verschmerzen.

Ich habe es ja bereits geahnt, trotzdem fällt es mir wirklich schwer, Willow am Bahnsteig zu verabschieden. Ihr Zug fährt um fünf, es bleibt gerade noch genug Zeit, um gemeinsam einen Kaffee zu trinken.

«Du musst mich auf jeden Fall anrufen, okay?», sagt Willow ungefähr zum zehnten Mal und nimmt mich zum dritten Mal in den Arm. «Direkt nachdem du sie getroffen hast, ja?»

«Sobald ich die Zeit dafür finde», erwidere ich.

«Heute noch», betont Willow.

«Wenn ich sie überhaupt sehe.»

«Wenn du sie nicht erwischst, sag mir ebenfalls Bescheid.»

«Mach ich. Und du meldest dich aus Kalifornien. Spätestens.»

«Spätestens», wiederholt Willow. «Jack?» Jetzt bekommt Jack eine zweite Umarmung. «Es war so schön mit euch.»

Ich finde es sehr tröstlich, dass Willow der Abschied genauso schwerfällt wie mir. Erst als die Passagiere zum Einsteigen aufgefordert werden, stellt sie sich in den Eingangsbereich des Zuges. Sie bleibt dort mit ihrem riesigen Rucksack über der Schulter stehen und winkt, bis die Türen sich schließen.

«Vic!», ruft sie in letzter Sekunde. «Das Geld!»

«Was?»

Ich kann nicht mehr verstehen, was sie mir noch zuruft, doch auf mein ratloses Kopfschütteln hin sehe ich sie ihr Handy hervorziehen, während der Zug sich in Bewegung setzt.

Du bekommst doch noch Spritgeld von mir!

Ach das.

Vergiss es.

Ihre Antwort folgt prompt.

Vergiss du es. Ich überweise dir das.

Das wird spannend, ohne Bankdaten. ☺

Ich finde einen Weg. ☺

Eine ganze Weile stehen wir noch da, nachdem der Zug längst abgefahren ist, bis Jack mir sanft seinen Ellbogen in die Seite stupst. «Ich würde vorschlagen, wir besorgen uns jetzt noch einen Kaffee.»

«Noch einen Kaffee?», erwidere ich.

«Ich hätte da eine Adresse.»

Ein paar Synapsen funken. «Du willst ... in ihr Café?»

«Ins *Chocolate Dreams*, genau. Direkt zu ihr nach Hause gehen können wir ja nicht.»

Stimmt. Wieso habe ich mich eigentlich die ganze Zeit immer an einer Tür klingeln sehen? Ich denke an potenzielle Halbschwestern, die mir öffnen, an eine Männerstimme, die *Wer ist es denn, Schatz?* ruft, an entgeisterte Blicke und abwehrendes Kopfschütteln.

Ist vermutlich besser so.

Vielleicht wäre jetzt doch der Moment, deine Mutter darüber zu informieren, dass du kommst.

Alice' Stimme. Hat sie also recht? Sollte ich Emmeline Sinclair vorwarnen?

Unschlüssig erwidere ich Jacks Blick.

Wir könnten auch einfach zurück nach Oban fahren, tänzelt kurz durch mein Hirn, aber das steht überhaupt nicht zur Debatte.

Langsam nicke ich. «Okay. Gehen wir noch einen Kaffee trinken.»

Kapitel 20

Auf dem Weg zum Café beginnt es zu regnen. Der Himmel hat sich bereits zugezogen, als wir den Bahnhof verließen, und von Minute zu Minute wird deutlicher, dass die dunklen Wolken für diesen frühen Abend noch etwas Großes vorhaben.

«Wir sollten uns beeilen», sagt Jack, als aus den ersten feinen Tröpfchen Monstertropfen werden.

«Wie weit ist es denn noch?», frage ich, während ich in einen schnellen Laufschritt falle.

Jack hat Google Maps geöffnet. «Ganz in der Nähe. Keine zehn Minuten mehr – vielleicht schaffen wir's ja, nicht klatschnass zu werden.»

Doch als wir endlich vor einem Schaufenster stehen, dessen Licht sich in großen Pfützen auf dem Kopfsteinpflaster spiegelt, fehlt nicht mehr viel dazu.

Ich versuche vergeblich, den Wolkenbruch nicht als schlechtes Omen zu deuten, während ich die Tür zum Café aufdrücke und melodischer Glöckchenklang unsere Ankunft ankündigt. Augenblicklich hüllt der Duft von warmer Schokolade und Gewürzen uns ein, Koriander, Vanille, Früchte und die rauchige Würze von Whisky. Überrascht sehe ich mich um. Runde Tische, die nahezu alle besetzt sind, bunte Kissen, bequem wirkende Sessel und dickbauchige Tassen mit großen Henkeln – hierher würde ich auch kommen, gäbe es keinen besonderen Anlass dafür.

«Gemütlich», sagt Jack, und obwohl ich es gerade nicht einmal fertigbringe, irgendeine der Bedienungen genauer anzusehen, muss ich grinsen.

Gemütlich – dieser Laden hier ist nicht einfach nur *gemütlich*, er fühlt sich an wie ein Ort, den du unbedingt zu deinem zweiten Zuhause machen möchtest.

Mir vergeht das Grinsen wieder. Es ist ein Hexenhäuschen, schießt es mir durch den Kopf. Genau das. Ein Hexenhäuschen. Warm, duftend, einladend – und wenn man nicht genau aufpasst, verliert man sich selbst darin.

«Hallo.»

Mein Herz macht einen Satz. Eine junge, blonde Frau in weißer Bluse und schwarzem Rock lächelt uns an.

«Soll ich euch einen freien Tisch zeigen?»

Ich sehe zu Jack. *Ist sie das?*

Nein, sagt sein Blick.

Augenblicke später sitzen wir in zwei dunkelroten Sesseln, und vor uns auf dem Tisch liegen Getränkekarten. Ich winde mich aus meiner nassen Jacke und halte den Blick dabei stur auf Jack gerichtet, der jetzt eine von ihnen aufschlägt.

Sekunden später lächelt er. «Guck dir das an», sagt er. «Wird dir gefallen.»

Mit hochgezogenen Schultern ziehe ich eine der Karten heran. Heiße Schokolade. Heiße Schokolade in allen Variationen. Ja, es wird auch Kaffee angeboten, aber der Schwerpunkt liegt eindeutig woanders.

Oh mein Gott.

Ich liebe Schokolade in jeder Form, aber *heiße Schokolade …* Es gibt hier heiße Schokolade mit Sahne und warmen Himbeeren. Heiße Schokolade mit flüssigem Nougat oder mit halb geschmolzenem Vanilleeis. Heiße Schokolade mit Oreos, heiße Schokolade mit Zimtlikör, heiße *weiße* Schokolade – ich bin verflucht noch mal im Himmel, und an dieser Stelle fällt mir das Hexenhäuschen wieder ein.

Ich blättere in der Karte bis ganz nach hinten.

Inhaberin: Emmeline R. Sinclair.

Das sollte jetzt keine Überraschung sein, ich meine, genau deshalb sind wir ja hier, aber trotzdem – den Namen meiner leiblichen Mutter auf diesem schweren, leicht golden schimmernden Papier gedruckt zu sehen, führt dazu, dass mir ein wenig schwindelig wird.

Sie ist vielleicht hier. Irgendwo. Ganz in der Nähe.

«Habt ihr euch schon entschieden?» Die blonde Kellnerin von eben steht neben uns am Tisch. «Wisst ihr schon, was ich euch bringen darf?»

Jack sieht zu mir.

«Ähm ...» Wahllos tippe ich auf irgendeine der angebotenen Schokoladenvarianten. «Ich hätte gern diese hier.»

«Und ich eine *Hot Strawberry Chocolate with Dark Chocolate Cream.*» Jack klappt die Karte zu.

«Vielen Dank.»

Die Speisekarten unter den Arm geklemmt, eilt die Kellnerin davon, und ich atme aus.

«Hast du es auch gesehen?», frage ich.

«Was?»

«Ihren Namen. Auf der letzten Seite.»

«So weit bin ich nicht gekommen.» Jack lehnt sich im Sessel zurück. «Aber wenn da jetzt ein anderer Name stehen würde, wäre das schon ziemlich blöd.»

Das wäre es.

Andererseits wäre es höhere Gewalt. Emmeline Sinclair hat ihr Café leider verkauft, und niemand weiß, wo sie sich mittlerweile aufhält. Ende der Geschichte.

Ich seufze auf. Diesen Gedanken kann ich weiterspinnen, wenn sich herausstellen sollte, dass es die falsche Emmeline Sinclair ist. Jetzt ist es für solche Überlegungen eindeutig zu früh.

Die Frage, die sich wohl viel eher stellt, ist: Wie geht es weiter? Ich bin hier. Aber wo ist Emmeline Sinclair? Und wie lässt sich herausfinden, ob sie die ist, die ich suche?

In den letzten Minuten habe ich stumpf die Tischplatte angestarrt, jetzt sehe ich wieder auf und stelle fest, dass Jack sich umschaut.

«Jack?»

«Mhm?» Er wendet sich zu mir.

Bevor ich ihn fragen kann, wie wir jetzt am besten weiter vorgehen, wird ein Tablett mit mehreren dampfenden Tassen zwischen uns geschoben.

«So, bitte sehr, das ist für dich ...», eine vanillegelbe Tasse mit jeder Menge Sahne und Krokantstreuseln wird vor mir abgestellt, «... und diese hier ist für dich.»

Jacks Tasse ist pistaziengrün, und den Sahneberg ziert eine frische Erdbeere. Die Kellnerin stellt eine Schale mit kleinen Keksen im Schachbrettmuster neben den Zuckerstreuer, dann lächelt sie uns noch einmal zu und trägt die verbliebenen Tassen zu einem anderen Tisch.

Meine heiße Schokolade duftet so verführerisch nach Karamell, dass ich nicht anders kann, als den Löffel einzutauchen.

Der Geschmack von Schokolade, Sahne und Karamell breitet sich in meinem Mund aus, und ich schließe die Augen.

«Willow würde ausflippen», murmle ich hingerissen.

«Ich flipp auch gleich aus», erwidert Jack.

Genau wie ich hält er einen Löffel in der Hand und mustert seine Tasse mit einem Blick, bei dem ich mir spontan wünsche, mein einziges Problem würde darin bestehen, Jack dazu zu bringen, *mich* so anzusehen.

Leider ist das derzeit aber nicht mein einziges Problem.

Zum ersten Mal, seit wir das Café betreten haben, schaue ich mich um, und diesmal achte ich weniger auf die Einrichtung als auf die Menschen. Abgesehen von der Kellnerin, die uns bedient hat, steht noch eine Frau hinter einer breiten Theke und tippt gerade etwas in eine altmodisch wirkende Kasse ein. Sie sieht ein bisschen so aus, wie ich mir Schneewittchen vorstelle, mit glänzenden schwarzen Haaren, heller Haut und knallrotem Lippenstift, und als habe sie gespürt, dass ich sie beobachte, schaut sie in diesem Moment in meine Richtung. Verlegen wende ich mich ab.

Das könnte sie sein. Zumindest vom Alter her könnte es hinkommen.

Jack ist meinem Blick gefolgt. Er beugt sich vor. «Okay, frag einfach.»

«Wie bitte?»

«Geh hin und frag nach Emmeline Sinclair.»

«Aber ...» Meine Hände und Füße beginnen zu kribbeln. «Das kann ich nicht machen!»

«Wieso nicht?»

«Weil ... weil ...» Ja, wieso nicht? Weil der nächste Schritt, sobald ich weiß, wer hier Emmeline Sinclair ist, darin besteht, dass ich sage, wer ich bin.

Und das kann ich doch nicht einfach in einem Café tun, mit dem Geschmack von Karamellschokolade im Mund.

Ich mustere wieder die schwarzhaarige Frau hinter der Theke und versuche mir ihren Blick vorzustellen, sobald ich ihr sage, dass ich ihre Tochter bin.

Und wie genau fühle ich mich eigentlich mit dem Gedanken, dass sie eventuell meine leibliche Mutter ist?

Sie hat einen etwas strengen Zug um den Mund. Könnte daher kommen, dass das Leben nicht immer leicht für sie war, doch als sie jetzt mit der blonden Kellnerin spricht, lächelt sie, und ihr Gesicht verliert jede Härte.

Sie ist nicht besonders groß, genau wie ich, aber ihre Haare sind glatt, nicht lockig wie meine. Ihre Augenfarbe kann ich auf die Entfernung nicht erkennen, und jetzt schaut sie schon wieder in meine Richtung.

Ich sehe zu Jack. «Ich kann das nicht.»

«Soll ich gehen?»

«Was willst du sagen?»

«Entschuldigung, ich suche Emmeline Sinclair – arbeitet sie heute hier?»

«Und wenn sie dich fragt, warum du das wissen willst?»

«Sage ich nur, dass ich mit ihr sprechen möchte.»

«Da könnte ja jeder kommen.»

«Vic, das hier ist kein Film, und ich bin nicht von der Kriminalpolizei. Im echten Leben kann man durchaus mit jemandem sprechen wollen – so außergewöhnlich ist das nicht.»

«Was, wenn sie sagt, sie sei Emmeline Sinclair?»

«Ich glaube nicht, dass sie es ist.»

«Wieso nicht?» Rasch sehe ich noch einmal zu der Frau hinüber. Sie schraubt gerade mit zusammengezogenen Brauen ein bauchiges, rundes Glas mit rot-weiß gestreiften Bonbons auf, und der strenge Zug um ihren Mund ist wieder da. Entweder sträubt sich der Deckel, oder sie ist von irgendetwas genervt, oder sie guckt immer so, wenn sie an nichts Besonderes denkt. Jack meinte mal, wenn ich einfach nur so vor mich hin starre, würde ich aussehen, als konzentriere ich mich gerade auf etwas Wichtiges.

Er zuckt jetzt die Schultern. «Kann ich nicht sagen. Vielleicht ist sie es doch. Ist nur ein Bauchgefühl.»

«Du hast wenigstens eins», murmele ich.

«Okay, also soll ich?»

Mit beiden Händen umfasse ich meine warme Schokoladentasse. Jetzt gleich? Ich brauche mehr Zeit. Mein T-Shirt ist noch feucht, was, wenn sie mich plötzlich umarmen will? Ich trinke einen Schluck und wische mir anschließend Sahne von der Nase. Zwischen der Frage, ob Emmeline Sinclair heute hier arbeitet, und einer Umarmung liegen tausend Jahre, mindestens, wenn nicht mehr. Eine Frau, die ihre Tochter vor neunzehn Jahren einfach hergegeben hat, verspürt ganz sicher nicht plötzlich das Bedürfnis, sie umarmen zu wollen.

Und ich würde mich von ihr auch nicht umarmen lassen, ganz davon abgesehen.

«Vic?»

«Ich überlege.»

Was wäre die Alternative? Wir sitzen noch eine Weile hier und trinken unsere Tassen leer, während ich mich die ganze Zeit davor fürchte, was als Nächstes passieren wird, und dann steht Jack auf und fragt nach Emmeline Sinclair.

Klingt wie eine Verlängerung der Quälerei.

«Okay, frag», sage ich und bereue im selben Moment, gerade vor der leckersten heißen Schokolade meines Lebens zu sitzen. Die werde ich nie wieder trinken können, ohne an diesen Tag zu denken. Ist aber eigentlich egal, höchstwahrscheinlich komme ich sowieso nie wieder hierher.

Jack mustert mich mit einem Blick, als warte er noch auf irgendetwas, dann steht er auf.

Wäre die Tasse zwischen meinen Händen nur irgendein stinknormales Glas, würde sie jetzt zersplittern. Meine Hände würden vielleicht bluten, Blut und Kakao würden sich über den Tisch ausbreiten, es wäre eine riesige Sauerei, und jetzt steht Jack vor der Frau mit den schwarzen Haaren.

Sie lächelt ihn an und sieht nett dabei aus, dann sagt er etwas, und sie schüttelt den Kopf, noch immer lächelnd. Jack nickt, als sie etwas erwidert, und ich wünschte, ich würde nicht so weit weg sitzen und verstehen, was Jack jetzt noch hinzufügt, auf jeden Fall führt es dazu, dass sie nach einem Stift greift und etwas aufschreibt. Dann bedankt Jack sich, da zumindest bin ich sicher, und kehrt zu unserem Tisch zurück, während die Frau ihm hinterhersieht.

Und?, möchte ich fragen, *was hat sie gesagt?*, bin aber zu nicht mehr in der Lage, als ihn anzustarren.

«Sie ist heute nicht da.»

Nicht da. Die Frau mit den schwarzen Haaren ist es also nicht. Emmeline Sinclair ist heute gar nicht da.

Jack schiebt den Zettel zu mir rüber. «Sie hat mir aufgeschrieben, wann sie morgen arbeitet – ich sehe offenbar enorm vergesslich aus.»

10.00–16.00

Mehr steht nicht drauf. Mein Innerstes teilt sich auf in den Teil, der sich erleichtert zurücklehnt, und den Teil, der mich dazu bringt, unwillig aufzuseufzen. «Morgen erst.» Deutlich weniger angespannt als noch Minuten zuvor, beginne ich, in meiner heißen Schokolade herumzurühren. «Wie lange brauchen wir von Edinburgh zurück nach Oban?»

«Vielleicht drei Stunden? Ich habe mit Ceddys Mutter ausgemacht, dass ich ihn gegen halb sieben abhole.»

«Das heißt, wir sollten hier morgen spätestens zwischen zwei und drei losfahren.»

Jack nickt. «Wäre nicht schlecht. Wir könnten morgen früh schon ein paar Minuten vor zehn hier sein. Vielleicht ist um diese Uhrzeit nicht so viel los wie jetzt am späten Nachmittag. Zumindest die ganzen Touristen frühstücken dann bestimmt noch in ihren Hotels.»

Ich höre auf zu rühren. Der größte Teil der Sahne hat sich im heißen Kakao aufgelöst, und vorsichtig setze ich die Tasse an die Lippen.

«Okay», sage ich langsam. «Ich weiß nur gar nicht, wo es in der Nähe einen Campingplatz gibt.»

Großartig. Vor lauter Aufregung haben wir ganz vergessen, uns rechtzeitig einen Platz zum Schlafen zu suchen.

«Ich auch nicht. Aber das lässt sich ja rausfinden.» Jack zieht sein Handy aus der Tasche und hält mir Augenblicke später das Display entgegen. «Wir haben die freie Auswahl.»

«Na gut. Es ist jetzt fast halb sieben. Wir sollten wohl besser mal anrufen. Bis wir da sind, ist es bestimmt halb acht.»

Die freie Auswahl reduziert sich innerhalb kürzester Zeit um mehrere Campingplätze, die über keine Stellplätze mehr verfügen.

«Dieser hier käme noch infrage», sagt Jack irgendwann. «Der liegt allerdings schon ein gutes Stück entfernt. Das heißt, wir müssten morgen ziemlich früh los. Wenn wir da jetzt überhaupt einen Platz kriegen.»

Mein Blick huscht zu dem großen Schaufenster. Es schüttet immer noch. Meine Motivation, jetzt eine knappe Stunde zu diesem Campingplatz zu fahren, um dort dann womöglich im Regen das Zelt aufzubauen, hält sich in Grenzen.

«Und hier steht, es gebe nicht zuverlässig warmes Wasser.» Jack wirft mir einen Blick zu, und mir wird klar, dass er dasselbe denkt wie ich.

«Wir könnten uns für eine Nacht auch in Edinburgh was suchen», schlage ich vor. «Irgendein B&B oder ein Zimmer über Airbnb.»

«Wäre ich sehr dafür.» Jack klickt die Campingplätze weg und gibt eine neue Suchanfrage ein. Die Zahl der roten Punkte vervielfacht sich. «Da sollten wir was finden.»

Wir finden tatsächlich etwas, auch wenn es fast eine weitere halbe Stunde dauert. Das günstigste Zimmer ist es nicht gerade, aber die Adresse liegt keine zehn Minuten mit dem Auto entfernt, und – das Beste – es gibt sogar einen Privatparkplatz.

Nachdem die Übernachtung geklärt ist, leeren wir unsere

Tassen und verlassen das *Chocolate Dreams*. Erst in diesem Moment wird mir klar, dass Jack und ich diese Nacht höchstwahrscheinlich wieder in einem Bett verbringen werden.

Ich habe auf den Preis geachtet und darauf, möglichst im Umkreis zu bleiben. Ich habe sogar an das Auto gedacht, aber nicht daran, mich nach Einzelbetten zu erkundigen. Während wir mit gesenkten Köpfen durch den Regen zum Hauptbahnhof laufen, frage ich mich zum einen, ob Jack diesen Punkt genauso vergessen hat wie ich – und zum anderen, ob ich ihn wirklich *vergessen* habe.

Kapitel 21

Erin Campbell, unsere Gastgeberin, meinte am Telefon, ich solle den Wagen einfach in der Einfahrt abstellen, und das tue ich. Trotz des Regens bewundere ich beim Aussteigen das hübsche Haus aus unregelmäßig gefärbten Sandsteinquadern mit seinen weißen Fensterrahmen und den vorspringenden Erkern.

Noch bevor wir überhaupt geklingelt haben, öffnet sich die Haustür.

«Ich habe den Wagen in den Hof fahren sehen – hallo!» Mrs Campbell ist eine zierliche Frau mit sorgfältig frisierten weißen Haaren. «Ihr habt bestimmt eine lange Fahrt hinter euch.»

Sie greift nach meiner Tasche, und überrumpelt lasse ich sie mir aus der Hand nehmen. «Guten Abend und – also, vielen Dank.»

Jack schüttelt lächelnd den Kopf, als sie tatsächlich Anstalten macht, seine Tasche ebenfalls tragen zu wollen. «Hallo.»

«Offenbar habt ihr gut hierher gefunden.» Mit einer Geste winkt sie uns an sich vorbei. «Ich bin gerade mit dem Zimmer fertig geworden.»

Wir betreten einen Vorraum, von dem aus noch eine weitere Tür und eine Treppe abgehen. Der honigfarbene Holzboden sieht alt und ein wenig abgetreten aus, schimmert jedoch auf eine Art, wie ich es von Grandma kenne, die großen Wert auf geputzte Böden legt.

Moment mal, ist Grandma jetzt eigentlich noch meine Grandma?

«Das Zimmer ist oben», sagt Erin Campbell, die nichts von meinen Gedanken ahnt, und steigt mit forschem Gang vorneweg. Ich folge ihr peinlich berührt, weil sie meine Tasche jetzt auch noch die Treppe hinaufschleppt.

Trotz – oder vielleicht auch gerade wegen – des Regens ist das Zimmer gemütlich. Vor einem gekippten Fenster bewegen sich weiße Gardinen in einem leichten Luftzug. Über dem Bett liegt eine bunt gemusterte Patchworkdecke, und in den doppeltürigen Kleiderschrank aus dunklem Holz sind zwei schmale, ovale Spiegel eingelassen.

Erin Campbell stellt meine Tasche neben den Schrank, bevor sie den Raum durchquert, um das Fenster zu schließen. «Gegenüber ist ein Badezimmer, das nur von euch genutzt wird. Ihr könnt also ruhig alles stehen lassen. Mein Mann und ich frühstücken um neun. Ich würde mich freuen, wenn ihr euch dazusetzt, ihr könnt morgen früh aber natürlich auch gerne alleine essen, wenn euch das lieber ist.»

«Wir müssen leider gegen neun schon wieder los», sagt Jack.

«Dann Frühstück um acht?»

«Wenn es keine Umstände macht?»

«Selbstverständlich nicht. Hier ist der Schlüssel für die Haustür und ein weiterer für dieses Zimmer.» Mit einem leisen Klicken legt Mrs Campbell die beiden durch einen Ring verbundenen Schlüssel auf den Schreibtisch vor dem Fenster. «Vielleicht wollt ihr heute Abend ja noch einen kleinen Spaziergang machen. Handtücher sind im Bad, und solltet ihr noch irgendetwas brauchen, könnt ihr euch jederzeit an mich wenden. Oder, na ja, sagen wir bis zehn. Im Notfall natürlich auch später.» Sie lacht.

«Vielen Dank – es ist ein wirklich schönes Zimmer», sage ich.

«Das war früher das Kinderzimmer meines Sohns – ich bin froh, dass es nicht zur Rumpelkammer geworden ist.» Mrs Campbell nickt noch einmal in unsere Richtung, dann zieht sie mit einem letzten Lächeln die Tür hinter sich ins Schloss.

Jack tritt ans Fenster, während ich mich ans Kopfende des Bettes setze und über die gemusterten Quadrate der Tagesdecke streiche. Auf einem der Flicken ist ein rotes Segelschiff abgebildet.

Kurz denke ich darüber nach, dass ich Willow noch eine Nachricht schreiben will, und auch Alice wird sich mit großer Wahrscheinlichkeit melden, dann lasse ich mich zurücksinken und schaue zur stuckverzierten Decke hinauf.

«Du siehst nicht so aus, als wäre dir noch nach einem Abendspaziergang», sagt Jack grinsend.

«Und was ist mit dir?», gebe ich zurück.

Jack streckt einmal die Arme über den Kopf, dann setzt er sich ans Fußende. «Ich hätte noch Hunger.»

«Willst du irgendwo essen gehen?»

«Entweder das, oder wir sehen nach, was wir noch im Auto haben.»

Kurz überdenke ich diese beiden Möglichkeiten. Wenn wir jetzt noch einmal losfahren, kommen wir vermutlich so spät wieder, dass wir einfach ins Bett fallen und einschlafen werden. Die Alternative besteht darin, den kompletten restlichen Abend auf ebendiesem Bett zu verbringen, kümmerliche Reste aus unserem Proviant zu essen und mir dabei die ganze Zeit vorzustellen, was wir außerdem tun könnten.

«Gut, lass uns essen gehen.» Ich richte mich auf. «Gib mir nur zehn Minuten – ich muss mir noch was Trockenes anziehen.»

«Da bist du nicht die Einzige.»

Jack zieht sich im Zimmer um, während ich über den Flur ins Bad gehe. Im unteren Drittel ist der Raum mit rauchblauen Holzpaneelen verkleidet. Es gibt nur ein winziges Waschbecken, dafür aber eine Sitzbadewanne mit Löwenfüßen, und wären da nicht der moderne Duschkopf und die Steckdosen in den Wänden, könnte man sich glatt um hundert Jahre zurückversetzt fühlen.

Ich schlüpfe aus meinen Klamotten, streife mir eine trockene Jeans und ein Shirt über, entwirre mit allen zehn Fingern mehr schlecht als recht meine Haare, weil ich die Bürste in meiner Tasche liegen gelassen habe, und mustere mich dann in dem kleinen Spiegel, der über dem Waschbecken hängt.

Was für ein Tag. Ich denke an die schwarzhaarige Frau im Café, die nicht meine Mutter ist, und an den Abschied von Willow und an den Vogelschwarm beim Rastplatz, und ich denke an Jack mit einer Tasse heißer Schokolade in den Händen, an Jack, der sich am Bahnhof lachend von Willow umarmen lässt, und an das Bild, das ich von Jack gemacht habe, während er mit seiner Handykamera versucht hat, ein Foto von der Aussicht auf das weit abfallende Tal hinzubekommen.

Ich greife nach meinem Smartphone, das ich auf die Ablage über dem Waschbecken gelegt habe. Konzentriert sieht er auf dem Foto aus, die Brauen ein wenig unzufrieden zusammengezogen und mit einem skeptischen Zug in den Mundwinkeln.

Selbst dieser Schnappschuss, aus einer spontanen Eingebung heraus von der Seite aufgenommen, lässt mein Herz schneller schlagen, und bei dem Gedanken daran, dass Jack gerade auf mich wartet, dass wir zusammen irgendwo etwas essen und danach zurück zu diesem zuckersüßen B & B fahren werden und so weiter und so weiter, atme ich tief durch.

Kurz presse ich die Lippen zusammen, bevor ich Willow schreibe.

Sie war heute nicht da. Wir versuchen es morgen wieder.

Ein paar Sekunden warte ich, ob Willow meine Nachricht gleich lesen wird, und als das nicht geschieht, stopfe ich das Telefon in meine Tasche und gehe rüber zu Jack.

«Ich hab mal was rausgesucht.» Jack erhebt sich vom Bett, als ich zur Tür hereinkomme. «Willst du gucken oder dich überraschen lassen?»

«Mich überraschen lassen.» Ich erwidere sein Lächeln. «Ist es weit weg?»

«Wir brauchen den Wagen. Sind damit aber keine zwanzig Minuten.»

Ich stecke die Schlüssel ein, die noch immer auf dem Schreibtisch liegen. «Okay, dann los.»

Diesmal nehme ich ausnahmsweise auf dem Beifahrersitz Platz und beobachte Jack, wie er sich zwischen Motorhaube und Garagentor hindurchschlängelt. Er sieht jünger aus in dem schwarzen Kapuzenshirt, das er trägt, doch sobald er neben mir sitzt, nehme ich diesen Gedanken zurück. Egal, was Jack anhat, der Ausdruck in seinen grünen Augen lässt ihn immer älter wirken. Wir müssten unbedingt endlich mal über Finny und überhaupt über Jacks Familie reden – wenn er sich nur darauf einlassen würde.

«Wie heißt das Restaurant, zu dem wir fahren?», frage ich.

«*Pipes*. Und wenn sie für die Rezensionen nicht bezahlt haben, gibt es dort großartiges Essen, und es ist trotzdem nicht abartig teuer. Die Bewertungen sind jedenfalls fast alle positiv. Und es ist vegetarisch.» Jack grinst mich kurz an, dann schaut er wieder auf die Straße.

Ich lächle vor mich hin. Zum einen weil ich mich plötzlich auf den Abend freue, zum anderen weil Jack solche Dinge nie vergisst – natürlich ist es ein vegetarisches Restaurant.

Der Regen hat endlich aufgehört, als wir das *Pipes* erreichen, ein flaches Gebäude inmitten eines baumbestandenen Parks.

Weiße Kieswege führen um Beete und Hecken herum, und einige blass glimmende Fackeln gewinnen in der beginnenden Dämmerung gerade langsam an Kraft. Es scheint eine Dachterrasse zu geben. Hinter riesigen Farnwedeln und Palmtöpfen ist von oben Gelächter und das Klirren von Gläsern zu hören, daneben nur noch Grillenzirpen und das Knirschen der Steinchen unter unseren Füßen.

Jack läuft dicht neben mir, und es ist ein verführerischer Gedanke, er könne jetzt einfach einen Arm um mich legen und mich an sich ziehen.

Als er vortritt, um mir die Tür aufzuhalten, habe ich mir gerade klargemacht, dass er einen solchen Vorstoß wohl nie wieder unternehmen wird – wenn etwas passieren soll, muss ich die Initiative ergreifen. Und weder weiß ich, ob ich mich das jemals trauen werde, noch, ob Jack überhaupt ein weiteres Mal darauf eingehen würde.

Im Inneren des Restaurants stehen Tische und Stühle auf einem grauen Holzfußboden. Links und rechts öffnen sich Türen zu weiteren Zimmern, und ein rundlicher Mann mit stark gelichtetem Haar kommt auf uns zu.

«Hallo, ich bin Moris – habt ihr reserviert?»

«Auf Riley», erwidert Jack. Als er meinen erstaunten Blick bemerkt, fügt er hinzu: «Ich hab vorhin kurz angerufen.»

«Ah, Mr Riley. Folgt mir.»

Im Vorbeilaufen greift Moris nach zwei Speisekarten von einer Anrichte. Das Zimmer, in das er uns führt, ist ziemlich klein. Nur zwei Tische stehen in den beiden hinteren Winkeln des Raumes – keiner davon ist besetzt –, und ein unverhältnismäßig riesiger Kamin nimmt fast eine gesamte Wand ein. Jetzt im Sommer brennt leider kein Feuer darin.

«Wisst ihr schon, was ihr trinken wollt?» Moris legt die Speisekarten auf einen der Tische, wobei er eine Vase mit einer langstieligen Distel zur Seite schiebt, und rückt mir einen Stuhl zurecht. «Wir haben eine sehr schöne Weinkarte.»

Ich lasse mich auf dem angebotenen Stuhl nieder – das hier soll wirklich günstig sein?

«Wir trinken Wasser, danke.» Jack setzt sich ebenfalls. «Nehmen wir eine große Flasche für uns beide?»

Ich nicke. Das tun wir immer.

«Bringe ich euch sofort. Darf ich eure Jacken mitnehmen?»

Sobald Moris den Raum verlassen hat, schlage ich eine der Speisekarten auf.

«Jack.» Schockiert blättere ich durch die Seiten. «Hast du dir die Preise überhaupt angesehen? Das ist sehr wohl abartig teuer.»

Jack lehnt sich zurück. «Ich dachte mir, das ist irgendwie ein besonderer Abend – ich lade dich ein.»

«Dein Ernst?»

«Nein, du zahlst, und ich nehme das 5-Gänge-Menü.»

Ich muss lachen und blättere weiter. «Das klingt alles lecker.»

«Das hoffe ich doch.» Jetzt greift auch er nach der Karte. «Wenn ich gewusst hätte, dass man auch draußen sitzen kann, hätte ich darum gebeten.»

«Ach, am Ende regnet es wieder.»

Es dauert eine Weile, bis wir uns entscheiden können, und Moris muss noch einmal wiederkommen, nachdem er uns das Wasser und auch gleich Besteck gebracht hat, aber schließlich wähle ich ein orientalisches Couscousgericht, und Jack nimmt die extrascharfe Pasta mit Oliven, Kapern und Spinat. Auf eine Vorspeise verzichte ich – dieses Abendessen kostet ohnehin schon mehr, als wir die ganze Woche über fürs Essen ausgegeben haben.

«Und, fühlst du dich bereit?», fragt Jack, nachdem Moris samt den Karten wieder verschwunden ist.

Ein Schatten fällt über meine Stimmung. «Nicht wirklich. Aber wir könnten auch noch zehn Wochen durch die Gegend fahren, ich würde mich nie bereit fühlen. Wie soll ich denn morgen bloß mit ihr reden, wenn sie arbeiten muss? Ich kann ihr doch nicht sagen, für wen ich sie halte, wenn ständig neue Gäste heiße Schokolade bestellen.»

«Du könntest sie fragen, ob es vielleicht einen ruhigen Ort gibt, weil du etwas mit ihr besprechen musst.»

Ich winke ab. «Würdest du das machen? Stell dir vor, jemand kommt ins *Merry Men* und fragt dich, ob er mal kurz allein mit dir reden könnte – dafür hättest du doch gar keine Zeit.»

«Die Zeit würde ich mir nehmen – ich würde nämlich von einer Beschwerde ausgehen, die man freundlicherweise nicht vor allen Leuten ausdiskutieren will.»

«Und dann sagt dieser Jemand dir, er glaubt, du seist sein Vater.»

«Dann wäre ich allerdings entsetzt.» Jack nippt an seinem Wasserglas, doch ich sehe ihn dahinter grinsen.

«Das ist nicht lustig – ich meine, genau das hab ich morgen vor!»

«Nein, natürlich ist es nicht lustig, sorry. Aber ganz egal, wie du es anstellst, es wird nicht einfacher, je länger du wartest.»

«Vielleicht wenn ich sie fragen würde, ob ich sie nach der Arbeit mal kurz sprechen kann ...»

«Dann kommen wir hier nicht mehr rechtzeitig los, selbst wenn nach zehn Minuten alles geklärt wäre. Und das kann ich mir nicht vorstellen.»

Ich sacke in mich zusammen. Stimmt.

«Lass uns doch erst einmal schauen, ob nicht irgendetwas möglich ist, bevor das Café öffnet, so wie wir es vorhin geplant haben. Wenn wir gegen neun da sind und sie abfangen können ...»

«Stand auf dem Zettel nicht von zehn bis vier?»

«Das Café macht um zehn auf. Bestimmt ist sie schon vorher da.»

«Ich werde draußen stehen und an die Tür klopfen, und sie wird drinnen auf die Uhr zeigen und dabei den Kopf schütteln», sage ich seufzend.

«Vic.» Jack beugt sich vor. «Es wird irgendwie klappen. Wenn sie morgen da ist, wirst du auch mit ihr sprechen.»

Mit diesem Satz wischt er alles, was ich gerade noch habe einwenden wollen, beiseite, und übrig bleibt nur eine einzige Sache.

«Ich habe wirklich Angst davor.»

Jack streckt einen Arm aus und greift nach meiner Hand.

Es ist eine spontane Geste, er will nur sein Mitgefühl zeigen, mich trösten, und dennoch, in dem Moment, in dem seine Finger sich um meine schließen, tritt alles, wirklich alles in den Hintergrund, selbst Emmeline Sinclair.

Mein Blick hängt an seiner Hand, an den kurz geschnittenen Fingernägeln, an den Sehnen, die sich über dem Gelenk abzeichnen, und ich wage es kaum, aufzusehen.

Du bist total verliebt in Jack, höre ich Willow sagen. *Und natürlich kriegt er das mit.*

Unsicher hebe ich den Kopf und schaue ihm direkt in die Augen.

Oh Gott, Jack.

Früher wusste ich immer, was er gerade denkt, wieso nur fällt es mir seit einiger Zeit so schwer, in seinem Gesicht zu lesen?

«Entschuldigung?» Schwungvoll stellt Moris einen riesigen Teller vor mir ab, und Jacks Hand löst sich aus meiner. «Einmal Orient und einmal Pasta – bitte sehr! Parmesan bringe ich gleich.»

Er eilt davon und ist Sekunden später wieder da, um eine

Schale mit grob geraspeltem Parmesan neben Jacks Teller zu stellen. «Ich wünsche einen guten Appetit!»

Noch immer führt mein Herz sich auf, als hätte ich gerade einen Sprint hingelegt, und ich wünsche mir so sehr, jetzt einfach aufzustehen, mich rittlings auf Jacks Schoß zu setzen, meine Finger in seinen Haaren zu vergraben und ihn zu küssen – verdammt!

«Sieht gut aus», sagt Jack, und fast hätte ich ein wenig hysterisch aufgelacht.

Ich taste nach der Gabel und zerteile, ohne groß darüber nachzudenken, das kunstvolle Couscoustürmchen auf meinem Teller.

Ich will Jack!

Und ich will den Tag morgen überspringen!

Und ich will mehr so sein wie Willow, unbekümmert, fröhlich, souverän, und weniger wie Vic, unsicher, grüblerisch, ängstlich – wieso ist das denn so ungerecht verteilt?

«Schmeckt es nicht?», fragt Jack nach wenigen Minuten.

«Doch, es ist lecker», erwidere ich und vermeide es diesmal, ihn anzusehen. Gleichzeitig packt mich das schlechte Gewissen, weil es doch ein besonderer Abend sein soll. Jack lädt mich ein, und ich schlinge dieses Essen wie eine billige Pizza in mich rein.

«Es ist wirklich lecker», bekräftige ich und gebe mir alle Mühe, zumindest genießerisch auszusehen. Es schmeckt großartig, nur ist mir das gerade völlig egal.

«Okay, was ist los?», fragt Jack, und jetzt sehe ich ihn endlich an, erwidere seinen prüfenden Blick.

«Ich kann das einfach nicht.»

«Was genau?»

«Alles.»

Ich lasse meine Gabel sinken. Wo fange ich an? Vielleicht damit, dass ich morgen nicht zum Café gehen und einer wildfremden Frau sagen will, dass sie vielleicht meine Mutter ist. Dass ich sie gleichzeitig verachte und Angst vor ihr habe, weil ich nicht einschätzen kann, welche Macht sie womöglich über mich hat. Oder sollte ich Jack lieber sagen, dass ich es bereue, am Strand Stopp gesagt zu haben? Dass ich es bereue und trotzdem nicht weiß, ob ich nicht immer wieder zurückweichen würde, weil Willow vielleicht recht hat, vielleicht aber auch nicht. Und was, wenn ich alles zwischen uns kaputtmache, weil ich so dringend mehr, mehr, mehr von Jack will, aber unsicher bin, ob ich mir irgendwann später wünschen würde, ich hätte unsere Freundschaft nicht dafür aufs Spiel gesetzt?

Und wenn ich schon nicht so sein kann wie Willow, warum dann nicht wenigstens ein bisschen mehr wie Jack, aus dessen Pokerface ja überhaupt keiner mehr schlau wird?

«Du kriegst das hin», sagt er jetzt, völlig ahnungslos, dass Emmeline Sinclair gerade nur einen Teil meiner wirren Gedanken ausmacht. «Und wie auch immer es abläuft, danach hast du zumindest mehr Klarheit.»

«Fragt sich nur, ob ich mit mehr Klarheit klarkomme. Wie schaffst du das? Mit so einer Scheiße zu leben? Ich meine, ich weiß, dass du einfach immer alles irgendwie in dir vergräbst, aber wie kriegst du das hin?»

Jack lehnt sich langsam zurück. «Einfach ist es wohl eher nicht.»

«Nein, sorry, das war blöd ausgedrückt, entschuldige – aber gerade deshalb verstehe ich nicht, wie du das machst. Und warum du es machst. Ich meine, es belastet dich doch, und ...»

«Äh, Moment mal.» Jack hebt eine Hand. «Wieso reden wir jetzt über mich?»

Gute Frage. «Weil wir einfach nie über deine Probleme reden?»

«Darum geht es ja jetzt auch nicht.»

«Darum geht es eben nie.»

«Hör auf, ständig nachzufragen, dann komme ich ziemlich gut mit allem klar.» Das Lächeln, mit dem Jack seine Worte ausspricht, ist alles andere als echt.

«Das denkst du doch nicht wirklich», erwidere ich und greife nach meinem Glas. «Überleg doch mal, wie es bei Olivia war und wie du da ...»

«Vic, es reicht jetzt.»

Eine gewisse Schärfe liegt in Jacks Stimme, und er hat ja recht, ich sollte aufhören. Es geht um mich und nicht um ihn, um meine Mutter, nicht um Jacks Mutter, doch gleichzeitig hat er auch nicht recht – es wird nie um ihn gehen, was das betrifft. Weil er immer dichtmacht. Dabei hängt noch so viel mehr an dieser ganzen tragischen Geschichte!

«Du redest von Klarheit», sage ich, «und davon, dass danach alles besser ist. Warum gilt das nicht auch für dich? Glaubst du nicht, wenn du endlich mal darüber sprechen würdest ...»

«Nein, glaube ich nicht», erwidert Jack gefährlich ruhig.

Rote Linie, denke ich, und ich überschreite sie gerade. Weil es wichtig ist, ein paar Dinge endlich mal auszusprechen, oder weil ich von allem anderen ablenken will?

Unmöglich, diese Frage eindeutig zu beantworten.

«Jedes Mal, wenn es um deine Probleme geht, machst du einen auf unnahbar – so funktioniert das einfach nicht.»

Bis gerade eben hielt Jack sein Besteck noch in den Händen, jetzt legt er es zur Seite. «Der einzige Grund, aus dem wir jetzt plötzlich über mich reden, ist der, dass du Panik wegen morgen hast.»

«Das stimmt nicht – also nicht nur», füge ich hinzu. «Ich finde ...»

«Vic, halt jetzt endlich die Klappe, okay?», herrscht Jack mich an.

Bitte was?

Einen Moment lang fühle ich mich, als hätte Jack mir sein Wasser ins Gesicht gekippt, dann beuge ich mich vor.

«Ich soll die Klappe halten, echt jetzt? Damit du nicht darüber reden musst, dass du deine Zukunft für deine Familie opferst? Und dass ihr einen anderen Weg finden müsst, mit dem Tod deiner Mum umzugehen? Es kann nicht immer alles an dir hängen bleiben, und du akzeptierst es, als gäbe es keinen anderen Weg!»

Die Sekunden zwischen uns dehnen sich.

Bilde ich mir das ein, oder ist es im Raum nebenan ruhiger geworden?

Und bin ich gerade dabei, das kaputtzumachen, was mir so wichtig ist, dass ich seit Wochen Angst davor habe, es könne kaputtgehen?

Schon wieder Angst. Ich hab quasi vor allem Angst, verdammt.

Zum ersten Mal seit Wochen meine ich plötzlich sehr genau zu wissen, was in Jack gerade vorgeht: Er würde gern aufstehen und mich sitzen lassen. In diesem Augenblick mustert er mich, als müsse er sich wirklich beherrschen, mich nicht anzubrüllen, irgendetwas sehr tief in mir krümmt sich vor Schmerz, und genau jetzt klingelt mein Telefon neben mir auf dem Tisch.

Alice.

Ich klicke den Anruf weg, und Jack legt die Autoschlüssel auf den Tisch und geht.

Kapitel 22

Wie lange ich dasitze und ins Leere starre, könnte ich nicht beantworten. Vielleicht nur wenige Sekunden, vielleicht ein paar Minuten, bis ich endlich aufstehe, die Autoschlüssel in die Hosentasche stecke und so vorsichtig zur Tür gehe, als erwarte mich davor ein Blitzlichtgewitter.

Doch nur Moris kommt auf mich zu. «Hat es geschmeckt? Darf ich abräumen?»

«Ja … ja, natürlich.» Ich halte mich an meiner Tasche fest und sehe mich im Raum um. «Ich … bräuchte meine Jacke, bitte.»

«Bringe ich sofort.»

An einigen Tischen haben sich Leute zu mir herumgedreht, und ich schüttele den Kopf, als könne ich ihre Blicke dadurch abstreifen.

«Bitte sehr, Ihre Jacke.» Moris hält sie so, dass ich hineinschlüpfen kann, und ich tue es, obwohl mir gerade ohnehin viel zu warm ist.

«Was … ich meine, wie viel …?»

«Die Rechnung ist schon bezahlt.»

Klar. Jack eben. Der perfekte Jack, nur so perfekt eben auch nicht.

«Darf ich sagen, dass es mir sehr leidtut, dass der Abend bei uns so endete – ich hoffe, zumindest das Essen bleibt in guter Erinnerung.» Moris wirkt ehrlich bekümmert.

«Ist schon gut, also … es war wirklich sehr lecker», beschwichtige ich und gebe es auf, Jack hier irgendwo entdecken zu wollen. «Er ist gegangen, nehme ich an?»

«Ihr Freund? Ja. Vielleicht ist er noch draußen? Wir haben einen sehr schönen Park.»

Unwahrscheinlich. Mit Sicherheit geht Jack gerade nicht spazieren. Aber wo ist er dann? Es ist zu weit, um zurück zum B&B zu laufen, und ich bin nicht einmal sicher, ob Jack sich die Adresse gemerkt hat.

«Vielen Dank, ich werde ihn dann wohl mal suchen», verabschiede ich mich und bin Sekunden später froh, die Tür zum Restaurant hinter mir zufallen zu hören.

Mittlerweile ist es dämmerig geworden, und die Fackeln, die vorhin mehr Wärme als Licht verströmt haben, leuchten über den hellen Kieswegen. Ausnahmsweise ist es völlig windstill, die Luft riecht nach Gras und Blättern und fühlt sich angenehm warm an – ein perfekter Abend, um friedlich nebeneinanderher zu laufen, Hand in Hand vielleicht, aber ich musste ihn ja versauen. Warum nur habe ich Jack so unter Druck gesetzt?

Ich gehe die Stufen hinunter, die zur Eingangstür führen, und lasse dabei die Jacke wieder von den Schultern gleiten.

Vielleicht wartet er beim Auto. Sonderlich eilig, zum Parkplatz zu kommen, habe ich es nicht, weil ich sicher bin, dass Jack nicht dort sein wird. Er würde mir kaum die Schlüssel auf den Tisch knallen und dann beim Wagen stehen.

Als ich den Van erreicht habe, deaktiviere ich die Verriegelung und warte ein paar Sekunden, ob sich vielleicht irgendwo ein Schatten löst: Jack, der das Signal gehört hat und sich gleich schweigend neben mich auf den Beifahrersitz setzen wird. Doch nichts dergleichen geschieht.

Er ist wirklich gegangen.

Ich ziehe die Wagentür zu. Es dauert ein paar Sekunden, bis ich dieses neue Gefühl identifiziert habe, das sich gerade in mir auszubreiten beginnt, und als es mir gelingt, atme ich aus. *Nicht nur du kannst wütend werden, Jack.*

Ja, das gerade eben war nicht okay, es war der falsche Zeitpunkt, der falsche Ort, und überhaupt war es in erster Linie meine eigene Anspannung, die mich dazu brachte, diese ganzen Dinge auszusprechen. Ich würde mich dafür entschuldigen, würde Jack mir die Möglichkeit dazu geben, doch Jack ist einfach nicht mehr da.

Und das ist doch wohl übertrieben! Was soll ich denn jetzt machen? Einfach zurückfahren, auf die Gefahr hin, dass er doch noch irgendwo in der Nähe ist? Hoffen, dass ich ihn am Straßenrand aufsammeln kann? Vielleicht hat er sich ein Taxi gerufen und ist jetzt schon fast beim B&B, holt dort sein Zeug ab und macht sich direkt auf den Weg zurück nach Oban.

Quatsch, das würde er nicht tun. Oder?

Ich weiß es gerade nicht. Die Zeiten sind offenbar vorbei, in denen ich Jack so gut zu kennen meinte wie mich selbst. Jetzt kenne ich ihn nicht mehr und mich irgendwie auch nicht.

Ich starte den Motor und rolle vom Parkplatz, und fast genauso langsam fahre ich anschließend die Straße entlang. Wie weit könnte er gekommen sein, würde er laufen? Das *Pipes* liegt ein Stück außerhalb von Edinburgh, und die Scheinwerfer erfassen Büsche und vereinzelte Bäume neben dem Seitenstreifen.

Angenommen, Jack würde tatsächlich zurück nach Oban fahren – was er nie tun würde, verdammt! –, dann muss ich morgen allein zum Café, allein zu Emmeline Sinclair.

Und wäre das so schlimm? Ich wäre doch sowieso ohne Jack dorthin gegangen. Oder vielleicht wäre er mitgekommen, okay, aber bei irgendwelchen Gesprächen säße er mit Sicherheit nicht dabei.

Und danach ... könnte ich ja Willow anrufen. Oder vielleicht Alice.

Bei der ich mich übrigens noch melden muss, sonst macht sie sich Sorgen. Zumindest eine Nachricht sollte ich ihr schreiben.

Wo, verdammt noch mal, bist du, Jack?

So weit kann er doch niemals gekommen sein. Vielleicht war er doch noch im Park, aber er könnte mich ja jederzeit anrufen, wenn er feststellt, dass das Auto weg ist.

Ich ihn übrigens auch.

Hastig fahre ich an den Straßenrand und tippe Jacks Nummer an. Wieso kommt mir dieser Gedanke erst jetzt?

«Der Teilnehmer ist vorübergehend nicht erreichbar ...»

Jack, du Arsch!

Wütend beiße ich mir auf die Unterlippe, bevor ich den Wagen erneut starte und das Gaspedal diesmal um einiges fester durchdrücke als zuvor. *Dann sieh doch zu, wie du klarkommst!*

Was für ein absolut albernes Verhalten – dass Jack dazu überhaupt fähig ist, hätte ich nie gedacht! Und warum? Nur weil ich mal ein paar Wahrheiten ausgesprochen habe? Zu einem bescheuerten Zeitpunkt und in einem unangemessenen Ton, aber verdammt, es kann eben nicht jeder immer so perfekt sein wie Jack!

Würde ich ihm jetzt gegenüberstehen, würde ich einen Scheiß tun und mich entschuldigen, ich würde ...

Die Bremsen des Vans kreischen, weil ich gerade viel zu schnell an Jack vorbeigerauscht bin. Ein gutes Stück entfernt bringe ich den Wagen abermals zum Stehen und bin ausgestiegen, noch bevor ich einen klaren Gedanken fassen kann.

«Hast du sie eigentlich noch alle?», brülle ich ihm bereits auf die Entfernung entgegen. «Was für eine beschissene Aktion sollte das denn sein?»

Er ist stehen geblieben. Es ist zu dunkel, um mehr zu erkennen als seine Silhouette im letzten Grau der Dämmerung.

«Ich hab mir Sorgen gemacht!»

Es erfordert einiges an Selbstbeherrschung, nicht weiter herumzuschreien, obwohl ich schon fast bei ihm bin. Atemlos vor Wut halte ich an.

«Hättest du nicht machen müssen», erwidert Jack kühl, das komplette Gegenteil von mir, die ich quasi lodernd vor ihm stehe.

«Hab ich aber!», schnappe ich. «Und das hättest du dir ja wohl auch denken können!»

«Krieg dich wieder ein, Vic. Was hast du eigentlich für ein Problem?»

«Was ich für ein Problem habe?»

Gott, ich hasse diesen Satz! Und die Tatsache, dass meine Stimme jetzt unangenehm schrill wird, hasse ich ebenfalls.

«Du haust einfach ab, und jetzt fragst du mich auch noch, was ich für ein Problem habe?»

«Ja, weil mich wirklich interessiert, warum du deinen ganzen Frust ausgerechnet an mir abreagieren musst!» Auch Jack wird lauter. «Was ist überhaupt mit dir los? Du machst mich an, weil ich vorhin keine Lust mehr hatte, mir aus dem Nichts heraus alle möglichen Vorwürfe anzuhören? Was hast du denn erwartet?»

«Weiß ich auch nicht, was ich erwartet habe – vielleicht, dass du endlich mal aufhörst, alles mit dir selbst ausmachen zu wollen, sobald es um deine Familie geht!»

«Vic, zum hundertsten Mal: Es geht gerade gar nicht um mich – im Moment geht es um dich! Und wenn ich mal irgendwann rumheulen will, sag ich dir Bescheid!»

«Du findest also, ich heule rum, ja?»

«Scheiße, Vic – vergiss es, okay?»

Er macht allen Ernstes Anstalten, jetzt einfach an mir vorbeizumarschieren, und aus einem Reflex heraus greife ich nach seinem Arm.

Jack. Ich spreche seinen Namen nicht aus, wäre gar nicht in der Lage dazu. *Geh jetzt nicht einfach weg.* Es liegt gerade so viel in Scherben, aber das wäre … das wäre …

«Verdammt, Vic.» Jack seufzt es fast. «Ich verstehe dich einfach nicht. Ich hab wirklich keine Ahnung, was du eigentlich willst.»

Weiß ich selbst nicht.

Das ist gelogen.

Ich weiß es.

Falscher Zeitpunkt, wispert es in mir, als ich Jack jetzt eine Hand in den Nacken lege, *schon wieder der ganz falsche Zeitpunkt.* Meine Finger gleiten in seine weichen Haare, und dann kann ich fühlen, wie Jacks Hände sich auf meine Hüften legen, weiter nach oben streichen, über meine Schulterblätter hinweg, bevor er sich zu mir beugt, mein Gesicht zwischen seine Hände nimmt und wir uns küssen, auf eine Art küssen, die keinen Zweifel daran aufkommen lässt, dass er es will, dass ich es will. Noch immer umklammere ich seinen Oberarm, doch jetzt rutsche ich tiefer, unter sein Shirt, spüre warme Haut, und Jack atmet scharf ein, als meine Hand langsam über seine Brustwarzen fährt.

Über seinem Shirt legt Jack seine Hand auf meine, stoppt sie in der Bewegung. «Wir müssen runter von der Straße.»

Fast hätte ich aufgelacht, weil Jack schon wieder Jack ist, der perfekte Jack, doch als sein Mund meine Unterlippe streift, zuerst flüchtig, dann intensiver, stöhne ich leise auf.

Jack greift nach meiner Hand, und jetzt tun wir es doch noch, gehen Hand in Hand über die stille, verlassene Straße zu dem Van, dessen Rücklichter verloren in der Dunkelheit leuchten.

Wir reden nicht, während ich uns zurück nach Edinburgh fahre, doch Jacks Hand liegt auf meinem Oberschenkel, und als ich den Wagen in die Einfahrt gesetzt habe und wir ausgestiegen sind, küssen wir uns noch einmal auf den Stufen vor dem Haus und dann wieder, nachdem die Zimmertür hinter uns ins

Schloss gefallen ist, als wären Worte zu unsicher und nur unsere Körper wüssten genau, was zu tun ist.

Wir unterbrechen unseren Kuss nur kurz, während ich Jack das Shirt über den Kopf streife. Mondlicht malt wirre Schatten auf seine Haut, und ich folge ihnen mit den Fingerspitzen, bis Jack meinen Hals küsst und ich die Handflächen gegen seine Brust presse, Muskeln erfühle und seinen Herzschlag, bevor ich die Arme hebe, damit er mir das Top ausziehen kann. *Jack*, denke ich, *Jack, Jack, Jack*. Dann ist da ein zartes Geräusch, der Verschluss meines BHs, und Augenblicke später berühren meine Brustwarzen seinen Oberkörper, woraufhin Jack ein seltsam kehliger Laut entfährt.

Oh Gott, ich will ihn so sehr. Will alles von ihm spüren, alles von ihm haben, und das ist der Moment, in dem Jack seine Hände auf meinen Hintern legt und mich anhebt, ich beide Beine um seine Hüften schlinge, bis er sich vorbeugt und ich kühle Laken in meinem Rücken spüre.

Dann richtet er sich auf, lange genug, um seinen Bauch, seine Brust, seine Schultern zu bewundern. Seine Hände sind zu seinem Jeansbund gewandert, doch jetzt hält er inne, eine Sekunde, zwei.

Was? Was ist? Zieh sie einfach aus!

Stattdessen stützt Jack sich links und rechts neben meinen Schultern ins Kissen, und seine Haare kitzeln meine Stirn, als er langsam den Kopf senkt. Es durchfährt mich jedes Mal bis ins Innerste, sobald Jacks Lippen meine berühren, sich öffnen und Grenzen plötzlich verwischen. Wenn es sich schon so anfühlt, ihn zu küssen …

Mit beiden Händen streiche ich über seine Oberarme, seinen Rücken, taste mich zum Knopf seiner Jeans vor.

Jack weicht ein Stück zurück. «Ich hab nichts dabei», sagt er rau.

Der erste Satz, seit ich ihn auf der Straße angeschrien habe, und muss es ausgerechnet dieser sein?

Er hat nichts dabei. Natürlich nicht. Welcher Kerl nimmt denn Kondome mit, wenn er mit seiner besten Freundin loszieht, damit die ihre Mutter kennenlernen kann?

Mir schießt der Gedanke durch den Kopf, dass das vielleicht so ein Moment war, in dem Emmeline Sinclair damals vor neunzehn Jahren *Na und?* gesagt hat. Na und? Nicht schlimm. Passiert schon nichts. Und wenn doch, lässt sich das Problem bestimmt anderweitig lösen.

Warum hat sie eigentlich nicht die Pille danach genommen?

Weil sie mich behalten wollte und nach einer Weile dann doch nicht mehr?

Jack lässt sich neben mich fallen, als hätte ich meine Gedanken laut ausgesprochen. Oder vielleicht denkt er auch ganz ähnliche Dinge. Mich jedenfalls haben all diese Überlegungen aus der bisherigen Stimmung herausgeschleudert, und mein Fallschirm für eine ansatzweise weiche Landung ist Jack, an den ich jetzt heranrobbe, um meinen Kopf auf seine Brust zu legen. Mit einem Finger ziehe ich eine Linie bis hinunter zu seinem Bauchnabel und noch ein kleines Stückchen weiter.

«Ich habe auch nichts dabei», murmele ich. «Aber wenn das morgen erledigt ist, ändere ich das.»

Jack macht ein Geräusch, als verkneife er sich ein Lachen, und ich hebe den Kopf, um ihn anzusehen.

«Was denn?»

«Nichts. Ich komme nur nicht so richtig mit deinen Stimmungsschwankungen klar.»

«Was denn für Stimmungsschwankungen?»

Ich lächle entschuldigend und küsse dann zart seinen Mund, während seine Hand meine Wirbelsäule entlangfährt. Ein Schauer durchrieselt mich, einer von der Sorte, die mich darin bestärkt, morgen eine Drogerie zu finden. Interessante To-do-Liste. Die Sache mit Emmeline Sinclair klären. Kondome kaufen. Mit meinem besten Freund schlafen.

Kann sein, dass auf meiner Liste ein paar Punkte fehlen, über die ich jetzt noch nicht näher nachdenken will. Aufgelöst sein, zum Beispiel. Weinen. Aber warum sollte es mir morgen nicht gelingen, ein bisschen mehr wie Jack und Willow gleichzeitig zu sein? Selbstbeherrscht und unbekümmert. Ich wette, Willow stellt ihren Vater zur Rede, und danach geht sie erst einmal in Ruhe einen Kaffee trinken. Ich dagegen ...

«Jack?»

«Mhm?»

«Es tut mir leid wegen vorhin.»

Jack schweigt, und weil ich die Stille zwischen uns in diesem Moment schwer ertrage, rede ich einfach weiter.

«Du hattest recht – ich habe das meiste nur gesagt, weil ich nicht länger über morgen nachdenken wollte und weil ich ... keine Ahnung ... einfach Angst hatte, alles falsch zu machen.»

«Was könntest du denn falsch machen?» Jack hat aufgehört, über meinen Rücken zu streichen, und obwohl diese elende Unsicherheit sich wieder in mir auszubreiten beginnt, suche ich nach einer ehrlichen Antwort.

«Ich könnte falsche Entscheidungen treffen. Oder schon getroffen haben. Ich könnte ... zum Beispiel *Stopp* sagen, kurz bevor wir uns küssen, obwohl ich dich küssen will, weil ich Angst davor habe, was sich dadurch alles vielleicht verändert.»

Nach einigen Sekunden kann ich spüren, wie Jacks Fingerspitzen wieder sanft über meine Haut gleiten.

«Was wäre schlimm daran, wenn sich ein paar Dinge verändern würden?», fragt er leise.

«Was, wenn wir es bereuen? Wenn wir merken, dass wir eben beste Freunde sind, aber nicht mehr? Kann man dann noch zurück und einfach wieder nur befreundet sein? Und außerdem habe ich darüber nachgedacht, dass du mich vielleicht nur nicht verletzen willst», füge ich hastig hinzu, damit dieser Gedanke endlich auch mal ausgesprochen ist.

«Was?» Jack klingt verwirrt. «Wie meinst du das?»

«Na ja. Ich stand in den letzten Tagen echt ziemlich neben mir, und ich dachte ... also, ich war nicht sicher ob ... du nicht vielleicht nur nett bist.»

«Nett?»

«Du würdest nie irgendetwas tun, das mich verletzen könnte und ...»

Jack packt mich unter den Armen und zieht mich etwas hoch, damit ich ihn ansehen muss. «Ich würde nie jemanden *küssen*, um *nett* zu sein. Nicht einmal dich.» Er mustert mich ein paar Sekunden. «Und im Übrigen wollte ich dich schon seit Ewigkeiten küssen.»

«Du wolltest ...» Meine Stimme versagt, und der geballte, unnachgiebige Unsicherheitsknoten in mir beginnt an den Rändern auszufransen. «Seit Ewigkeiten?»

«Schon lange bevor du diese Unterlagen gefunden hast. Noch bevor Callan so abgedreht ist. Ich weiß nicht mal mehr, wann es angefangen hat, aber ich dachte wohl ... ich dachte, wer weiß, was sich dadurch alles verändert.» Er grinst ein wenig ertappt. «Ob wir danach noch befreundet sein könnten, wenn du es eben nicht wollen würdest. Mich küssen.»

Etwas passiert in diesem Moment, während wir uns ansehen. Bewegt sich ein Stückchen weiter, rastet an der genau richtigen Stelle ein, als sei etwas endlich geradegerückt. Ich strecke mich nach oben, küsse Jack, küsse ihn noch mal, fahre mit der Zunge über seine Lippen, seine Zähne, tiefer, sehe, wie seine Lider sich senken, bevor auch ich die Augen schließe und spüre, wie seine Finger sich in meine Haare wühlen.

«Falls wir uns irgendwann nicht mehr küssen wollen», murmelt Jack gegen meine Lippen, «sind wir eben einfach wieder Freunde, die sich nicht küssen. Aber an mir liegt's nicht, das kann ich dir versprechen.»

Ich schmiege mich an ihn, fühle mich so geborgen wie selten in meinem Leben. So wird es sein. Für immer Freunde. «An mir auch nicht», flüstere ich.

Der Schlaf hat mich schon fast erreicht, als Jack sich bewegt.

«Es tut mir auch leid», höre ich ihn dicht an meinem Ohr sagen.

«Was?», frage ich.

«Irgendwann reden wir über alles. Über meine Familie. Darüber, wie es weitergehen kann. Wir reden darüber, wenn wir wieder in Oban sind, okay?»

«Das müssen wir», erwidere ich nach einigen Sekunden mit schwerer Zunge. «Weil es zwischen uns ja weitergeht. Du musst mit deinem Vater und mit Callan reden.»

Jack seufzt.

«Ich will nicht nach Edinburgh gehen, wenn du in Oban bleibst», murmele ich.

«Wir werden darüber reden», sagt Jack. «Danach. Wenn das alles hier geklärt ist.»

«Versprochen?»

«Versprochen.»

Ich umarme Jack fester.

Willow hat sich gar nicht mehr gemeldet. Und ich habe Alice nicht geschrieben.

Morgen. Morgen kümmere ich mich darum. Morgen kümmere ich mich um alles.

Das Wichtigste zumindest habe ich heute erledigt: Ich habe Jack geküsst. Endlich.

Kapitel 23

Jemand streichelt meinen Rücken, und mir geraten zwei Dinge nahezu gleichzeitig in den Sinn: Ich liege halb nackt neben Jack, und in ein paar Stunden treffe ich Emmeline Sinclair.

Solange ich die Augen geschlossen halte, kann ich das eine noch etwas länger genießen und das andere hinauszögern.

«Ich weiß, dass du wach bist», sagt Jack irgendwann, und *ich* weiß, dass er dabei grinst.

«Bin ich nicht.» Nach einigen Sekunden füge ich hinzu: «Woher weißt du das überhaupt?»

«Du atmest anders.»

Jetzt öffne ich die Augen doch. Jack liegt auf der Seite, einen Arm lang ausgestreckt unter seinem Kopf, und dem Lächeln in seinem Gesicht gelingt es immerhin für ein paar lange Sekunden, mich davon abzuhalten, meine Stirn gegen seine Brust zu legen und ein wenig Jack zu inhalieren. Genau so. Genau so sollte es sein, und genau so muss es sich anfühlen. So hätte es schon sehr viel länger sein können. Vielleicht sogar schon seit dem Abend am Strand. Wäre nicht Emmeline Sinclair dazwischengekommen. Und meine Feigheit.

Ich strecke den Kopf, um ihn zu küssen, in einer Mischung aus Zärtlichkeit und Faszination darüber, dass ich das einfach darf, dass ich alles, wirklich alles, was ich für Jack empfinde, nicht mehr zurückhalten muss, und spüre dabei dem sanften Glühen nach, das sich immer weiter in mir auszubreiten beginnt. Könnte der Tag doch so weitergehen, einfach nur Jack und ich.

«Warum seufzt du?», fragt Jack.

Ich kuschele mich unter seinem Kinn zurecht. «Am liebsten würde ich heute einfach mit dir durch Edinburgh laufen. Wir könnten uns das Castle ansehen. Royal Mile und so.»

Eigentlich müssten wir nicht mal das Edinburgh Castle besichtigen. Wegen mir könnten wir auch einfach hierbleiben.

Ob es Jack gerade ähnlich geht? Hoffentlich.

«Das nächste Mal», sagt Jack.

Das nächste Mal? Wann werde ich wieder mit Jack nach Edinburgh kommen? Sobald wir zurück sind, ist doch sofort alles beim Alten. Jack eingespannt zwischen Finny, dem Pub und dem Rest seiner Familie, und ich ... gehe ich wirklich ohne ihn nach Edinburgh? Oder sonst wohin?

Wir werden darüber reden. In Oban. Jack hat es versprochen.

Wenn Jack in Oban bleibt, gehe ich auch nicht, das jedenfalls ist sicher. Das alles hier war so verdammt schwierig – ich habe definitiv keine Lust, so schnell wieder darauf zu verzichten.

«Wie viel Uhr ist es eigentlich?», fragt Jack in diesem Moment.

«Keine Ahnung.» Ich richte mich auf, um nach meinem Handy zu suchen. «Oh, verdammt – schon kurz vor acht. Wir müssen zum Frühstück!»

Ich springe aus dem Bett.

Knapp zehn Minuten später steigen wir die Stufen zur Diele hinunter. Ich habe ein schlechtes Gewissen bei dem Gedanken, dass Mrs Campbell extra wegen uns früher aufgestanden ist.

«Guten Morgen!» Sie öffnet mit einem strahlenden Lächeln die Tür, die unten am Treppenaufgang von der Diele abgeht. «Ich habe im Wohnzimmer gedeckt.»

Als Erstes fällt mir der steinerne Kamin ins Auge, über dessen Bord ein Gemälde hängt, auf dem ganz eindeutig Mrs Campbell in jüngeren Jahren zu sehen ist zusammen mit einem dunkelhaarigen Mann, der ernst in die Kamera guckt. Rechts davon steht vor einem überquellenden Bücherregal ein Ohrensessel neben einer Stehlampe mit stoffbezogenem Schirm.

Auf einem Tisch in der Mitte des Raumes hat Mrs Campbell eine Schale Kompott, Marmelade, Butter und zwei Fruchtjoghurts angerichtet.

«Ich hole den Toast.» Sie verschwindet in der Küche, während Jack Orangensaft in Gläser füllt.

«Rührei, Bohnen oder Schinkenspeck?», ruft Mrs Campbell.

Ich sehe zu Jack. Sehr viel Zeit für ein ausgiebiges Frühstück haben wir nicht. «Möchtest du etwas?», frage ich.

Jack schüttelt den Kopf. «Vielen Dank, Toast reicht vollkommen aus», ruft er.

«Wirklich?» Mrs Campbell streckt überrascht den Kopf zur Küche hinaus. «Nicht einmal ein paar gegrillte Tomaten oder Pilze? Ich könnte auch Porridge machen.»

Jack und ich tauschen abermals einen Blick. Porridge. Ich liebe Porridge.

Eine Viertelstunde später sitze ich vor einer dampfenden Schüssel Haferflockenbrei, auf einem kleinen Stövchen thront eine Teekanne, und Mrs Campbell hat ein Kännchen mit Milch und eine Dose mit braunem Zucker hereingebracht.

Großzügig bediene ich mich aus der Zuckerdose und seufze zufrieden. «Das schmeckt wunderbar!», erkläre ich zwischen zwei Löffeln.

Jack hat sich eine Scheibe Toast mit Marmelade bestrichen und zieht leicht einen Mundwinkel hoch.

«Was?», frage ich.

«Gar nichts.»

«Du guckst gerade so, als würdest du dir verkneifen, irgendetwas zu sagen.»

«Tu ich nicht.»

«Aber natürlich tust du das.» Ich führe den Löffel wieder zum Mund. «Also sag es einfach.»

«Nach gestern Abend hätte ich nicht damit gerechnet, dass wir heute Morgen so entspannt frühstücken würden.»

Ich auch nicht. Ein weiterer Löffel Porridge. Hier in diesem Wohnzimmer und an einem Tisch mit Jack fühlt sich alles, was draußen vor der Tür auf uns wartet, wie eine Parallelwelt an, die keinen Zugriff auf mich hat. Ich darf jetzt bloß nicht allzu intensiv darüber nachdenken, dass wir nach dem Frühstück aufstehen und zum Café fahren werden.

Noch ein Löffel Porridge, dann lasse ich kauend den Löffel sinken. Zu spät. Jetzt denke ich.

«Okay, also, wie soll das gleich ablaufen? Wir fahren hin, und falls schon jemand im Café ist, klopfe ich und frage nach Emmeline Sinclair?»

«Ungefähr so», erwidert Jack.

«Und wenn sie nicht da ist?»

«Fragst du, wann sie kommt.»

«Und wenn sie da ist, aber nicht mit mir reden will?»

«Warum sollte sie nicht?»

«Keine Ahnung.»

«Dann sagst du, es sei wichtig.»

«Gut.»

Ich tauche den Löffel in mein Porridge, als sei damit alles geklärt. Ist es aber nicht. Was, wenn sie im Café mit mir reden will? Was, wenn irgendwelche Kolleginnen von ihr danebenstehen? Was, wenn ...

Mein Telefon klingelt.

«Guten Morgen», sagt Alice, und man hört sofort heraus, dass sie sich wieder Mühe gibt, nicht zu zeigen, wie angespannt sie ist. «Wie geht es dir? Wie war es gestern noch? Ist alles gut gelaufen?»

«Jack und ich frühstücken gerade», erwidere ich. «Und ich habe sie gestern nicht getroffen.»

«Oh. Ach so. Ihr habt euch gar nicht gesehen? Okay, soll ich vielleicht später noch einmal anrufen? Siehst du sie heute? Habt ihr euch verabredet? Hast du ihr Bescheid …?»

«Sie war gar nicht da», unterbreche ich sie. «Ich ruf dich an, okay? Wenn ich alles geklärt habe.»

Alice atmet einmal tief durch. «Okay», sagt sie dann. «Ich denk an dich. Und Dad auch.»

Die letzten drei Worte führen dazu, dass Jack mich prüfend ansieht, nachdem ich mich verabschiedet habe.

«Alles okay?», will er wissen.

«Ja, sicher. Es ist nur … ich habe seit meiner Abfahrt nicht mehr mit meinem Vater gesprochen. Mit George. Und die Tage davor eigentlich auch kaum.»

«Warum nicht?»

«Weil er …», *sich verhalten hat wie ein Idiot.* Unmöglich. Bringe ich nicht über die Lippen. «… komplett dagegen war, dass ich meine leibliche Mutter kennenlernen will.» *Und über dich und mich hat er auch ein paar bescheuerte Dinge gesagt.* «Alice meinte gerade, er würde an mich denken», füge ich hinzu. «Na klar.»

«Ich könnte mir vorstellen, dass er die ganze Zeit an dich denkt», wendet Jack ein.

«Natürlich tut er das.» Ich verschränke die Arme. « Aber er denkt nicht, dass er sich anders hätte verhalten müssen, sondern er fragt sich, warum ich nicht auf ihn gehört und die ganze Geschichte abgeblasen habe.»

«Wenn das so ist, ist das sein Pech. Er hat jahrelang das getan, was er für richtig hielt, und jetzt tust du eben das, was du für richtig hältst – geht ihn nichts mehr an.» Jack nimmt die Serviette von seinem Schoß und legt sie neben den Teller. «Auf einer

Skala von eins bis zehn, wie groß ist das Problem mit deinem Vater?», fragt er.

«Sieben», erwidere ich zögernd.

«Okay, dann lass uns jetzt gehen, und du kümmerst dich um die zehn.»

Kapitel 24

Es ist zwanzig nach neun, als wir beim *Chocolate Dreams* ankommen. Innen brennt Licht, doch durch das Schaufenster ist niemand zu sehen. Eine ganze Weile stehen wir einfach davor, während Leute an uns vorübergehen, von denen einige unseren Blicken folgen und ebenfalls neugierig zum Fenster hineinschauen.

Als eine Frau an der Theke erscheint, greife ich nach Jacks Arm. Es ist nicht die schwarzhaarige Frau von gestern. Diese hier hat braune, leicht gewellte Haare, die ihr bis knapp über die Schultern reichen, und sie trägt eine helle Bluse zu einer locker sitzenden Jeans.

«Das könnte sie sein», sage ich.

Jack nickt. «Vielleicht.»

«Okay.» Ich gehe zur Tür, bevor ich es mir wieder anders überlegen kann, und ziehe Jack dabei hinter mir her. Meine Beine fühlen sich an, als würde ich über Watte laufen.

«Soll ich verschwinden?», fragt Jack, als ich zögernd die Hand hebe und ihn noch einmal ansehe.

«Nein, komm mit rein, ja?»

Jack nickt, und ich klopfe. Die gelbliche Glasscheibe, die in die Tür eingelassen ist, klirrt leise, sonst jedoch geschieht rein gar nichts. Nur meine Kehle wird enger und enger.

Ich klopfe noch einmal, mit den Fingerknöcheln, so fest, dass es wehtut.

«Sie kommt», sagt Jack, der weiter zum Schaufenster hineinsieht.

Im nächsten Moment klickt es, und die Tür wird geöffnet.

«Hi.» Die braunhaarige Frau lächelt. «Ihr seid etwas zu früh, wir öffnen leider erst um zehn.»

«Ja, ich weiß. Hallo.»

Ich schlucke. Schlucke noch einmal. Das ist sie. Vielleicht.

Jetzt nimmt ihr Lächeln einen fragenden Unterton an. «Kann ich irgendwie helfen? Ich meine ... geht es euch gut?»

Jack sieht zu mir, ich kann seinen Blick spüren, und meinen bekomme ich nicht abgewendet von dem Gesicht vor mir.

«Sind Sie Emmeline Rose Sinclair?», frage ich mit einer Stimme, die gar nicht mir zu gehören scheint.

«Ja. Wieso?»

Das R. in dem Namen auf der Speisekarte steht tatsächlich für Rose. Okay, wie wahrscheinlich ist es jetzt noch, dass diese Frau trotzdem nicht meine leibliche Mutter ist?

«Ich bin ... also, ich bin Victoria Buchanan.»

Irgendwie habe ich eine Reaktion erwartet, keine Ahnung, wieso, denn natürlich kennt sie mich nicht, nicht einmal meinen Namen.

«Ich würde gern etwas mit Ihnen besprechen ... Wenn Sie Zeit haben, meine ich?»

«Worum geht es denn? Jetzt gerade passt es nicht so gut.»

«Es ist ...» Hilflos sehe ich zu Jack. «Es ist ein bisschen privat.»

Ein *bisschen* privat. Oh Gott.

«Es tut mir leid, aber ich muss in einer halben Stunde aufmachen und noch einiges vorbereiten. Hat es irgendetwas mit dem Café zu tun? War etwas nicht in Ordnung?»

Ich schüttele den Kopf, die Kehle mittlerweile zugeschnürt. Diese Frau verbindet absolut nichts mit mir, und der Gedanke ist fast schon grotesk, dass ich vielleicht mal ein Teil von ihr war.

Mein Herzschlag pulsiert bis hinauf in meinen Hals. Selbst

wenn ich wüsste, was ich sagen soll, brächte ich die Worte vermutlich nicht daran vorbei.

«Wäre vielleicht später Zeit?», springt Jack ein. «Wir könnten noch einmal wiederkommen.»

Emmeline Sinclair lacht auf. «Okay, so langsam macht ihr mich neugierig. Wie wäre es gegen halb eins? Da habe ich Pause.»

«Perfekt, danke. Sollen wir ins Café kommen, oder …?», fragt Jack.

«Nein, wartet einfach hier, ich komme raus. Bis später.» Sie nickt uns noch einmal zu, dann schließt sich die Tür, und wir können hören, wie der Schlüssel wieder herumgedreht wird.

«Halb eins also. Dann bleibt ja Zeit für das Castle, oder?» Jack legt eine Hand auf meinen Rücken.

Ich seufze auf, drehe mich zu ihm und lehne meine Stirn gegen seine Schulter, bevor mir einfällt, dass Emmeline Sinclair uns vielleicht durchs Schaufenster beobachtet.

«Lass uns ein paar Schritte weitergehen.»

Wir schlagen den Weg zur Royal Mile und zum Edinburgh Castle ein.

«Was denkst du?», frage ich.

«Möglich wäre es», erwidert Jack.

«Sagt dir das mal wieder dein Bauchgefühl?»

«Was sonst?» Jack zuckt die Schultern, und ich schlinge im Gehen für einige Sekunden beide Arme um seine Hüften.

Jack legt einen Arm um mich. «Zumindest spricht erst einmal nichts dagegen, oder?»

«Mhm.»

Wir erreichen Edinburghs berühmte Burg von der Seite. Sie thront auf einem grasbewachsenen Hügel, einem erloschenen Vulkan, und an einigen Stellen ist zwischen dem Grün noch altes Mauerwerk zu sehen. Die wenigen Fenster sind schmal und vergittert, eine lange, hohe Mauer zieht von der Burg ausgehend an uns vorbei und setzt sich in einiger Entfernung unter einer riesigen Tribüne fort. Mir fällt das Edinburgh Military Tattoo wieder ein, von dem ich gelesen habe, aber vermutlich finden hier auch andere Konzerte und Aufführungen statt.

Am Ende der steilen Wiese führt eine Steintreppe den Hügel hinauf. Wir weichen einigen Leuten aus, die uns entgegenkommen, und wenden uns, oben angekommen, nach links.

Vor dem wolkenverhangenen Himmel ragt in einiger Entfernung die Burg empor. Gemächlich schlendern wir über die asphaltüberzogene Esplanade auf die breite Mauer zu, die den Platz umfasst. Während ich den Blick über dunkle Dächer und spitze Ecktürmchen schweifen lasse, warte ich darauf, dass mein Puls sich wieder beruhigt.

«Wenn ich nachher noch einmal so vor ihr stehe wie eben gerade, wird das ziemlich peinlich.»

Jack hat mich nicht wieder losgelassen. «Selbst wenn – dann dauert alles eben ein paar Minuten länger.»

«Ich fühle mich so ... verrückt dabei, einer völlig fremden Person zu sagen, dass sie vielleicht meine Mutter ist. Ich meine – warum mache ich das überhaupt gleich noch mal? Was hab ich denn davon?»

«Du hattest Fragen.»

«Die ich mir auch selbst beantworten kann. Warum wollte sie mich nicht? Sie hatte Gründe. Spielen diese Gründe für mich eine Rolle? Eigentlich nicht.»

«Wirklich nicht?», fragt Jack.

«Keine Ahnung.» Ich stütze beide Ellbogen auf die Mauer. «Ich weiß es gerade tatsächlich nicht.»

Jack lehnt sich neben mich gegen die Brüstung. «Du willst jetzt nicht wieder zurückfahren, ohne mit ihr gesprochen zu haben.»

«Nein», gebe ich nach einigen Sekunden schließlich zu. «Will ich nicht.»

Ich richte mich auf. Gemeinsam steuern wir das Torhaus an, das von zwei Bronzestatuen flankiert wird und durch das man den Innenhof der Burganlage erreicht.

Obwohl der Einlass gerade erst eröffnet wurde, ist schon einiges los, doch trotz der vielen Leute ergreift mich dieses ehrfürchtige Gefühl, das immer in mir aufkommt, wenn ich alte Bauwerke betrete. Ich lasse die Fingerspitzen über roh behauenes Mauerwerk gleiten und stelle mir die Menschen vor, die diese Steine irgendwann zusammengefügt, viele hundert Jahre zuvor dieselben Stellen berührt haben wie jetzt ich.

Plötzlich einsetzende Musik reißt mich aus meinen Gedanken. Wir folgen den lang gezogenen Klängen durch eine schmale Gasse und unter einem Fallgitter hindurch zu einem Platz, auf dem Kanonen an den Außenmauern positioniert sind. Im Schatten der Burg spielt ein Mann im Kilt auf einem Dudelsack. Die Aussicht von hier oben ist atemberaubend.

Wir verbringen den gesamten Vormittag in der Burganlage. Immer mal wieder stehe ich kurz davor zu vergessen, dass ich mich später mit Emmeline Sinclair treffen werde und dass sich dann definitiv nichts mehr zwischen mich und diesen einen Satz stellen wird, der gesagt werden muss.

Wie wird sie reagieren? Sie sah nett aus. Sympathisch. Vielleicht wird sie entsetzt sein. Schockiert. Verärgert. Womöglich wird sie mir vorwerfen, dass ich sie gesucht habe, obwohl sie so deutlich gemacht hat, dass sie nichts mit mir zu tun haben will. Oder sie fordert mich einfach auf, wieder nach Hause zu fahren.

Ein anderer Teil in mir stellt sich vor, dass sie zu weinen beginnt, weil ich alte Wunden aufreiße, Ereignisse in ihr wachrufe, die sie lieber vergessen möchte. Oder ihr Gesicht wird kalt und unnahbar, und sie streitet einfach ab, dass sie meine Mutter ist.

Vielleicht ist sie es ja auch wirklich nicht.

Ich weiß nicht, wie oft ich Jack umarme, ihn einfach nur umarme, um ihn zu spüren, während ich versuche, das seltsame Gefühl in mir zu sortieren, das wohl entsteht, wenn Dankbarkeit und Glück sich mit Nervosität und Angst mischen. Nur wenn wir uns küssen, lässt Letzteres ein wenig nach, doch nicht nur deshalb küssen wir uns oft.

Es ist verwirrend, wenn man sein ganzes Leben lang dachte, einen anderen Menschen wirklich in- und auswendig zu kennen, und dann stellt man plötzlich fest, dass es da noch eine völlig neue Seite gibt, die man jetzt erst zu entdecken beginnt.

«Wir sollten uns mal auf den Weg zum Café machen», sage ich irgendwann, nachdem ich zum millionsten Mal mein Smartphone hervorgezogen habe.

Jack, der gerade Bilder zwischen den Zinnen einer Burgmauer hindurch macht, nickt. «Dachte ich auch eben.» Er steckt das Handy weg und geht auf mich zu. «Bereit?»

«Nö.»

«War klar.»

Seine Finger verschränken sich mit meinen, während wir über das unebene Kopfsteinpflaster zurück zum Torhaus gehen. Mittlerweile ist es so voll geworden, dass wir uns einige Male regelrecht mit einer Menschenmasse durch die verwinkelten Gassen schieben müssen, und ich bin froh, als wir die Esplanade wieder erreichen.

Ein kurzes Stück laufen wir über die Royal Mile an Weinläden, Souvenirbuden und Restaurants vorbei, bis wir in eine der Seitenstraßen einbiegen, die in Richtung Café und damit zu Emmeline Sinclair führen.

Wieder und wieder gehe ich die ersten Sätze durch, die ich mir mittlerweile zurechtgelegt habe. *Ich habe vor einiger Zeit herausgefunden, dass ich adoptiert wurde. Und ich glaube, dass du meine Mutter bist.*

Jede Warum-Frage muss warten, bis ich sehe, wie Emmeline

Sinclair darauf reagiert. Vielleicht bleibt ja auch gar keine Zeit für irgendein Warum mehr. Könnte sein, dass sie vollkommen ausflippt. Auch wenn sie vorhin nicht den Eindruck gemacht hat, als würde sie leicht ausflippen. Man muss ja auch niemand sein, der leicht ausflippt, um bei einer Nachricht wie dieser trotzdem auszuflippen. Wenn man oft genug *flippen* denkt, klingt das Wort total bescheuert.

«Sie ist schon da.»

Bisher bin ich mit gesenktem Kopf neben Jack hergelaufen, doch jetzt führen seine Worte dazu, dass ich erst hastig aufsehe und dann mein Handy kontrolliere. Wir sind nicht zu spät.

«Hallo!» Sie winkt und kommt uns einige Schritte entgegen. «Jetzt bin ich gespannt.»

«Hi», erwidere ich und unterdrücke den Drang, mich einfach umzudrehen und wegzurennen.

«Laufen wir ein Stück? Normalerweise mache ich in meiner Pause immer einen Spaziergang.»

Ohne eine Antwort abzuwarten, geht Emmeline Sinclair los, mit einer Hand den Riemen ihrer Handtasche umfassend, die andere locker in die Tasche ihrer Jacke gesteckt. Sie schlägt nicht den Weg zur Royal Mile ein, stattdessen kommen wir am *Chocolate Dreams* vorbei und laufen weiter bis zur nächsten Gasse.

«Also?», fragt sie auffordernd. «Worum geht's?»

Kurz frage ich mich, ob ich einen ruhigeren Ort vorschlagen soll, einen Park oder etwas in der Art, aber mittlerweile habe ich das Gefühl, wenn ich das Ganze auch nur noch eine Minute länger hinauszögere, werde ich wahnsinnig.

«Okay, also es ist so», beginne ich und suche mühsam die Sätze wieder zusammen, die ich auf dem Weg hierher hundertmal heruntergebetet habe. «Ähm ... vor einer Weile habe ich bei meinen Eltern nach Unterlagen gesucht und dabei herausgefunden, dass ich adoptiert wurde.» Ich werfe beim Reden einen schnellen Blick zur Seite. Emmeline Sinclair schaut mich interessiert an. Bei dem Wort *adoptiert* verändert sich kaum etwas an ihrem Gesichtsausdruck – vielleicht ist da eine Spur von Mitgefühl. Müsste sie darauf nicht schon stärker reagieren? Oder ist es zu lange her? Sie hat die ganze Sache möglicherweise sehr tief in sich vergraben.

Ich atme einmal durch. «Ich glaube, dass du meine Mutter bist.»

Emmeline Sinclair läuft noch ein paar Schritte weiter, bevor sie stehen bleibt. «Was?» Sie lacht auf. «Soll das ein Scherz sein?»

Ich schüttele knapp den Kopf. Kein Scherz. Mit so etwas macht man keine Scherze. Was für eine blöde Frage.

«Aber ...» Jetzt ist da irgendetwas in ihren Augen, das klarmacht, dass auch sie die Situation alles andere als lustig findet. Trotzdem lächelt sie noch immer, doch es wirkt ein wenig eingefroren. «Ich bin mit Sicherheit nicht deine Mutter, tut mir leid. Wie kommst du denn darauf?»

«Dein Name. Er steht in den Gerichtsakten.»

«Mein Name?» Sie fährt sich durch die Haare und dann über die Augen. «Das ist verrückt, wirklich. Hör zu – ich kann definitiv nicht deine Mutter sein. Ich sehe, dass du das wirklich glaubst, okay? Aber ich bin es nicht, tut mir leid. Ihr habt die Falsche erwischt.»

Ist das so? Ist das wirklich so? Angestrengt versuche ich, zu irgendeinem Ergebnis zu kommen. Streitet sie es einfach ab, oder meint sie das ernst? Ist sie es wirklich nicht? Fahre ich jetzt etwa zurück nach Oban und fange wieder von vorne an?

Jack räuspert sich. «Es wäre wirklich wichtig, die Wahrheit zu wissen. Um mehr geht es gar nicht. Nur um die Wahrheit. Dann fahren wir auch schon wieder.»

«Ja, sicher, das verstehe ich! Das verstehe ich wirklich! Aber ich bin's nicht. Ich bin nicht deine Mutter, es tut mir leid.» Emmeline geht einen Schritt rückwärts. «Ich meine, wie alt bist du? Neunzehn? Zwanzig? Ich bin fünfunddreißig, denkt ihr nicht, ich wäre ein bisschen sehr jung schwanger geworden?» Sie legt eine Hand auf die Stirn, als bekäme sie Kopfschmerzen. «Es tut mir leid», wiederholt sie noch einmal. «Aber ich bin nicht die, die ihr sucht.»

Dann dreht sie sich um und läuft den Weg zurück, den wir gekommen sind, nein, eigentlich rennt sie fast, und ich stehe da, unfähig, die ganze Situation zu begreifen.

«Okay», sage ich irgendwann. «Das war wohl nichts.»

Emmeline Sinclair ist um eine Ecke gebogen und nicht mehr zu sehen.

Die ganze Aufregung, die ganze Anspannung, all die tausend Gedanken – und wofür? Für nichts. Einfach mal so ins Leere gelaufen, und dafür habe ich eine Woche lang Anlauf genommen.

Ich reibe mir mit beiden Händen die Wangen und sehe zu Jack. «Also dann – fahren wir zurück», sage ich mit belegter Stimme. «Immerhin kommen wir pünktlich los.»

Der Ausbruch eben war echt, sie ist es nicht. Wieso hätten wir auch direkt beim ersten Versuch richtigliegen sollen? Emmeline Sinclair könnte überall auf der Welt leben. Und vielleicht soll es auch einfach nicht sein. Dieser Gedanke würde zumindest George freuen.

Ich zupfe Jack am Shirt, der immer noch die Straße hinunterschaut. «Jack?»

Er dreht sich zu mir um, die Brauen leicht zusammengekniffen. «Ich muss mal eben mit Ceddys Mutter telefonieren.»

Ich schaue ihn verwirrt an. «Warum?»

«Um ihr zu sagen, dass wir erst morgen kommen.» Er zieht bereits das Handy aus der Tasche.

«Morgen? Aber wieso erst morgen? Wegen mir können wir gleich fahren.»

«Sie ist es, Vic», sagt Jack und widerspricht damit dem, was ich gerade noch gedacht habe. «Ich bin ganz sicher.»

«Aber ...» Fassungslos erwidere ich Jacks Blick. «Wie kannst du dir sicher sein?»

«Keine Ahnung. Ich bin es eben. Es ist einfach ein Gefühl.»

«Du willst alles um einen Tag verlängern? Nur weil du irgendein *Gefühl* hast?»

Jack nickt. «Es sei denn, du willst nicht.»

«Wir müssten uns um eine weitere Übernachtung kümmern.»

«Vielleicht können wir eine Nacht länger bei Mrs Campbell bleiben.»

«Und Finny freut sich auf dich.»

«Als ich das letzte Mal mit ihm telefoniert habe, klang er nicht so, als müsste ich ihn sofort abholen.»

«Aber was ist mit dem *Merry Men*? Und Callan ... wird er morgen Abend ...»

«Vic – kannst du das bitte mir überlassen? Oder willst du unbedingt zurückfahren?»

Ich starre ihn an. «Du denkst also, sie ist es.»

Er nickt.

«Obwohl sie ... ich weiß nicht ... gerade nicht den Eindruck gemacht hat, als würde sie lügen. Oder? Hat sie auf dich so gewirkt?»

«Nein», sagt Jack zögernd.

«Aber warum denkst du dann ...»

«Ich weiß es wirklich nicht! Es sind lauter Kleinigkeiten, okay? Bei denen ich an dich denken muss, wenn ich sie ansehe. Es ist, als wäre sie eine zwanzig Jahre ältere Version von dir!»

«Sechzehn.»

«Bitte?»

«Eine sechzehn Jahre ältere Version von mir. Sie hat gesagt, sie sei fünfunddreißig. Sie wäre mit fünfzehn schwanger gewesen. Mit fünfzehn, Jack.»

Jack mustert mich. «Wäre ein Grund, ein Kind zur Adoption freizugeben, oder?», sagt er dann.

Ein paar Sekunden spricht keiner von uns ein Wort.

«Okay.» Ich fühle mich wie einmal von innen nach außen gedreht und dann wieder zurück. «Also gut. Und was jetzt?»

Kapitel 25

Die ersten Schwierigkeiten, die sich daraus ergeben, einen Tag länger zu bleiben, lassen sich unkompliziert aus dem Weg räumen. Mrs Campbell teilt uns mit, dass wir unser Zimmer gern für eine weitere Nacht behalten dürfen, und Ceddys Mutter erklärt, sie würde sich freuen, wenn Finny noch ein wenig Zeit mit ihrem Sohn verbringen kann.

«Die beiden spielen so toll zusammen. Zwei Kinder sind definitiv leichter als ein Kind, zumindest wenn sie sich so gut verstehen», hat sie gesagt.

Finny selbst ist nicht ganz so überschwänglich, stimmt aber trotzdem zu, und Jacks schlechtes Gewissen lässt nach, als sein kleiner Bruder erklärt, am tollsten würde er es finden, er dürfe bald wieder bei Ceddy übernachten und Jack wäre dabei.

Wir haben an einem Straßenstand ein paar belegte Sandwiches gekauft und den Weg zum *Calton Hill* eingeschlagen. Jetzt sitzen wir auf den Stufen vor dem National Monument, einem riesigen, aber unvollendeten Säulenbauwerk, und während Jack telefoniert, versinke ich im Anblick der Stadt unter uns.

Edinburgh ist einfach einzigartig schön. Würde das Edinburgh College of Art mich annehmen, wäre das nicht nur eine riesige Chance – hier zu studieren wäre auch ein echter Traum. Abgesehen von der Tatsache, dass der Mensch, den ich am liebsten dabeihätte, nicht dabei wäre, während ein anderer Mensch mich wahrscheinlich möglichst weit weg von sich wünscht.

Falls Jack mit seinem Bauchgefühl richtigliegt, streitet Emmeline Sinclair also ab, mich damals weggegeben zu haben. Und obwohl ich vorhin wirklich nicht das Gefühl hatte, dass sie mich anlügt, war spürbar, dass irgendetwas ihr zu schaffen gemacht hat.

Wenn ich mir vorstelle, jemand käme auf mich zu und würde behaupten, er oder sie sei mein *Kind*, und ich wüsste genau, dass es nicht stimmt, wäre ich vermutlich überrascht, erstaunt, überrumpelt, aber würde es mich so aus der Fassung bringen, wie es Emmeline Sinclair heute Mittag aus der Fassung gebracht hat?

Lügt sie also doch nur sehr überzeugend?

Neben mir telefoniert Jack mittlerweile mit Callan.

«Dann muss halt Dad übernehmen.» Pause. «Ja, weiß ich selbst.» Noch eine Pause. «Callan, es geht nun mal nicht. Dann bleibt der Laden eben zu!»

Daraufhin hat Callan offenbar etwas Längeres zu erwidern, allerdings nichts, was die unzufriedenen Falten auf Jacks Stirn glätten würde.

«Hör zu, so ging es mir in den letzten Monaten dauernd, und du weißt ganz genau, warum. Also klär das jetzt zur Abwechslung einfach mal selbst, okay?»

Augenblicke später legt Jack das Telefon zur Seite und atmet mit einem unzufriedenen Seufzen aus. Ich hätte eine ganze Menge dazu zu sagen, behalte es aber für mich. Zu viele Probleme auf einmal.

Schwach dringen die Geräusche der Stadt zu uns hinauf. Ein winziger doppelstöckiger Bus drängt sich durch die Straßen, und es wäre so leicht, in diesem Moment einfach nur die warmen Sonnenstrahlen zu genießen.

«Okay, so weit wäre fast alles geklärt», sagt Jack schließlich. «Ich überlege gerade, wie wir jetzt weitermachen.»

Das habe ich mich auch schon gefragt. «Sie noch einmal im Café ansprechen möchte ich jedenfalls nicht.»

«Wäre auch sinnlos, schätze ich. Ein anderer Ort wäre besser, ohne Risiko, gestört zu werden, und mit ein bisschen mehr Zeit. Wenn wir wüssten, wo sie wohnt ...»

«Jack», unterbreche ich ihn. «Ich würde ganz bestimmt nicht bei ihr zu Hause klingeln, so wie sie sich vorhin verhalten hat. Sie würde uns einfach die Tür vor der Nase zuschlagen und fertig.»

Jack überlegt. «Oder sie stellt vielleicht doch noch fest, dass sie dir etwas zu sagen hat. Nachdem sie jetzt ein wenig darüber nachdenken konnte.»

«Glaub ich nicht.» Ich zerknülle mein Sandwichpapier und stopfe es in die Jackentasche. «Und selbst wenn – wir wissen nicht, wo sie wohnt.»

«Wir könnten ihr nachgehen. Sie hat heute um vier Schluss.»

«Oh Gott, Jack.» Ich weiß nicht, ob ich lachen oder schreien soll. «Als wären wir Stalker!?»

«Na ja, keiner hat gesagt, dass alles völlig unkompliziert verlaufen würde, oder? Die Frage ist doch: Gibst du dich jetzt mit dem zufrieden, was du herausgefunden hast, oder nicht?»

«Ich hab nichts herausgefunden.»

«Eben.»

Seufzend wende ich den Blick von Jack ab, nur um mich ihm sofort wieder zuzuwenden. «Ich möchte ihr nicht hinterherrennen, weißt du. Gerade wenn sie es wäre, möchte ich das nicht.»

«Du rennst ihr nicht hinterher. Du beantwortest für dich ein paar Fragen, die sie letzten Endes aufgeworfen hat.»

Jack hat eine feine Narbe über der rechten Augenbraue, und mein Hirn rettet sich aus der Situation, indem ich kurz darüber nachdenke, wie er sich die damals zugezogen hat – ein Sturz vom Baum, ich war dabei –, bevor ich ins Hier und Jetzt zurückkehre.

«Ich werde noch einmal mit ihr reden. Aber wir schleichen ihr nicht nach – ich werde sie ansprechen, wenn sie heute Nachmittag nach Hause geht. Und sie fragen … ich werde sie fragen …»

Was genau soll ich sie denn jetzt noch fragen? Ob sie vielleicht zufällig vergessen hat, ein Kind gekriegt zu haben? Gott.

«Sag ihr, dass du heute Mittag ein komisches Gefühl hattest und deshalb noch mal mit ihr reden willst.»

«Genau genommen hattest du dieses komische Gefühl.»

«Ist ja egal. Und dann fragst du sie, warum sie so plötzlich weggerannt ist.»

«Das kann ja tausend Gründe haben.»

«Ach ja? Welche?»

«Entschuldigung, würdest du vielleicht ein Foto von uns machen?» Eine Frau hält mir ihr Smartphone entgegen und lächelt mich bittend an.

«Ja, klar.» Ich ignoriere Jacks Frage und rutsche vom Mauervorsprung.

Ein paar Schnappschüsse später sehe ich auf die Uhr. «Wenn wir um vier beim Café sein wollen, sollten wir jetzt los.»

Auf dem Weg zurück stelle ich fest, dass sich zumindest ein Teil meiner grenzenlosen Panik in Luft aufgelöst hat. Entweder ist Emmeline Sinclair wirklich nicht meine Mutter – jedenfalls nicht *diese* Emmeline Sinclair –, oder aber sie hat mich bewusst angelogen. Wäre Ersteres der Fall, würde sich zwar das Problem ergeben, dass ich nicht wüsste, ob ich weitersuchen soll – aber darüber kann ich mir immer noch Gedanken machen. Letzteres dagegen wäre schwach. Und wenn sie schwach ist – wieso sollte ich noch schwächer sein?

Ich wollte sie finden, und ich habe dafür so viele Ängste überwinden müssen. Falls sie mich damals nicht nur weggegeben hat, sondern sich jetzt auch noch hinter Lügen verschanzt, hätte ich meine Antwort auf die Frage, warum sie mir nie eine Chance geben wollte: Emmeline Sinclair ist ein armseliger Mensch.

Wir haben die Straße wieder erreicht, in der das *Chocolate Dreams* liegt, und sind ein Stück davon entfernt stehen geblieben. Obwohl ich noch einmal betont habe, dass wir Emmeline Sinclair auf gar keinen Fall heimlich nachlaufen werden, habe ich allein durch die Tatsache, hier an der Straßenecke zu stehen, das Gefühl, etwas Verbotenes zu tun.

Trotzdem behalte ich den Eingang zum Café im Blick. Es ist kurz vor vier. Ich gehe nicht davon aus, dass sie auf die Minute pünktlich herausspaziert kommt. Das *Chocolate Dreams* schließt erst um sieben, und es ist ihr Café – bestimmt gibt's in letzter Minute immer noch jede Menge zu klären.

Gegen zehn nach vier fange ich an, alle naselang auf die Uhr zu sehen. «Meinst du, wir haben sie verpasst?», frage ich Jack.

«Könnte sein, dass sie früher gegangen ist.»

Ich denke daran, wie Emmeline Sinclair vorhin die Straße hinuntergelaufen ist. Vielleicht musste sie sich von dem Schock erholen.

Die Minuten verstreichen zäh, aber sie verstreichen.

«Wir sollten mal nachschauen», sagt Jack irgendwann.

Ich ringe mit mir. «Okay», stimme ich schließlich zu. Bringt ja nichts, jetzt noch ewig weiter sinnlos hier herumzustehen.

Bei einem kurzen Blick durch das Schaufenster kann ich Emmeline Sinclair nicht entdecken, und gerade weil ich am liebsten Jack vorschicken und selbst draußen bleiben würde, öffne ich als Erste die Tür. Die Frau mit den langen, schwarzen Haaren ist wieder da.

«Hallo», sage ich und trete zu ihr an die Theke. «Ich würde gern kurz mit Emmeline Sinclair sprechen, wäre das möglich?»

«Em ist schon gegangen.»

Dann hat sie heute also tatsächlich früher Schluss gemacht. In meine Enttäuschung darüber mischt sich Erleichterung.

Der Blick der schwarzhaarigen Frau wandert von mir zu Jack

und bleibt an ihm hängen. «Hattest du nicht schon gestern nach ihr gefragt?»

Jack nickt. «Wir haben sie heute Mittag kurz getroffen, aber noch etwas vergessen.»

«Tja.» Nicht unfreundlich zuckt die Frau mit den Schultern. «Sie ist morgen Nachmittag wieder da. Ab drei.»

Ich tausche mit Jack einen Blick.

«Wir fahren schon morgen Vormittag wieder.»

«Soll ich Em vielleicht irgendwas ausrichten?»

Ich schüttele den Kopf. «Nein. Nein danke, das ist nett, aber es ist ziemlich persönlich.»

«Hm, also ... wie wichtig ist es denn?»

«Sehr wichtig», sagt Jack, und ich schließe den Mund wieder, bevor ich etwas Abwiegelndes sagen kann.

«Ich ruf sie mal kurz an, okay? Wie heißt ihr?»

«Victoria Buchanan und Jack Riley», erwidere ich.

Die Frau greift nach einem Telefon und tritt ein paar Schritte zur Seite. «Hi, Em», höre ich sie Augenblicke später sagen. «Du, hör mal, hier stehen eine Victoria und ein Jack, die mit dir sprechen wollen. Ich hab sie gefragt, ob ich dir was ausrichten kann, aber sie ... ja. Ja, okay, mach ich. Alles klar, bis dann.» Die schwarzhaarige Frau legt das Telefon zurück auf den Tresen und wendet sich wieder uns zu. «Ihr sollt kurz hochkommen.»

«Hochkommen?», wiederhole ich.

«Em wohnt über dem Café. Zweiter Stock.»

«Okay. Okay, danke. Dann ... machen wir das mal.»

Ich habe mich schon umgedreht, da ruft die Frau: «Ihr könnt hier lang gehen.»

Sie zeigt auf einen kurzen Gang neben der Theke, der, den Geräuschen nach zu urteilen, zur Küche führt. «Die Tür rechts.»

«Vielen Dank», wiederhole ich. «Danke schön.»

In dem Durchgang riecht es besonders intensiv nach Schokolade und auch ein wenig nach Kirschen und Alkohol, und ein Schwung dieser Düfte begleitet uns bis ins Treppenhaus. Zweiter Stock also.

Unter unseren Füßen knarzen die Holzstufen. Im zweiten Stock ist eine der beiden Türen nur angelehnt, und als ich vorsichtig klopfe, wird sie sofort aufgerissen.

«Hallo.» Emmeline Sinclair hat zu ihrem Lächeln zurückgefunden. Sie trägt noch immer Bluse und Jeans, ist aber mittlerweile barfuß und hat ihre Haare zu einem lockeren Knoten hochgesteckt. «Ich dachte mir schon, dass ich euch noch einmal sehen würde. Kommt rein.»

Sie macht eine einladende Kopfbewegung und scheint so entspannt wie heute Morgen, als wir sie zum ersten Mal angesprochen haben.

Sie ist es nicht, denke ich, während ich ein paar Schritte vortrete. *Jack hat sich geirrt.*

Keine Ahnung, was das heute Mittag war, aber es reicht ein Blick in Emmelines Gesicht, um zu wissen, dass sie uns nichts vorspielt – und nichts von dem, was sie ausstrahlt, deutet darauf hin, dass sie sich in diesem Moment zusammenreißen oder irgendeine andere Emotion unterdrücken würde.

Ich sehe zu Jack und fühle mich bestätigt. Er ist sich nicht mehr sicher.

«Wollt ihr was trinken?» Emmeline Sinclair ist durch eine lange Diele in die Küche gegangen, und wir sind ihr gefolgt. «Wasser, Saft, Limonade?» Sie öffnet den Kühlschrank.

«Nein danke», erwidere ich.

«Du auch nicht?» Als Jack den Kopf schüttelt, füllt Emmeline Sinclair sich selbst ein Glas mit Orangensaft. «Lasst uns ins Wohnzimmer gehen.»

Das Wohnzimmer ist ein großer, heller Raum. Bilder hängen an den Wänden, in den Regalen stehen Bücher und Pflanzen. Ein

Sofa und zwei Sessel sind um einen Kamin herumgruppiert. Emmeline Sinclair stellt ihr Glas auf eine weiße Holzkiste daneben, bevor sie sich auf einen der Sessel niederlässt.

Jack wählt das Sofa, und ich setze mich zu ihm.

«Okay, wegen heute Mittag.» Emmeline zieht ein Knie zu sich heran und wirkt, als müsse sie sich einen Moment sammeln. «Es tut mir leid, dass ich euch einfach stehen gelassen habe. Ich kann mir vorstellen, wie das auf euch gewirkt hat, sonst wärt ihr wohl jetzt nicht hier, aber ...», kurz presst sie die Lippen zusammen, «... ich bin es wirklich nicht. Victoria heißt du, oder? Ich kann nicht deine Mutter sein, Victoria, denn ich kann keine Kinder bekommen. Und das ... das war der Grund, warum ich vorhin ein bisschen ... ich weiß nicht ... ein bisschen durcheinander war? Kann man das so sagen?»

Sie greift nach ihrem Glas und trinkt einen Schluck, während ich nach einer passenden Antwort suche. So ein simpler Grund für ihre aufgelöste Flucht. Und so ein trauriger. Es ist mehr als offensichtlich, dass Emmeline Sinclair darunter leidet.

«Es tut mir leid», sage ich schließlich. «Es war nicht meine Absicht ... also, ich wollte dir nicht zu nahe treten.»

«Ich denke selten darüber nach.» Emmeline dreht das Glas in ihren Händen. «Ich verstehe, warum ihr hierhergekommen seid, aber es wäre doch auch möglich, dass deine leibliche Mutter mittlerweile geheiratet hat, oder?»

«Das habe ich mir auch schon überlegt», erwidere ich. «In dem Fall wäre es wohl fast unmöglich, sie zu finden.»

«Ich war quasi deine einzige Chance.»

Das ist wohl so. «Irgendwo musste ich anfangen.»

«Es gab nur eine Emmeline Rose Sinclair», meldet sich Jack zu Wort. «Und ...» Er schüttelt den Kopf.

Emmeline nickt. «Ich verstehe das. Ich verstehe das wirklich. Und ich würde euch gern helfen, aber ich habe keine Ahnung, wie. In meiner Familie zumindest gibt es, abgesehen von mir, keine andere Emmeline. Und auch keine Rose. Aber vielleicht …»

Als es jetzt an der Tür klingelt, wirft sie überrascht einen Blick auf ihre Armbanduhr und steht auf. «Das dürfte meine Mutter sein», erklärt sie. «Wir sind eigentlich erst später verabredet. Moment, ich bin gleich wieder da.»

Sobald sie aus dem Wohnzimmer gegangen ist, lasse ich mich im Sofa nach hinten fallen und atme aus. Das war's jetzt wirklich.

Kapitel 26

Emmeline Rose Sinclair. Es wäre ja auch zu schön gewesen, wenn die eine Emmeline Rose Sinclair in Schottland tatsächlich die gewesen wäre, nach der ich gesucht habe. Meine leibliche Mutter wird vermutlich tatsächlich irgendwann geheiratet haben. Und heißt jetzt Emmeline Rose Brown. Oder wie auch immer. Und eine Frau aufspüren, von der man nur den Vornamen und den früheren Mädchennamen kennt – geht das überhaupt?

Ich schaue zu Jack und stelle irritiert fest, dass er genau den gleichen skeptischen Gesichtsausdruck hat wie heute Mittag.

«Sag es nicht noch mal», warne ich ihn leise. «Sie ist es nicht.»

Jack mustert mich nur prüfend.

«Jack! Sie ist es nicht. Du hast sie doch gehört. Und ich bin sicher, dass sie nicht lügt, sie ist …»

«Da stimmt was nicht.»

Jack sagt das mit einer Überzeugung, dass ich die Augen verdrehe. «Was soll denn da nicht stimmen? Es war nur ein Zufall, dass es noch eine Emmeline Rose Sinclair gibt, und dann auch noch ausgerechnet in Edinburgh.»

«Ihr habt dieselben Augen. Dieselbe Farbe, dieselbe Form. Und wenn sie lächelt, erkenne ich dich, und wenn sie den Kopf auf eine bestimmte Art zur Seite dreht, erkenne ich dich, und …»

«Aber es kann nicht sein! Du hast es doch gehört!»

Unsere halblaut geführte Diskussion wird von Emmeline unterbrochen, die zusammen mit einer älteren Frau in einem eleganten dunklen Hosenanzug zurückkehrt. Ihre fast weißen

Haare trägt sie zurückgesteckt, und unwillkürlich vergleiche ich ihr höfliches Lächeln mit dem von Emmeline und mit meinem eigenen. Ich sehe da keine Ähnlichkeit. Oder doch? Verdammt, Jack – das bilde ich mir jetzt nur ein, oder?

«Das ist meine Mutter, Eleanor, und das sind Victoria und Jack.»

Ich erwidere das zurückhaltende Nicken der älteren Frau, und während Emmeline noch weiterspricht, stehe ich auf. Wir sollten gehen. Jack erhebt sich ebenfalls.

«Okay», sagt Emmeline. «Es tut mir leid, dass ihr jetzt ganz umsonst nach Edinburgh gekommen seid.»

Abwehrend schüttele ich den Kopf. «Nein, mir tut es leid – danke, dass wir noch einmal sprechen konnten.»

«Ich hoffe, beim nächsten Versuch habt ihr mehr Erfolg.» Emmeline tritt zur Seite, um den Durchgang zur Diele frei zu machen. «Gibt es nicht vielleicht doch noch eine Möglichkeit, irgendwie an eine Adresse zu kommen?»

«Ich glaube nicht. Aber mal sehen – vielleicht finden wir ja einen anderen Weg.»

Emmelines Mutter hat sich in einen Sessel gesetzt. Irgendwie ist mir die ganze Sache vor ihr unangenehm. Das höfliche Lächeln ist aus ihrem Gesicht verschwunden, jetzt scheint sie nur noch darauf zu warten, dass wir endlich gehen.

«Vielleicht informiert ihr euch mal über Stammbaumforschung», sagt Emmeline. «Es könnte ja sein, dass die noch andere Methoden haben.»

«Die beiden suchen jemanden?», meldet sich Emmelines Mutter zu Wort, wendet sich jedoch nicht an uns, sondern an ihre Tochter.

«Ja, Victoria sucht …» Emmeline sieht von ihrer Mutter zu mir, offenbar unsicher, ob es mir recht ist, wenn sie antwortet.

«Ich bin auf der Suche nach meiner leiblichen Mutter», sage

ich nach ein paar Sekunden des Zögerns. «Sie heißt Emmeline Rose Sinclair, und wir dachten ...»

Im ersten Moment bekomme ich es nicht zu greifen, was passiert. Aber irgendetwas scheint sich gerade in diesem Raum fundamental zu verschieben, und allmählich wird mir bewusst, dass sich die Reaktion, nach der ich heute Mittag bei Emmeline vergeblich gesucht habe, in diesem Augenblick in dem Gesicht ihrer Mutter abspielt.

Aber ...?

«Mum? Geht es dir gut?» Nicht nur mir ist das aufgefallen. Emmeline geht auf ihre Mutter zu. «Ist alles in Ordnung?»

Die ältere Frau hat eine Hand auf ihre Brust gelegt. Sie scheint Emmelines Frage überhaupt nicht gehört zu haben. Ihr Blick hängt an mir, als hätte ich gerade etwas absolut Unerhörtes gesagt. Sie öffnet den Mund, schließt ihn wieder, und dann laufen auf einmal Tränen über ihre Wangen.

«Mum, was ist denn?»

Emmeline stürzt auf ihre Mutter zu, die eine Hand hebt, als wolle sie sagen *Es geht gleich wieder* oder auch nur *Stopp*.

Unwillkürlich taste ich nach Jack an meiner Seite.

Was genau geht hier gerade vor sich? Wie hängt das alles zusammen? Ist sie es vielleicht? Ist diese ältere Frau meine Mutter? Emmeline hat sie als Eleanor vorgestellt, aber könnte es trotzdem sein?

In Jacks Gesicht sehe ich die gleiche Ratlosigkeit und Verwirrung, wie auch ich sie empfinde. Er schüttelt den Kopf, legt einen Arm um meine Schultern und zieht mich an sich. Ich habe das Gefühl, dass ich seine Umarmung gleich dringend brauchen werde.

«Was ist denn los, um Himmels willen?» Emmeline steht über ihre Mutter gebeugt und legt in einer hilflosen Geste eine Hand auf die Sessellehne. Dann folgt sie dem Blick ihrer Mutter und sieht in meine Richtung. «Ich verstehe nicht ...», sagt sie, an niemand Bestimmten gewandt, bevor sie sich räuspert. «Vielleicht wäre es besser, ihr würdet jetzt gehen.»

Gehen? Ich soll gehen? Das, was hier gerade geschieht, hängt in irgendeiner Weise mit mir zusammen, mit mir und mit meiner Frage nach Emmeline Rose Sinclair! Ich will nicht gehen, doch genauso wenig fühle ich mich in der Lage, darauf zu bestehen, bleiben zu dürfen, bis das Rätsel gelöst ist. Würde Jack nicht noch immer unverrückbar neben mir stehen, ich würde wohl Emmelines Aufforderung folgen und aus dem Wohnzimmer stolpern.

Emmeline richtet sich auf und kommt auf uns zu. «Ich bringe euch zur Tür.» Sie bemüht sich um ein Lächeln, doch aus ihrem besorgten Tonfall lässt sich heraushören, dass sie sich jetzt nur noch um ihre Mutter kümmern möchte.

Ein Blick zu Jack zeigt, dass er sich offensichtlich genau wie ich bemüht, die Zusammenhänge zu verstehen.

Ich atme aus, winde mich unter seinem Arm hervor und mache zwei Schritte in Richtung Diele. «Jack?»

«Warte.»

Wir drehen uns alle drei zu Emmelines Mutter um. Ihre Wangen sind noch immer tränennass, der Kajalstift unter ihren Augen zerlaufen. Sie sieht mich an, nur mich, ihr Ausruf galt allein mir.

«Du bist ... Victoria? Und deine Mutter heißt Emmeline Rose Sinclair?»

«Meine leibliche Mutter. Ich wurde adoptiert. Meine Mum heißt Alice.»

Keine Ahnung, warum mir diese Richtigstellung jetzt plötzlich wichtig ist, nachdem ich Alice seit gefühlten Ewigkeiten nicht mehr *Mum* genannt habe.

«Darf ich fragen, wie alt du bist?»

«Neunzehn.»

Es entsteht ein beklemmender Moment der Stille. Sie wird es gleich sagen. Dass sie meine Mutter ist. Ich weiß es. Ich sehe es in ihren Augen.

Eleanor Sinclair atmet ein, als habe sie einen Entschluss gefasst, als sei sie plötzlich bereit, und ich zerquetsche Jacks Hand, kann nichts mehr tun, sondern muss hinnehmen, was jetzt gleich passiert, ganz egal, ob ich mich ebenfalls bereit fühle – es ist, als stünde ich vor einem geborstenen Staudamm, dessen Wassermassen mich im nächsten Moment überfluten werden.

«Du hast deine Mutter gefunden.»

Mir schießen Tränen in die Augen. Nicht weil es so ein bewegender Moment wäre, sondern weil mich, verflucht noch mal, alles überfordert. Ich habe also meine Mutter gefunden? Diese ältere, elegante Frau ist meine Mutter?

«Was?» Das kommt von Emmeline. «Aber ... wieso ...?»

Es ist mir unmöglich, den Blickkontakt zu Emmelines Mutter – zu *meiner* Mutter – zu unterbrechen. Tausend Gedanken gleichzeitig versuchen in meinem Kopf nach vorn zu gelangen.

Warum? Warum ist ausgerechnet sie es? Diese kühle, ältere Frau, die mich ansieht, als sei ich ein Geist? Warum hat sie mich weggegeben? Hat sie sich zu alt gefühlt? Ist es das? Warum hat sie Emmelines Namen angegeben? Wie konnte das überhaupt funktionieren? Und wieso hat sie sich jetzt entschieden, es zuzugeben? Sie hätte Jack und mich einfach gehen lassen können, wir wären nie wiedergekommen, ich hätte vielleicht anderswo weitergesucht.

In mir ist nur Chaos.

Und Leere.

Das kann doch eigentlich nicht beides gleichzeitig vorhanden sein, oder?

«Warum?», fragt Emmeline. «Warum hast du ... Ich verstehe das nicht! Ich kann mich nicht einmal daran erinnern – du warst schwanger? Wann soll das denn gewesen sein, das müsste ich doch wissen!»

«Nein», sagt Eleanor. «Nicht ich. Nicht ich war schwanger. Du warst schwanger.»

Kapitel 27

Die Stille, die diesem Satz folgt, lässt sich nicht in Worte fassen. Wir alle stehen da, Jack, ich, Emmeline, als würden wir darauf warten, dass irgendetwas passiert, etwas, das uns aus dieser Situation befreit, in der wir gemeinsam gefangen sind.

«Ich war ... was?» Emmelines Stimme ist so leise, würden wir alle normal atmen, wir würden sie nicht verstehen. «Ich war ... schwanger?»

Im nächsten Moment beginnt sie zu schwanken, und es ist Jack, der aus seiner Starre erwacht und bei ihr ist, bevor sie stürzen kann. Er hilft ihr in den anderen Sessel und kehrt zu mir zurück.

Danke, Jack. Danke, dass du bei mir bist, denn wäre ich jetzt allein ... Ich umfasse Jacks Arm und halte mich daran fest.

Heißt das jetzt, dass Emmeline nun doch meine leibliche Mutter ist? Emmeline war schwanger – mit mir? Und kann sich daran nicht erinnern. Aber – das ist doch unmöglich!

«Du warst schwanger», wiederholt Eleanor. «Dein Vater und ich dachten, du würdest das Kind wahrscheinlich verlieren. Dieser grauenhafte Unfall ...»

Sie hält inne, als wüsste sie nicht, wie weiter oder wo beginnen.

«Der Unfall», wiederholt Emmeline wie betäubt. «Der Unfall. Ich kann keine Kinder bekommen wegen dieses Unfalls. Das habt ihr mir immer gesagt. Das haben die Ärzte mir gesagt. Meine Gebärmutter ... Ich wäre verblutet, das habt ihr gesagt.»

Es sind kaum mehr Worte, die da über ihre Lippen kommen,

es ist mehr ein Wimmern, und etwas beginnt in mir aufzusteigen, das sich genauso anfühlt.

«Das stimmt. Das stimmt, wir dachten, du würdest verbluten, wir dachten, du würdest sterben.» Eleanor spricht hastig, beinahe atemlos, und ich habe Mühe, alles zu verstehen. «Du warst schon fast nicht mehr da, die Ärzte haben uns kaum noch Hoffnungen gemacht, und alles musste so schnell entschieden werden ...»

Emmelines Hände liegen ineinander verkrampft in ihrem Schoss. Sie starrt darauf, als wäre es gefährlich aufzublicken, als würde etwas Schreckliches geschehen, sähe sie etwas anderes als diesen winzigen Ausschnitt ihrer selbst.

«Ich war schwanger», sagt sie tonlos. «Ich war schwanger. Und dieses Kind ist ...»

Jetzt tut sie es doch. Sie sieht mich an. Und da ist so viel Schmerz und so viel Verzweiflung in ihrem Blick, dass ich mich zusammenkrümme, die Arme vor dem Bauch verschränkt, als könne mich das schützen.

«Ich glaube, ja», flüstert Eleanor.

Jacks Hand fühlt sich heiß auf meinem Arm an. Mir ist kalt. Ich friere. Ich friere so sehr, dass ich zu zittern beginne.

«Warum ... weiß ich von alldem nichts?» Emmeline sieht weiterhin unverwandt in meine Richtung, während sie spricht, und Eleanors Stimme scheint aus dem Off diese Blase zu durchdringen, die sich um uns gebildet hat.

«Wir wollten dich schützen. Wir dachten, es wäre das Beste.»

Vor gefühlt tausend Jahren haben Alice und George etwas ganz Ähnliches zu mir gesagt.

«Du konntest dich an so wenig erinnern, als du nach Monaten endlich aufgewacht bist. Du wusstest nicht, wie du in diese Klinik gekommen bist, wusstest nichts mehr von dem Unfall. Du hast Freundinnen nicht mehr erkannt, du hattest vergessen ...»

Eleanors Stimme bricht, doch sie fasst sich wieder.

«Du hattest vergessen, dass deine Großmutter vor Kurzem gestorben war, und dabei hast du so sehr unter ihrem Tod gelitten ...»

«Und ich wusste nicht mehr, dass es da ein Kind gab», sagt Emmeline. *Dich*, sagen ihre Augen. *Dich gab es.*

«Nein. Das wusstest du auch nicht mehr.» Eleanor sackt ein wenig in sich zusammen, als würden ein paar der Fäden, die sie bisher aufrecht hielten, durchtrennt.

«Aber das hättet ihr mir doch sagen müssen.» Emmeline wird lauter. «Ihr hättet mir das sagen müssen!»

Déjà-vu. Noch einmal. Ich weiß genau, was in Emmeline gerade vorgeht, was diese unfassbare Lüge mit ihr macht, und gleichzeitig kann ich mir nicht vorstellen, was mein Anblick in ihr auslösen muss.

«Ich hätte doch zustimmen müssen! Oder? Wie konntet ihr das über meinen Kopf hinweg entscheiden?»

«Emmeline, du lagst im Koma! Monatelang! Entscheidungen mussten getroffen werden, das Kind war da, zu früh, jemand musste sich darum kümmern, und niemand konnte uns sagen, ob du überleben würdest. Und als du dich dann an nichts mehr erinnert hast – an *nichts* –, es war wie eine Gnade.»

«Eine Gnade», flüstert Emmeline. «Eine Gnade? Ich habe mir Kinder gewünscht! Du weißt, dass ich mir ein Kind gewünscht habe, Glen und ich hätten ein Kind adoptiert, wenn er nicht plötzlich doch ...» Emmelines Blick beginnt zu flackern, sie reißt sich von mir los.

«Wie konntet ihr mir das antun? All die Jahre – und du hast nie etwas gesagt!»

«Es war doch zu spät.» Jetzt liegt zum ersten Mal etwas Bittendes in Eleanors Stimme. «Es war zu spät. Die Entscheidung ließ sich nicht mehr rückgängig machen, und ich dachte ... ich dachte, es wäre besser, wenn nur ich mit den Konsequenzen leben muss.»

«*Du* dachtest?»

«Dein Vater wollte irgendwann mit dir darüber reden. Um sein Gewissen zu entlasten. Aber ich war der Meinung, dass es unsere Bürde sein sollte, nicht deine.»

Eine Weile sagt niemand mehr etwas.

Die letzten Minuten sind viel zu schnell an mir vorbeigerast, und ich habe Mühe, den Ereignissen zu folgen. Emmeline ist meine Mutter, doch sie hat es nie erfahren. Von welchem Unfall Eleanor auch immer spricht, er muss furchtbar gewesen sein. Und als Emmeline aus ihrem Koma erwacht ist, hatte das Schicksal ihre Uhr einfach zurückgestellt. Auf die Zeit vor der Schwangerschaft. Vor mir.

Nein, nicht das Schicksal. Eleanor hat das getan.

«Warum jetzt?», fragt Emmeline. Sie klingt erschöpft, enttäuscht, verletzt, alles auf einmal. «Warum hast du nicht weitergelogen?»

«Weil ... ich dachte nicht, dass eine Chance bestünde, Victoria jemals kennenzulernen. Doch jetzt ...» Sie sieht zu mir. «Du bist hier. Ich habe dir deinen Namen gegeben», fügt sie ohne jeden Zusammenhang plötzlich hinzu.

Sie war das? Sie hat einen Namen für mich gewählt und mich dann verstoßen?

Es gibt da diesen winzigen Teil in mir, der Verständnis für sie hat. Wahrscheinlich ist es derselbe Teil, der auch Entschuldigungen für George und Alice findet. Doch mein restliches Ich will sie nur anschreien.

«Wer war der Vater?», fragt Emmeline, und Eleanor streicht eine unsichtbare Falte an ihrem Hosenanzug glatt.

«Mum? Wer war es?»

«Du konntest dich auch an ihn nicht mehr ...»

«*Wer* war es?»

«Liam Wilson.»

Der Name schwebt im Raum, und ich kann sehen, wie es in Emmeline arbeitet, wie sie sich bemüht, eine Verbindung herzustellen. «Ich weiß nicht, wer das ist», sagt sie dann mit einem Seufzen, als zerbreche etwas in ihr.

«Ich weiß. Das weiß ich doch, und deshalb dachten wir damals, wenn du ganz neu anfangen könntest ...»

«Wollte er sich denn nicht kümmern? Um ... Victoria?» Sie spricht meinen Namen so vorsichtig aus, als müsse sie erst einmal testen, wie er sich unter den neuen Bedingungen anfühlt.

«Liam war gerade einmal achtzehn, Emmeline. Er wäre damit völlig überfordert gewesen. Und er war ebenfalls schwer verletzt.»

«Aber wieso ... ich bin von einem Auto angefahren worden, oder?»

Eleanor hält den Blickkontakt zu ihrer Tochter nur wenige Sekunden aus. «Du warst *in* dem Auto. Liam war der Fahrer. Er war schuld an dem Unfall.»

Zu viel. Das ist alles viel zu viel. Ich habe keine Ahnung, wie Emmeline das aushält, aber mir platzt gleich der Kopf. Emmeline ist meine Mutter, ein Liam Wilson mein Vater, und dann gibt es da noch Eleanor, die dafür gesorgt hat, dass wir drei vor neunzehn Jahren auseinandergedriftet sind, nachdem dieser Unfall unsere Einheit zerschmettert hat. Wäre das Ganze hier ein Märchen, wäre sie die Hexe, die böse Stiefmutter, doch im echten Leben ist sie nur eine ältere, weißhaarige Frau, die Emmeline in diesem Moment so flehentlich ansieht, dass es einem das Herz zerreißt.

Emmeline hält den Kopf gesenkt. Auf Eleanors letzte Sätze hin hat sie nicht reagiert. Jetzt jedoch steht sie plötzlich auf. «Genug. Ich brauche Luft.»

Eleanor zuckt zusammen.

«Ich möchte, dass ihr jetzt geht. Sofort.»

Es dauert ein paar Sekunden, bis Eleanor sich gefasst hat, aber wenn ich erwartet habe, sie würde sich sträuben, würde Emmeline bitten, bleiben zu dürfen, habe ich mich getäuscht. Ohne jedes weitere Wort erhebt sie sich aus ihrem Sessel und geht durch das Wohnzimmer, verlässt den Raum gänzlich widerspruchslos.

Ich setze ebenfalls einen unsicheren Schritt in Richtung Diele.

«Du nicht. Um Gottes willen.» Emmeline streckt eine Hand nach mir aus. «Bitte. Bleib.»

Jack entzieht mir behutsam seinen Arm, noch bevor ich überhaupt weiß, ob ich will, dass er geht.

«Jack …»

«Ich warte draußen auf dich, okay?» Er küsst mich auf den Mund, nur kurz, eine kleine Versicherung, dass er für mich da ist, auch wenn er jetzt hinter Eleanor hergeht und Augenblicke später ein leises Klicken verrät, dass die Haustür sich geschlossen hat.

Emmeline und ich stehen einander gegenüber, und dieser Moment fühlt sich völlig anders an als alles, was ich mir in den letzten Tagen versucht habe vorzustellen. Ich habe Angst vor Emmeline Rose Sinclair gehabt, ich war wütend auf sie, ich habe sie verachtet. Da ist diese Sorge gewesen, sie könne irgendetwas von mir noch besitzen, mich an sich binden, obwohl ich das nicht will, doch jetzt ist da nichts außer Mitgefühl und einer vagen Trauer. Als hätte ich etwas verloren, ohne es je besessen zu haben.

Emmeline setzt sich auf die Sofakante, stützt die Ellbogen auf ihre Knie und vergräbt ihr Gesicht in den Händen.

Unsicher lasse ich mich auf einem Sessel nieder. Was soll ich denn jetzt tun? So hilflos habe ich mich noch nie in meinem Leben gefühlt.

Als Emmeline wieder aufblickt, ist nicht zu übersehen, dass sie sich Tränen fortgewischt hat.

«Es tut mir leid, ich weiß überhaupt nicht, was ich gerade tun oder sagen soll.» Sie lächelt traurig. «Der Gedanke, dass du ... ich meine, dass du ...» Kurz senkt sie den Kopf, dann startet sie einen neuen Versuch. «Der Gedanke, dass du meine Tochter bist, dass ich deine Mutter bin, nachdem ich die ganzen letzten Jahre versucht habe, mich damit abzufinden, dass ich nie ein Kind bekommen werde ... Oh Gott.» Beinahe unwillig presst sie für einen Moment die Handballen gegen ihre Augen. «Du bist neunzehn Jahre alt, und ich weiß absolut nichts über dich. Nichts. Nicht einmal, was du gerne isst oder deine Lieblingsfarbe oder welche Bücher du liest und welche Musik du hörst ... Und wenn ich mir vorstelle, wie es hätte sein *können* ...»

Bis hierher hat Emmelines Selbstbeherrschung sie noch getragen, doch jetzt bricht sie zusammen. Es ist ein stummes Weinen, geschlossener Mund, geschlossene Augen, bebende Schultern. Es ist ein Ausdruck solcher Qual, dass es mir wie etwas Verwerfliches vorkommt, dabei zuzusehen. In dem Moment, in dem ich aufstehe, bin ich noch nicht sicher, ob es mich von ihr fort- oder zu ihr hinzieht, und als ich mich neben sie auf das Sofa setze, fühlt es sich gleichzeitig falsch und richtig an.

Der Gedanke, dass Emmeline Sinclair einen größeren Verlust erlitten hat als ich, wäre mir nie gekommen. Ich bin so voller Zorn und Enttäuschung aufgebrochen, und jetzt?

Ich kann sie nicht umarmen, es geht einfach nicht, es wäre etwas, das ich nur tun würde, weil ich mich durch alles, was ich heute gesehen und gehört habe, verpflichtet fühle, aber ich kann mich sanft gegen sie lehnen, Arm an Arm, und als ich meinen Kopf gegen ihre Schulter sinken lasse, scheint mir das okay zu sein. Wir sind miteinander verbunden, vielleicht nicht dadurch, dass wir Mutter und Tochter sind, aber dadurch, dass wir von den Menschen, die wir lieben, unser ganzes Leben lang belogen wurden, und durch die Trauer über das, was hätte sein können.

Emmeline greift nicht nach meiner Hand, sucht nicht nach mehr Nähe, als ich in diesem Augenblick geben kann. Vielleicht geht es ihr genauso wie mir, und sie spürt, dass uns dafür gemeinsame Geschichte fehlt. Und während ich darüber nachdenke, dass ich eine solche Geschichte mit Alice und George teile, für Emmeline jedoch niemand an meiner statt in ihrem Leben existiert, kann ich warm ihre Tränen fühlen.

Kapitel 28

Jack wartet vor dem Eingang des Cafés, lehnt neben dem Schaufenster und packt sein Smartphone weg, als er mich sieht. Ohne ein Wort zieht er mich in seine Arme, und dort stehe ich und fühle, wie ich weich werde, kraftlos, wie ich mich beinahe an seiner Brust aufzulösen scheine.

«Wollen wir gehen?», fragt er in meine Haare hinein.

Ich nicke, seufze, nicke noch einmal, und Jacks Finger verschränken sich mit meinen, während wir langsam die Straße hinunterlaufen.

«Wie geht es jetzt weiter?», fragt Jack irgendwann.

«Ich habe ihre Telefonnummer, und sie hat meine. Wir wollen uns morgen noch einmal treffen. Emmeline meinte, sie braucht ein paar Stunden für sich, aber sie würde mich gern noch einmal sehen, bevor wir zurück nach Oban fahren.»

Ziellos schlendern wir durch Edinburghs Straßen, vorbei an roten Telefonhäuschen, vor denen Leute sich gegenseitig fotografieren, vorbei an altehrwürdigen Häusern und einer gewaltigen Kathedrale mit geschwärzter Fassade und hohen Glasfenstern, deren Ecktürme steil in den Himmel hineinragen.

Ich frage mich, was Emmeline in diesem Augenblick tut. Wie sie mit dem, was sie heute erfahren hat, umgeht. Ob sie ihrer Mutter das jemals verzeihen kann.

«Ich muss Alice anrufen», sage ich.

«Jetzt gleich?»

Das hatte ich eigentlich nicht vor, aber nun, wo Jack fragt … «Ja.» Ich sehe mich nach einem etwas ruhigeren Ort um.

«Lass uns dort rübergehen.» Jack zeigt auf eine winzige Grünfläche in einiger Entfernung, die von einem schwarzen Metallgitter eingefasst wird. Ein paar Bänke stehen am Rand der geschwungenen Kieswege, auf einer davon sitzt zusammengesunken eine alte Frau und schaut genauso erschöpft wie der braune Spaniel, der angeleint zu ihren Füßen liegt.

«Willst du dabei lieber allein sein?», fragt Jack.

«Nein. Also, es sei denn, du hast heute genug von Familiendingen.»

Er beugt sich zu mir und küsst mich auf den Kopf. «Nein.»

Wir setzen uns auf eine Bank inmitten veilchenblauer Blumen, und ich rufe zu Hause an, ohne mir irgendetwas zurechtzulegen. Es ist Alice. Mit ihr kann ich reden, wie mir die Sätze in den Sinn geraten.

«Hallo, Vic.»

George. Das bringt mich jetzt doch für einen Moment aus der Fassung.

«Hi», erwidere ich. «Ähm ... ist Alice da?»

«Nein, sie ist bei Amanda.»

«Gut, dann ... melde ich mich später noch mal. Bis dann.» Ich unterbreche die Verbindung, bevor George noch etwas erwidern kann.

Sonderlich souverän war das nicht.

«Das ging schnell», merkt Jack an.

«Alice ist nicht da.»

«Ja, hab ich mitgekriegt.»

«Und ich habe keine Lust, mit George zu reden, so als sei alles in bester Ordnung.»

«Mhm.»

Ein bisschen habe ich erwartet, Jack werde mir vorschlagen, George endlich zu erklären, dass mich sein Verhalten verletzt, und dann hätte ich ihm gesagt, dass er mit seinem Vater ja auch nicht Klartext redet. Vermutlich ist es gut, dass Jack jetzt nichts sagt.

«Wie geht es dir?», fragt er stattdessen. «So mit allem?»

Darüber muss ich kurz nachdenken. «Ich weiß es nicht», erwidere ich schließlich. «Es fühlt sich an, als wäre etwas vorbei, ohne dass es so geendet hätte, wie ich mir das gewünscht habe – aber ich weiß gar nicht, was ich mir gewünscht habe.»

«Glaubst du, ihr werdet euch weiterhin sehen?»

«Keine Ahnung. Könnte schon sein.»

«Vielleicht ist es das. Dass du dir die ganze Zeit nicht hast vorstellen können, sie noch ein zweites Mal zu sehen. Weil du sicher warst, du würdest ihr nie verzeihen. Und jetzt ist alles ganz anders.»

«Ja, vielleicht.»

Mein Telefon gibt einen Summton von sich, und ich werfe einen Blick auf das Display. Irgendwie habe ich mit George gerechnet, doch es ist eine Nachricht von Willow.

Ist alles in Ordnung? Hast du deine Mutter getroffen?

«Willow», erkläre ich Jack und tippe eine Antwort ein.

Ja, heute.

Und? Wie ist es gelaufen?

Ziemlich chaotisch. Sie wusste nichts von mir.

Statt einer weiteren Nachricht klingelt das Telefon.

«Wie geht das? Was meinst du mit *Sie wusste nichts von mir*?», fragt Willow.

«Es ist kompliziert», erwidere ich. «Sie war schwanger, hatte einen Unfall, konnte sich danach nicht mehr daran erinnern, schwanger gewesen zu sein, und ihre Mutter hat ihr die Schwangerschaft verschwiegen.»

Nach einem Moment der Stille sagt Willow: «Äh – was?»

Es dauert ein paar Minuten, bis Willow sämtliche Einzelheiten hat, die sie braucht, um alles zu verstehen.

«Wie konnte ihre Mutter das nur tun?», ruft sie schließlich aus. «Das ist unmenschlich! Warum hat sie sich denn nicht selbst um dich gekümmert?»

«Ich weiß es nicht. Weil sie mit allem überfordert war? Sie dachte, sie verliert ihre Tochter, und ihre eigene Mutter ist anscheinend kurz vorher gestorben ...»

«Das ist schrecklich, aber eine solche Entscheidung hätte sie über den Kopf ihrer Tochter hinweg trotzdem nie treffen dürfen.»

«Nein, hätte sie nicht», erwidere ich.

«Und morgen seht ihr euch noch mal?»

«Ja.»

«Ist es ein sehr komisches Gefühl, mit ihr zu reden?»

«Im Moment fühlt sich fast alles komisch an.» Ich sehe kurz zur Seite. Außer hier neben Jack zu sitzen, das nicht.

«Weiß deine Mutter schon, dass du zu deinem Vater fahren wirst?», frage ich.

«Ja.»

«Wie hat sie darauf reagiert?»

«Frag besser nicht. Wenn ich jetzt sagen würde, sie hält nichts von dieser Idee, wäre das die Untertreibung des Jahrhunderts.»

Ich muss an George denken und daran, wie er über meine Fahrt nach Edinburgh dachte. Oder auch immer noch denkt. «Das tut mir leid.»

«Ja, mir tut es auch leid. Aber das ändert nichts an meiner Entscheidung.»

«Ich hoffe, das Treffen wird gut.»

Willow atmet einmal tief durch. «Kommt wohl darauf an, was man unter *gut* versteht – ich hoffe, ich schaffe es, ihm zu sagen, was ich zu sagen habe.»

«Und was wäre das?»

«Dass dieses Gespräch mein Schlussstrich ist und dass er seinen neuen Kindern hoffentlich nie antut, was er mir angetan hat, irgendwie so was in der Art.»

«Du schaffst das bestimmt. Ruf mich an, wenn du kurz vorher noch einmal mit jemandem reden willst, die dir sagt, dass du das hinbekommst.»

Willow lacht auf. «Mach ich.»

«Und erzähl, wie es gelaufen ist.»

«Okay. Grüß Jack von mir, ja?»

Sekunden später stecke ich das Telefon wieder ein. «Ich soll dich von Willow grüßen. In ein paar Tagen trifft sie sich mit ihrem Vater.» Kurz halte ich inne. «Ich sollte irgendwann vielleicht auch meinen Vater kennenlernen.»

«Das dürfte machbar sein. Wahrscheinlich hat Emmelines Mutter noch eine Adresse.»

Die alte Frau mit ihrem braunen Spaniel schlurft langsam vorbei, und plötzlich fühle ich mich genauso erschöpft, wie die beiden wirken.

«Weißt du was?», sage ich. «Im Moment will ich einfach nur noch was essen und dann zurück ins B & B. Und mit niemandem mehr reden.»

«Okay, merk ich mir.»

«Mit niemandem außer mit dir.» Ich schalte mein Telefon aus. Bei Alice versuche ich es morgen noch einmal. Heute schaffe ich es einfach nicht mehr.

Es werden Falafel, und wir haben sie schon aufgegessen, als wir das Haus von Erin Campbell erreichen. Während wir noch dabei sind, die Haustür abzuschließen, erscheint sie in dem kleinen Vorraum, um uns zu fragen, ob wir einen schönen Tag hatten. Es fühlt sich seltsam an, diese Frage einfach zu bejahen. *Ich habe heute meine leibliche Mutter kennengelernt, die nicht wusste, dass ich überhaupt existiere, aber sonst war es sehr nett, danke.*

Nein, ich glaube, ein schlichtes Ja ist mit Sicherheit die bessere Antwort.

In unserem Zimmer streife ich die Schuhe von den Füßen und lasse mich bäuchlings aufs Bett fallen, und dort liege ich, das Gesicht in der Tagesdecke vergraben, und versuche, das Gedankenkarussell in meinem Kopf zum Stillstand zu bringen, bis Jack sich neben mich legt.

Ich sehe zur Seite, Jack direkt in die Augen, und als Nächstes lege ich meine Hand in seinen Nacken und ziehe ihn zu mir.

Jack zu küssen lässt alles andere in den Hintergrund treten, und auch wenn ich weiß, dass es damit nicht aus der Welt ist, ist mir das für den Moment egal. Dieser ganze lange Tag beugt sich dem Gefühl, das Jacks Lippen auf meiner Haut in mir hervorrufen, seine weichen Haare, die über meine Stirn streichen, und seine Hand, die meinen Hals, meine Schulter, meine Brust entlangfährt.

Ich streife sein Shirt weit nach oben, inhaliere seinen Duft und seufze, als er es ganz auszieht. Durch seine Nähe kann ich daran glauben, dass alles gut werden kann, alles sich fügen wird. Die Zeit wird ein Fließen, bestehend aus Küssen, die intensiver werden, Hitze, die unsere Körper ausstrahlen, und Kleidern, die neben das Bett fallen.

Jack ist so schön, äußerlich wie innerlich, ich liebe seinen Mund, seine Hände, die Geschmeidigkeit seiner Bewegungen und den Blick, mit dem er mich ansieht, und – verdammt. Ich stöhne unwillig auf.

«Was ist?», fragt Jack.

«Wir haben immer noch nichts dabei.»

Für einen Moment hält Jack inne, dann lächelt er plötzlich, ein Lächeln, bei dem sich jedes einzelne Härchen auf meiner Haut in angespannter Vorfreude aufrichtet.

«Dann eben anders», haucht Jack an meinem Ohr.

Er küsst meine Schläfe, küsst die Mulde meines Schlüsselbeins, küsst meinen Bauch und streicht mit beiden Händen über meine Brüste, während er weiter und immer weiter meinen Körper hinabgleitet. Die Spur seiner Küsse allein reicht aus, um mich flacher atmen zu lassen, erwartungsvoller, und als ich seinen warmen Atem zwischen meinen Beinen spüre, beginnt etwas in mir sanft zu pulsieren.

«Jack», murmele ich und vergrabe meine Finger in seinem Haar, als aus dem Pulsieren ein Glühen wird, das sich in meinem Körper auszubreiten beginnt, Nervenenden in Brand setzt, mich zu einem elektrisch aufgeladenen Spannungsfeld macht. Ohne Hast, ganz gemächlich findet Jack diese eine Stelle, bei der mich ein Zittern durchläuft, jedes Mal, wenn seine Zunge darüberfährt, und ich will, dass es zu einem erlösenden Ende findet, und ich will, dass es ewig so weitergeht.

Ich flüstere seinen Namen, wieder und wieder, als könne ich dadurch irgendetwas beschleunigen oder hinauszögern, und dann ist da plötzlich ein zarter Druck, seine Hand, die genau dort nachhilft, wo seine Zunge mich ohnehin schon bis kurz vor den Abgrund getrieben hat – und dann falle ich und falle und falle und falle.

Kapitel 29

Alice hat viermal angerufen und eine Sprachnachricht hinterlassen, in der sie hofft, dass alles in Ordnung ist, als ich das Telefon am nächsten Morgen wieder einschalte.

Wir haben bereits gefrühstückt und sind dabei, unsere Sachen zusammenzupacken. Für das Treffen mit Emmeline habe ich nach kurzem Zögern das Fotoalbum in meinen Rucksack gesteckt, das sich seit Beginn unserer Reise zwischen meinen Klamotten befindet. Vielleicht ergibt sich ja eine Gelegenheit – nach dem Tag gestern könnte ich mir vorstellen, dass sie die Bilder gern sehen würde.

Jack steht vor dem Bett und hat gerade den Reißverschluss seiner Tasche zugezogen, als ich mich von hinten gegen ihn lehne und meine Arme um seinen Bauch lege.

«Rufst du Alice gleich zurück?», fragt er, dreht sich zu mir um und küsst mich.

«Ich glaube, ich warte damit bis nach dem Treffen mit Emmeline. Vielleicht auf der Rückfahrt. Aber eigentlich würde ich ihr lieber gegenübersitzen, wenn ich ihr erzähle, wie alles gelaufen ist.»

«Schreib ihr doch einfach, wann wir ungefähr wieder da sind und dass du ihr dann ausführlich alles berichten wirst – sonst ruft sie garantiert in den nächsten Stunden wieder an.»

«Stimmt.»

Ich löse mich von Jack, um eine Nachricht an Alice in mein Handy zu tippen, dann stecke ich es in die Jackentasche. Als im nächsten Moment ein Summton zu hören ist, hole ich es automatisch wieder heraus, doch es ist Jacks Telefon, das klingelt.

«Hi.» Eine kurze Pause, bevor Jack die Stirn runzelt. «Ich weiß nicht genau, wann wir wieder zurück sind, aber ich muss auf jeden Fall erst Fin abholen. Nein. Kann ich einfach noch nicht sagen.» Sein Blick verfinstert sich. «Callan, ich bin nun mal gerade nicht da!»

Was auch immer Callan jetzt erwidert, dauert nicht sehr lang, aber es bringt Jack dazu, kurz sein Handy zu mustern, bevor er es aufs Bett wirft und genervt ausatmet.

«Was ist denn?», frage ich.

«Dad treibt Callan in den Wahnsinn.»

«Wieso?»

«Weil er sich an keine Abmachung hält und quasi die ganze Woche betrunken war. So eine Überraschung.»

«Deshalb ruft Callan an? Um dir das zu erzählen?»

«Nein, er wollte wissen, ob ich heute Abend den Pub übernehmen kann. Er hat sich mit Edie verabredet, schon letzte Woche, und natürlich ist ihm das wichtig, versteh ich ja auch. Aber ich weiß nun mal nicht, ob ich es rechtzeitig schaffe. Und ich kann Fin ja nicht noch eine Nacht bei Ceddy lassen, nur weil mein Vater anscheinend nicht mal für einen Abend in der Lage ist, sich um seinen eigenen Laden zu kümmern!»

Schweigend räume ich die letzten Sachen in meine Tasche und mühe mich mit dem Reißverschluss ab. Jacks Familie wird ihn wieder verschlucken. Völlig egal, was sich zwischen Jack und mir verändert hat, zurück in Oban wird unsere Beziehung nur eines von mehreren Dingen sein, um die Jack sich zu kümmern versucht. Und es war ja vorher schon so, dass er es kaum geschafft hat, alles unter einen Hut zu bringen. Ich wünschte, ich könnte ihn irgendwie von allem loseisen. Aber das müsste er auch wollen.

«Sind Callan und Edie eigentlich wieder zusammen?», frage ich nach einer Weile.

«Nein. Wäre aber vielleicht irgendwann wieder möglich. Dazu müssten sich allerdings ein paar Dinge ganz entscheidend ändern. Eine angehende Polizistin und ein Drogentyp – das passt nicht so gut.» Jack sieht sich im Zimmer um, nimmt dann seine Tasche und stellt sie neben die Tür. «Das *Merry Men* ist nur nicht der beste Ort für Callan, um sauber zu bleiben.»

«Wenn dein Vater den Pub verkaufen würde ...»

«... hätten wir ein paar Probleme weniger. Macht er aber nicht. Bist du fertig?»

«Ja, ich denke schon.»

Genau wie Jack werfe ich einen letzten Blick durchs Zimmer und bleibe kurz an dem Bett hängen. Ein leises Kribbeln durchläuft meinen Körper, und als ich mich zur Tür drehe, hebt Jack auf eine Art seinen Mundwinkel, bei der ich ahne, dass er dasselbe denkt wie ich.

Emmeline und ich haben uns vor dem Café verabredet, und obwohl ich dachte, ich hätte das hinter mir, bin ich aufgeregt. Jack will noch eine Kleinigkeit für Finny besorgen, und wir vereinbaren, dass ich ihn anrufe, sobald ich mich von Emmeline verabschiedet habe.

Sie steht schon da, als ich in die Straße biege. Als ich auf sie zugehe, streicht sie sich eine Strähne hinters Ohr. Es fühlt sich seltsam an, sie zu sehen und dabei *Das ist meine Mutter* zu denken.

«Hallo.» Emmeline tritt einen Schritt auf mich zu. «Schön, dass du heute noch mal Zeit hast. Gehen wir ein Stück? Oder wolltest du lieber ins Café?»

«Nein, ein bisschen laufen ist okay.»

Wir schlendern nebeneinanderher, ohne uns zu berühren, und in den ersten Minuten spricht keine von uns. Wir überqueren die Chambers Street in Richtung George IV Bridge und kommen an einem Sockel vorbei, auf dem ein kleiner, zotteliger Hund aus Metall thront. Eine Frau in kurzen Hosen hat ihren Arm um die Hundepfoten gelegt. Sie strahlt hinüber zu einem Mann, der sich mit seinem Smartphone in der Hand etwas vorgebeugt hat, und wir bleiben stehen, um nicht ins Bild zu geraten. Nachdem die beiden weitergegangen sind, trete ich an den Hund heran. Er hat wuscheliges Fell, eine Art Terrier vielleicht, und irgendjemand hat ihm einen grünen Schal um den Hals gewickelt.

«Greyfriars Bobby», sagt Emmeline. «Angeblich hat er nach dem Tod seines Besitzers den Rest seines Lebens an dessen Grab verbracht und es nur verlassen, um sich etwas zu fressen zu besorgen. Kennst du die Geschichte?»

Ich schüttele den Kopf. Ich kenne keine der Geschichten dieser Stadt, aber je länger ich hier bin, desto klarer wird mir, dass es mir gefallen würde, mehr darüber zu erfahren. Falls ich hier studieren sollte ... Jack fällt mir ein, und ich konzentriere mich wieder auf Emmeline.

«Wie geht es dir mittlerweile mit der ganzen Situation?», fragt sie, als wir unseren Spaziergang wieder aufnehmen und den Zottelhund hinter uns lassen.

«Ich weiß es noch nicht», erwidere ich. «Ich glaube, ich muss das erst mal alles etwas sacken lassen.»

«Ja, das ist bei mir ähnlich.» Emmeline wirft mir einen schnellen Seitenblick zu. «Bist du enttäuscht?»

«Enttäuscht?», wiederhole ich überrascht.

«Ja. Von mir, meine ich. Oder überhaupt. Du hattest ja sicher irgendwelche Vorstellungen ... Vielleicht hast du dir etwas erhofft, und dann triffst du nur eine Frau, die nicht einmal wusste, dass es dich gibt.»

«Nicht von dir, nein. Und ich glaube, nicht mal enttäuscht, das ist nicht das richtige Wort … Ich war so wütend, als wir losgefahren sind. Ich dachte, ich wäre in erster Linie wütend auf dich, aber ich war auch wütend auf Alice und George – meine Eltern, also, meine Adoptiveltern –, weil sie mir jahrelang verschwiegen haben, dass sie nicht meine richtigen Eltern sind, und ich war wütend auf das Leben. Klingt das komisch?», frage ich.

«Nein, gar nicht. Ich versteh dich», erwidert Emmeline. «Ich war auch schon häufiger mal wütend auf das Leben. Deine Eltern haben erst vor Kurzem mit dir darüber geredet?»

«Nicht einmal das.» Ein Anflug von Bitterkeit steigt in mir auf. «Ich habe Unterlagen gefunden.»

«Verstehe.»

Wir erreichen einen weiten Platz mit modernen Bürogebäuden, die sich zwischen den in Würde gealterten Häusern um sie herum banal ausnehmen. Elektrofahrräder stehen in ihren Haltebuchten, und wir machen einen Schlenker, der uns zurück ins Altstadtviertel bringt.

«Du hast also gedacht, ich hätte dich damals einfach abgegeben und nie wieder etwas von mir hören lassen.»

«So sah es aus.»

«Ich wäre auch wütend auf mich gewesen», sagt Emmeline.

«Ich dachte, ich müsste dich zumindest fragen, warum du es getan hast.»

«Mhm.» Emmeline senkt den Kopf und seufzt. «Und jetzt weißt du es.» Dann bleibt sie plötzlich stehen und sieht mich an. «Ich hätte dich niemals hergegeben. Niemals. Ich habe mir dich seit Jahren gewünscht – also, nicht dich, bitte, versteh mich nicht falsch, damit will ich dir keine Verpflichtung auferlegen. Aber … ich …» Sie blinzelt angestrengt. «Ich wäre bei dir gewesen. Dein ganzes Leben lang. Ich hätte dich nie freiwillig verlassen. Vielleicht ist es ja wichtig für dich, das zu wissen. Vielleicht auch nicht, vielleicht maße ich mir da etwas an …»

Sie wischt sich mit dem Handrücken eine Träne aus dem Gesicht, und ich umarme sie, ohne darüber nachzudenken. Nach einem kurzen Moment des Zögerns kann ich fühlen, wie Emmeline mich ebenfalls in ihre Arme schließt.

Eine ganze Weile stehen wir so da, halten uns gegenseitig. Eine verlorene Mutter und eine verlorene Tochter.

«Denkst du …», beginnt Emmeline irgendwann und lehnt sich dabei etwas zurück. «Also, meinst du, es wäre möglich, dass wir uns hin und wieder sehen? Nur wenn du das möchtest, natürlich, nicht weil du denkst, es müsste so sein.»

«Das wäre schön», sage ich, und Emmeline umarmt mich wieder, fester.

Auf dem Rückweg fragt sie mich tausend Dinge. Welche Eiscreme ich mag und wo ich schon überall gewesen bin, ob ich ein Haustier besitze und welches Fach ich in der Schule am liebsten mochte. Es ist von dort kein weiter Schritt mehr zu der Frage, ob und was ich studieren will, und als ich ihr erzähle, dass ich mich am Edinburgh College of Art beworben habe, hält sie kurz inne.

«Ich hoffe sehr, dass sie dich nehmen», sagt sie dann. «Und solltest du nach einer Wohnung suchen … über dem *Chocolate Dreams* wird demnächst etwas frei.»

Als wir wieder vor dem Café stehen, zieht Emmeline etwas aus der Tasche. «Ich habe etwas für dich.» Sie hält mir ein dunkelrotes Kästchen entgegen. Darin ist ein silbernes Armband mit einem winzigen Herz am Verschluss. «Ich glaube, ich habe es von deinem Vater bekommen.»

«Von meinem Vater? Aber …» Ich berühre das dünne Kettchen mit einer Fingerspitze. «Ich dachte, du kannst dich nicht an ihn erinnern.»

«Kann ich auch nicht.» Emmeline atmet aus. «Aber ich besitze nicht sehr viel Schmuck. Und ich weiß von jedem einzelnen Teil, wann ich es mir gekauft habe oder wer es mir geschenkt hat. Nur bei diesem hier nicht. Es hat mich nicht sonderlich beschäftigt, ich meine – man vergisst manchmal Dinge, oder?» Ihr Lächeln gerät etwas bemüht. «Aber seit gestern muss ich das wohl anders sehen.»

Ein paar Sekunden lang halte ich die Schachtel in der Hand, dann reiche ich sie Emmeline zurück. «Du solltest es behalten. Vielleicht willst du ihn ja irgendwann suchen, um mit ihm darüber zu reden, was damals passiert ist.»

Jetzt wird ihr Lächeln etwas weicher. «Darüber habe ich nachgedacht, ja. Ich denke, das werde ich vermutlich tun. Aber dafür brauche ich das Armband nicht. Und ich würde es schön finden, wenn du etwas von uns beiden hast.»

«Danke.» Mir fällt etwas ein. «Ich habe auch etwas für dich. Es ist kein Geschenk, aber ich würde es dir dalassen, wenn du möchtest. Bis wir uns wiedersehen.»

Ich lasse meinen Rucksack von den Schultern gleiten und hole das Fotoalbum heraus. Als Emmeline die ersten Seiten aufschlägt und erkennt, was sie da in den Händen hält, füllen sich ihre Augen wieder mit Tränen. Vielleicht war das keine gute Idee – ich dachte, es könne schön für sie sein, ein paar Einblicke in meine Vergangenheit zu erhalten, doch das Album zeigt ihr nur, was sie alles verpasst hat.

«Du musst es dir nicht ansehen, wenn es dich traurig macht, ich dachte …»

«Nein! Nein, ich danke dir.» Sie betrachtet das Bild auf der ersten Seite, das mich als Baby zusammen mit Alice und George zeigt, dann sieht sie auf. «Es wird mich traurig machen, aber ich freue mich trotzdem auf jedes einzelne Foto von dir. Danke», wiederholt sie und drückt meine Hand.

Wir ziehen den Abschied nicht in die Länge. Eine letzte, kurze Umarmung vor dem Café, dann verschwindet Emmeline im Inneren des Cafés, und ich rufe Jack an.

«Bist du in der Nähe?»

«Ich gehe gerade die Royal Mile vom Castle aus runter – kommst du mir entgegen?»

«Okay, bis gleich.»

Jack ist schon von Weitem nicht zu übersehen. Er trägt ein überdimensioniertes Seeungeheuer unter dem Arm, aus weichem Plüsch, wie ich beim Näherkommen sehe.

«Wenn Finny den mit ins Bett nimmt, passt er selbst nicht mehr rein!», rufe ich lachend.

«Hilft vielleicht gegen seine Bauchschmerzen.»

Der Kopf des Nessie-Monsters ist im Weg, als wir uns küssen, und Jack schiebt das Riesentier zur Seite, um mich an sich zu ziehen. Erst nach Ewigkeiten stellen wir fest, dass zwei Menschen, die sich küssen und dabei Nessie davon abhalten müssen mitzumischen, ein äußerst beliebtes Fotomotiv zu sein scheinen. Verlegen grinsend ziehe ich Jack weiter.

«Hoffentlich passt das überhaupt ins Auto.»

«Größer als Willow ist es auch nicht», erwidert Jack zuversichtlich.

Wir haben den Wagen bei Mrs Campbell in der Einfahrt stehen lassen, und sie kommt noch einmal aus dem Haus, um sich zu verabschieden. Von Nessie ist sie gleich entzückt, und als sie erfährt, dass Jack es seinem kleinen Bruder mitbringen will, noch etwas mehr.

Kurz darauf sind wir tatsächlich auf dem Heimweg. Ich habe Jacks Angebot zu fahren angenommen und starre aus dem Fenster, während wir Edinburgh hinter uns lassen.

Bis nach Oban sind es nur gute drei Stunden, eine geradezu lächerlich kurze Zeitspanne, wenn ich es mit dem Hinweg vergleiche. In den vergangenen Tagen ist so viel passiert, dass es mir weit mehr als nur eine Woche erscheint. Ein wenig geistesabwesend spiele ich mit dem kleinen Herzen an meinem Handgelenk, bis es mir auffällt und ich über Liam Wilson nachzudenken beginne. Er hat sich nie wieder bei Emmeline gemeldet. Sie saßen zusammen in dem Auto – hatte er zu große Schuldgefühle? Jack hält das durchaus für möglich, als ich diese Frage laut stelle, und ich erinnere mich an Emmelines Worte, sie habe darüber nachgedacht, ihn zu suchen. Irgendwann werde ich mehr über meinen leiblichen Vater erfahren, da bin ich sicher. Diese Suche ist jedoch nicht zuerst meine.

Je näher wir Oban kommen, desto einsilbiger wird Jack.

«Ist alles okay?», frage ich irgendwann. «Überlegst du, was dich in Oban erwartet?»

Jack macht ein unbestimmtes Geräusch.

«Es wird schon alles einigermaßen gelaufen sein», sage ich. «Und Finny hat auf jeden Fall nichts von dem ganzen Chaos mit Callan und deinem Vater mitbekommen.»

«Vielleicht wäre es gut, wenn das auch noch ein paar Tage lang so bleibt.»

«Was meinst du?»

«Ich werde mit meinem Vater darüber reden müssen, was er Fin erzählt hat. Was er ihm zum Tod von Mum erzählt hat.»

«Du denkst immer noch, dass er Fin gesagt hat, er sei schuld am Tod eurer Mutter?»

«Kann man nicht ausschließen.»

Ein paar Minuten verstreichen.

«Und du würdest immer noch mit Finny gehen, wenn er es getan hätte?», frage ich schließlich.

Jack sieht kurz zu mir herüber. «Ja.»

Okay. Ich sollte ihn das jetzt nicht fragen, es wäre unfassbar egoistisch, aber ich will es wissen, ich muss es wissen.

«Was ist mit uns? Wie geht es für uns weiter?»

Wir wollten zwar erst in Oban darüber reden, aber nun – wir sind ja fast da.

Jack zögert. «Du wirst nach Edinburgh gehen», sagt er dann.

«Und du? Was ist mit dir? Nehmen wir mal an, du hättest nicht recht. Vielleicht hat dein Vater Finny nichts in dieser Richtung gesagt – würdest du mitkommen?»

«Vic ...», beginnt Jack. «Ich kann Fin nicht allein lassen. Nicht mit meinem Vater. Und Callan kriegt das auf Dauer nicht hin.»

«Und wenn du Finny mitnimmst?»

«Das habe ich mir schon überlegt», sagt Jack in einem Ton, der deutlich macht, dass irgendetwas dagegenspricht. «Edinburgh ist teuer. Ich könnte mit Fin ja schlecht in irgendeine Studenten-WG ziehen. Zumal wenn ich nicht mal studiere.»

Die Kosten für eine Wohnung in Edinburgh aufbringen, sich um einen Vierjährigen kümmern und selbst studieren – das klingt ziemlich unmöglich, muss ich widerwillig zugeben.

«Okay», sage ich. «Wie soll es dann weitergehen?»

«Du könntest in Edinburgh studieren, ich bleibe in Oban, und wir sehen uns an den Wochenenden.» Jack macht eine hilflose Handbewegung. «Ich weiß, dass das nicht optimal wäre, aber ...»

«Oder ich bleibe eben auch in Oban.»

«Das wirst du nicht tun.»

«Wieso nicht? Vielleicht erst mal für ein Jahr. Wir gucken, wie alles läuft. Überlegen uns etwas, wie wir danach weitermachen können.»

«Vic, wenn sie dich annehmen, schlägst du diesen Studienplatz nicht aus.» Jack sagt das ganz ruhig. «Du wüsstest nicht einmal, ob du eine zweite Chance bekommen würdest. Es wäre ein verlorenes Jahr.»

«Es wäre ein Jahr mit dir», erwidere ich stur. «Und was ist überhaupt mit deinen verlorenen Jahren?»

«Ich hab mir mein Leben nicht ausgesucht.»

Als wir Oban erreichen, grübele ich immer noch darüber

nach, wie sich alles hindrehen ließe. Selbst wenn ich ohne Jack nach Edinburgh ginge – an den Wochenenden wären da ja immer noch das *Merry Men* und Jacks Vater und Finny, um den Jack sich kümmern würde. Wie viel Zeit bliebe für uns? Und ja, das sind schon wieder egoistische Gedanken, aber ich vermag nichts dagegen zu tun, dass mein Kopf sie trotzdem denkt.

Finny fliegt Jack bereits an der Haustür entgegen, als wir ihn als Erstes bei seinem Freund Ceddy abholen. In seiner Freude umarmt er erst Jack, dann mich, dann wieder Jack und dann Ceddys Mutter, bevor er seinen Rucksack nimmt und zum Auto schleppt. Als er Nessie entdeckt, schnappt er fast über vor Begeisterung.

Bis zum *Merry Men* plappert Finny quasi ununterbrochen – definitiv hat er in seiner Woche mehr erlebt als wir. Im Pub ist alles dunkel, Jack registriert das mit einem grimmigen Blick.

Er räumt seine Sachen aus dem Wagen, dann steht er vor mir, während Finny bereits mit einiger Mühe das Seeungeheuer zur Haustür schleift.

«Rufst du an, wenn du mit Alice und George geredet hast?», fragt Jack.

«Und du, wenn du mit deinem Vater geredet hast?», erwidere ich.

«Wir hören uns auf jeden Fall noch heute Abend.»

Jack beugt sich zu mir, und nur ganz kurz fällt das, was jetzt geschieht, unter den Begriff *Abschiedskuss*, bevor ich mich stärker gegen ihn presse und der Druck seiner Hand in meinem Nacken fester wird. Vielleicht führen die Unsicherheit, die mich im Auto ergriffen hat, und die Frage, was in einigen Wochen sein wird, dazu, dass ich mich in diesem Augenblick voll und ganz auf Jack konzentriere, auf seine Hände, die durch meine Haare streichen, und auf das brennende Gefühl seiner Lippen auf meiner Haut.

«Was macht ihr da?»

Finny steht neben uns. Das riesige Stofftier hat er vor der Haustür liegen lassen.

«Also ...» Jack räuspert sich. «Wir küssen uns.»

«Aber so geht doch kein Küssen!», erwidert Finny erstaunt und – es ist nicht zu übersehen – auch ein bisschen angewidert.

«Manchmal schon.» Jetzt tritt Jack einen Schritt zurück, greift dabei jedoch nach meiner Hand. Allein dass seine Finger sich mit meinen verflechten, bewirkt ein schwaches Echo des lodernden Gefühls von eben. «Wenn du groß bist, küsst du bestimmt auch mal jemanden so.»

Finny verzieht das Gesicht, schüttelt entschlossen den Kopf und rümpft dabei die Nase. «Nee. Mit Spucke!»

Jetzt muss ich lachen. «Es ist nicht so schlimm, wie es aussieht, Finny.»

Finny wirkt alles andere als überzeugt, entscheidet sich jedoch dafür, die Sache auf sich beruhen zu lassen. «Gehen wir jetzt rein, Jack?»

«Okay, lauf schon mal vor. Ich komme gleich.»

Kurz scheint es, als werde Finny darauf noch etwas erwidern, dann dreht er sich um und trödelt zu Nessie zurück.

Jack wirft mir einen Blick zu. Das leichte Lächeln auf seinen Lippen löst in mir den Wunsch aus, ich könnte den wartenden Finny ignorieren und Jack wieder zu mir ziehen.

«Bis nachher», sage ich stattdessen, küsse ihn ein letztes Mal und reiße mich dann endlich los, um nach Hause zu fahren.

Kapitel 30

Ich bin ein bisschen später da, als ich heute Morgen in meiner Nachricht an Alice angekündigt habe. Unmittelbar nachdem ich meine Tasche abgestellt habe und noch dabei bin, den Schlüssel aus der Tasche zu kramen, wird die Haustür geöffnet.

«Vic!» Alice breitet die Arme aus. «Hallo!»

«Hi.» Ein wenig überrascht lasse ich mich von Alice an ihre Brust drücken. Mit einem so überschwänglichen Empfang habe ich nicht gerechnet.

«Bist du müde? Hast du Hunger? Es gibt Pfannkuchen.» Alice tritt einen Schritt zurück, wobei sie noch immer mit einer Hand meinen Arm umfasst hält. Hinter ihr sehe ich George im Eingang zum Wohnzimmer stehen, mit einem etwas schmalen Lächeln im Gesicht.

Die ganze Diele duftet nach Pfannkuchen, und mein Magen macht sich bemerkbar. «Ich würde schon noch etwas essen», sage ich, woraufhin Alice mich anlächelt und kurz meinen Arm tätschelt.

«Ich habe sie im Ofen warm gehalten», erwidert sie. «Wir haben auf dich gewartet.»

«Okay, ich räume nur noch kurz das Auto aus und ...»

«Das kann doch Dad machen», unterbricht mich Alice. «Oder, George?»

«Sicher. Hallo, Vic.» George nickt mir zu, während er an mir vorbei zur Haustür geht, und es fühlt sich so fremd an, als hätten wir uns seit Jahren nicht mehr gesehen.

«Wie war denn die Fahrt?» Alice gibt mir nicht die Zeit, länger darüber nachzudenken. «Ihr seid jetzt direkt von Edinburgh aus gekommen, oder? Habt ihr noch einmal Zwischenstation gemacht?»

Bis George die Haustür wieder hinter sich schließt, habe ich meine Schuhe ausgezogen, mir die Hände gewaschen und Alice grob erzählt, was wir in den letzten Tagen alles gesehen haben. Sogar Willow habe ich erwähnt.

George trägt die Box mit dem übrig gebliebenen Essen in die Küche, schenkt sich ein Glas Wasser ein und setzt sich zu uns ins Esszimmer. Alice hat mich bereits mehrfach gefragt, ob ich vielleicht einen ersten Pfannkuchen essen möchte, doch ich habe jedes Mal abgelehnt. Jetzt, wo wir alle am Tisch sitzen, springt sie auf, um sie zu holen.

Ein paar Sekunden lang ist es still.

«Also, dann war es gut?», fragt George schließlich.

«Ja, schon», gebe ich zurück.

«Was heißt denn *Ja, schon*?», will Alice wissen, während sie sich mit einem Berg Pfannkuchen wieder zu uns setzt. «Du hast deine ... Mutter also getroffen?»

Es fällt ihr noch immer schwer, darüber zu reden.

«Ja, gestern. Und heute noch einmal.»

Alice gibt mir zwei Pfannkuchen auf den Teller und macht dann bei George weiter, bevor sie sich selbst auftut. «Ahornsirup?», fragt sie. «Oder lieber Schokocreme?»

George greift zum Ahornsirup und schiebt ihn dann in meine Richtung.

«Und – wie war es für dich? War es ein gutes Treffen?»

Während ich Sirup auf meine Pfannkuchen tropfen lasse, suche ich nach einem geeigneten Anfang.

«Es war ein gutes Treffen», erkläre ich schließlich. «Und völlig anders, als ich es mir vorgestellt habe.»

Obwohl es sich angefühlt hat, als müsse es ewig dauern, die

Ereignisse zusammenzufassen, gelingt es mir in wenigen Minuten.

Alice steht die Fassungslosigkeit ins Gesicht geschrieben. «Das ist ja furchtbar! Die arme Frau.» Sie sieht zu George. «Das haben wir nicht gewusst.»

George schüttelt nur den Kopf. Auch er wirkt schockiert.

«Ihre Mutter hat alles damit begründet, dass sie ihre Tochter schützen wollte», sage ich, und erst nachdem ich diesen Satz ausgesprochen habe, werden mir die Parallelen wieder bewusst. Angespannt ertrage ich die sich daran anschließende Stille.

«Vic», beginnt Alice schließlich. «Wir haben in den letzten Tagen oft darüber gesprochen. Vielleicht war es falsch. Vielleicht haben wir einen Fehler gemacht. Aber ich kann dir nicht sagen, dass wir es nicht wieder ganz genauso machen würden – es erschien uns damals einfach als der richtige Weg. Wir *wollten* dich schützen.»

Es dauert einen Moment, bevor mir klar wird, was mich an ihrer Antwort stört. «Dazu habt ihr nicht das Recht», sage ich schließlich. Georges Stirn legt sich in Falten, und Alice' Gesicht nimmt einen bittenden Ausdruck an, aber beides ist mir egal. «Ihr habt einfach nicht das Recht, euch darüber hinwegzusetzen, was ich will.»

«Du warst ein Baby ...», beginnt Alice.

«Ja, damals war ich ein Baby», falle ich ihr ins Wort. «Aber jetzt bin ich das nicht mehr. Und wenn ich euch sage, dass ich nie wieder von euch belogen werden will, zählt das mehr als alles andere.»

«Es war das einzige Mal», wirft George ein. «Damals war es die richtige Entscheidung.»

«Nein, war es eben nicht. Es war nicht die richtige Entscheidung. Und Alice hat gerade gesagt, dass ihr es wahrscheinlich wieder so machen würdet. Obwohl ihr jetzt wisst, wie ich dazu stehe. Ich will nicht geschützt werden – ich will die Wahrheit. Und ihr könnt mir dann meinetwegen dabei helfen, damit klarzukommen.»

Die beiden sehen sich an. Ich warte, ohne so recht zu wissen, worauf. Als das Schweigen sich in die Länge zieht, widme ich mich wieder dem Pfannkuchen auf meinem Teller und ärgere mich gleichzeitig darüber, weil mir das so banal erscheint. Das, was ich gerade gesagt habe, ist mir wichtig. Es sollte nicht einfach damit abgeschlossen werden, dass wir alle weiter Pfannkuchen essen.

Trotzdem geschieht genau das, und weil ich das nicht ertrage, stehe ich auf, nachdem mein Teller leer ist.

«Ich will noch Jack anrufen», sage ich, schiebe den Stuhl an den Tisch und gehe zur Treppe, ohne dass Alice oder George noch etwas sagen würden.

In meinem Zimmer nehme ich das Telefon und lege mich damit aufs Bett. Eine Weile starre ich gegen die Decke. Das lief nicht so, wie ich es mir gewünscht habe.

Als ich Jack anrufe, geht er nicht dran, und jetzt bin ich richtig frustriert. Ich wünschte, er wäre hier. Ich will mit ihm über alles reden, und dann will ich mit dem Reden aufhören und da weitermachen, wo wir vorhin beim *Merry Men* aufgehört haben.

Ein Klopfen an meiner Zimmertür unterbricht mich kurz darauf beim Ausräumen der Tasche.

«Ja?», rufe ich, und Alice steckt ihren Kopf durch den Spalt.

«Darf ich reinkommen?»

«Klar.» Ich fahre damit fort, Klamotten hervorzuziehen. Eigentlich kann alles gewaschen werden, auch das Zeug, das ich gar nicht anhatte.

Alice sieht mir ein paar Sekunden zu, dann setzt sie sich auf den Schreibtischstuhl. «Es tut mir leid», sagt sie, und ich lasse ein T-Shirt sinken. «Du hast recht. Wir haben damals eine falsche Entscheidung getroffen.»

Sie sitzt da, mit geradem Rücken, die Hände im Schoß gefaltet. Sie sagt *wir*, aber sie ist alleine.

«George sieht das nicht so, oder?»

«Es fällt ihm schwer. Er möchte, dass zwischen euch alles wieder in Ordnung ist, er möchte dich verstehen – und er versteht dich irgendwie auch –, aber es fällt ihm trotzdem schwer. Er braucht einfach noch etwas Zeit.»

Wie lang denn noch? Ich kämpfe meine Enttäuschung nieder, weil Alice das nicht verdient hat. Alice, die gekommen ist, um mir zu sagen, dass es ihr leidtut.

Sie räuspert sich. «Damals eine Entscheidung zu treffen, war hart. Einfach alles hat sich grundfalsch angefühlt. Wir haben versucht, uns in dich hineinzuversetzen, wir wollten das tun, was für dich am besten wäre. Das ist uns offenbar nicht besonders gut gelungen. Und ich fürchte, letzten Endes haben wir unsere Entscheidung getroffen, weil wir hofften, dass es dadurch für uns leichter würde. Was allerdings nicht zutraf.»

Ich richte mich auf, und Alice erhebt sich ebenfalls.

«Ich verspreche dir, dass ich dich nie wieder anlügen werde. Nie wieder. Auch nicht, indem ich Dinge nicht sage. Ich wünschte, wir hätten damals anders entschieden, weil dieser Vertrauensbruch jetzt zwischen uns steht und sich wohl nie wiedergutmachen lässt.»

Alice bemüht sich um Fassung. Sie sieht aus wie jemand, der bereit ist, alles zu akzeptieren, absolut alles, und etwas löst sich in mir.

«Na ... doch», sage ich leise. «Es lässt sich vielleicht wiedergutmachen. Ich will ja, dass es wieder gut wird.»

Alice stolpert über meinen Kulturbeutel, als sie jetzt auf mich zutritt, und dadurch wird es mehr ein Sich-in-die-Arme-Fallen statt ein Sich-in-die-Arme-Nehmen, aber irgendwie fühlt es sich dadurch besser an, weil wir beide lachen können.

«Es tut mir wirklich so leid», murmelt Alice noch einmal in meine Haare hinein.

«Okay», erwidere ich und genieße das warme Gefühl.

«Verzeihst du mir? Irgendwann?»

«Bestimmt. Hab ich eigentlich schon.»

«Das ist gut», seufzt Alice. «Ich wüsste nicht, was ich sonst tun sollte.» Eine kleine Weile noch stehen wir so da, dann entziehe ich mich Alice sanft. Sie streicht mit einer Hand über meine Wange. «Ich hab dich lieb.»

«Ich hab dich auch lieb, Mum.»

Kurz darauf stopfe ich einen Riesenberg Klamotten in die Wäschetonne und räume anschließend in meinem Zimmer die Tasche auf den Schrank zurück. Alice' Umarmung hallt noch in mir nach, zusammen mit einem vagen Gefühl von Dankbarkeit, dass zumindest das wieder möglich ist – es wäre schön gewesen, George wäre auch gekommen. Dass er zu stur ist, einen Fehler zuzugeben, schmerzt. Aber vielleicht hält er sein Handeln von damals ja nach wie vor für richtig.

Es klopft noch einmal, und Hoffnung steigt in mir auf.

Doch es ist Alice, die ein zweites Mal die Tür öffnet. «Entschuldige, das habe ich völlig vergessen – unter normalen Umständen wäre mir das nie passiert. Du hast Post bekommen.»

Noch bevor sie mir den Umschlag in die Hand drückt, weiß ich, von wem dieser Brief stammt: vom Edinburgh College of Art.

Alice ist erwartungsvoll im Türrahmen stehen geblieben. «Willst du dabei allein sein?», fragt sie. «Soll ich lieber rausgehen?»

«Nein, Quatsch.» Hastig fahre ich mit dem Finger unter die Lasche, fühle das Papier reißen und ziehe die Bögen heraus.

«Und? Was schreiben sie? Haben sie dich angenommen?» Alice stellt sich neben mich.

«Ja!»

Für ein paar Sekunden möchte ich die Arme hochreißen und lachen oder schreien oder beides, doch noch während Alice mich umarmt und «Ich gratuliere!», ruft, verblasst meine Freude, überlagert von dem Wissen, dass spätestens jetzt eine Entscheidung getroffen werden muss. Eine Ablehnung hätte die Diskussion, die mir mit Jack bevorsteht, leichter gemacht.

«Was ist, freust du dich gar nicht?» Alice mustert mich überrascht.

«Doch. Doch, klar, natürlich freue ich mich.»

«Du siehst aber nicht so aus.»

«Ich bin nur ziemlich kaputt, das ist alles. Und ich muss darüber nachdenken, wie es jetzt mit Jack und mir weitergeht.»

«Mit Jack?» Alice nickt langsam. «Verstehe. Habt ihr nicht mal darüber nachgedacht, zusammen nach Edinburgh zu gehen?»

«Nicht wirklich. Er hängt hier an zu vielem fest.»

Alice zögert ein paar Sekunden. «Das ist schwierig. Ich hoffe nur, du verlierst deinen Weg nicht aus den Augen.»

«Jack ist ein Teil meines Weges.» Ich zucke mit den Schultern. Das kam jetzt etwas pathetisch rüber, ist aber die Wahrheit.

«Er bleibt auch ein Teil deines Weges, wenn du in Edinburgh studierst, Vic. Wenn du darüber reden willst ...»

«Ich muss das erst mal mit Jack besprechen, okay?»

Alice sieht mich zweifelnd an. «Natürlich», sagt sie schließlich zögernd, und ich weiß, dass sie sich gerade zwanzig weitere Sätze verkneift.

Es ist schon Viertel nach elf, als Jack sich endlich zurückmeldet. Viel mehr Zeit hätte nicht verstreichen dürfen, bevor ich es noch einmal versucht hätte.

«Und?», frage ich. «Wie war's?»

«Die Wohnung sah aus wie eine Müllhalde», erwidert Jack, und ich höre die Erschöpfung aus seiner Stimme heraus. «Ich habe Fin ins Bett gesteckt und erst mal geputzt. Allein die Küche …» Er macht eine Pause. «Wenigstens Callan hätte sich ja mal darum kümmern können.»

«Und dein Vater?»

«Liegt betrunken im Schlafzimmer. Hat nicht mal mitbekommen, dass wir wieder da sind. Ich überlege, ihn zu wecken.»

«Ob das viel bringt?»

«Tageszeiten existieren für ihn doch sowieso nicht mehr. Wenn er irgendwann wach wird, macht er sich auf die Suche nach der nächsten Flasche, insofern ist es egal.»

«Vielleicht solltest du vorher noch mit Callan reden.»

«Wieso?»

«Na ja … er könnte dich unterstützen. Zum Beispiel was das *Merry Men* betrifft – könnte ja sein, dass er jetzt nicht mehr völlig dagegen ist, den Pub zu verkaufen, oder?»

«Ich glaube nicht. Vielleicht hast du recht, mal sehen. Ich bin sowieso gerade ziemlich am Ende, auf einen Tag mehr oder weniger kommt es auch nicht an. Und es wäre wohl besser, Fin vorher noch zu Ceddy zu bringen. Wie lief es bei dir?»

«Es war … okay», erwidere ich. «Ich denke, zumindest mit Alice ist erst einmal alles geklärt. Sie hat sich entschuldigt», füge ich hinzu. «Und man hat gemerkt, dass es ihr ernst ist.»

«Das hört sich gut an.»

«Ja, war es auch.»

«Und George?»

«George … Ich weiß einfach nicht, was er denkt. Ich glaube, er nimmt mir immer noch übel, dass ich gefahren bin.»

«Wirklich?»

«Vorhin kam jedenfalls nur Alice zu mir. Und er hat sich ja auch die komplette Woche über nicht gemeldet.»

Jack seufzt. «Wenn er es immer noch nicht versteht, dann weiß ich auch nicht.»

«Mhm.»

Für das, was ich jetzt noch ansprechen will, würde ich ihn gern fragen, ob er noch mal vorbeikommen möchte, aber erstens ist da immer noch Finny, und zweitens würde ich mich vor allem George gegenüber unwohl fühlen. Eine eigene Wohnung wäre schön. Auch wenn ich nicht nach Edinburgh gehen sollte. Nachdem ich aber bisher nun mal keine eigene Wohnung habe ...

«Es kam Post vom College. Sie haben mich angenommen.»

«Das war klar.» Ich höre Jack durchatmen. «Herzlichen Glückwunsch.»

«Danke. Jack ...»

«Bitte, nimm den Platz einfach an, Vic.»

«Wenn ich es später noch einmal ...»

«Das hatten wir doch schon», unterbricht mich Jack. «Wir bekommen das auch hin, wenn du in Edinburgh bist und ich in Oban. Es gibt Wochenenden. Man kann sich besuchen. Edinburgh ist nicht aus der Welt.»

«Du hast doch jetzt schon kaum Zeit neben all dem, was an dir hängt. Wenn ich in Edinburgh bin und du hierbleibst, werden wir uns kaum noch sehen.»

«Vielleicht erledigt sich demnächst ja zumindest die Sache mit dem Pub», sagt Jack.

«Und dann? Das *Merry Men* bringt nicht viel ein, aber doch immerhin etwas, oder? Wenn ihr den Pub verkauft ...»

«Dann wäre alles erst mal etwas entspannter. Und wenn das Geld aufgebraucht ist, kann man sich immer noch überlegen, wie es weitergeht.»

«Sehr weitsichtig, Jack.»

«Auf jeden Fall hätte ich dann mehr Zeit.»

«Was ist mit Finny?»

«Was soll mit Fin sein?» Jacks Stimme wird schärfer. «Er ist nun einmal da. Man kann ihn schlecht verkaufen.»

«Jack», erwidere ich ungeduldig. «Darum geht es doch. Du musst dich um Finny kümmern. Und wenn du vorhast, mit ihm wegzugehen … warum dann nicht nach Edinburgh? Du hast gesagt, du würdest mit Finny aus Oban weggehen.»

«Ich bin mir da nicht mehr so sicher. Finny hat hier Freunde. Ich könnte mir in Edinburgh außerdem keine Wohnung leisten, die groß genug wäre. Und …»

«Und?»

«Vergiss es.»

«Nein, was?»

«Es ist nicht wichtig. Vergiss es einfach wieder, okay?»

«Jack …»

«Hör zu, wir reden morgen.»

«Das ist jetzt nicht dein Ernst!»

«Im Moment bringt es einfach nichts. Wir sind beide fertig und müde und was weiß ich – lass uns morgen zum Strand fahren. Und dann klären wir alles.»

Jack hat recht. Dieses Thema sollten wir nicht am Telefon besprechen. «Ich komme vorbei.»

«Jetzt?!»

«Bis gleich.»

«Vic, jetzt warte doch mal …»

Ich unterbreche die Verbindung. Und dann stehe ich auf, um Alice Bescheid zu sagen, dass ich eventuell bei Jack übernachten werde.

Kapitel 31

Ich klingele nicht, als ich vor dem *Merry Men* stehe, um weder Finny noch Jacks Vater zu wecken. Stattdessen rufe ich an. «Ich bin da.»

Zur Antwort summt nur der Türöffner.

Jack steht auf der Schwelle, während ich die letzten Stufen im trüben Licht des Treppenhauses hochsteige. Er hat sich umgezogen, seine Haare sind feucht und duften frisch, als er mich zur Begrüßung an sich zieht und wir uns küssen. Dann legt er mir eine Hand auf den Rücken, und ich höre die Tür hinter mir leise ins Schloss fallen. Nahezu lautlos durchqueren wir den finsteren, muffig riechenden Flur, der nur durch einen schmalen Lichtstreifen erhellt wird. Die Tür zu Jacks Zimmer ist angelehnt, und als er sie jetzt öffnet, empfängt mich Kerzenlicht.

Könnte es doch nur ein Treffen sein, bei dem nichts anderes eine Rolle spielt, als Jack zu küssen, mit den Fingerspitzen über seinen Nacken zu gleiten und die Wärme seines Körpers zu spüren. Die Versuchung ist groß, dennoch lege ich irgendwann beide Hände gegen seine Brust und schiebe ihn ein Stück zurück.

«Also», sage ich. «Welchen Grund gibt es noch?»

Für einen Augenblick senkt Jack den Kopf, seine Haare fallen ihm ins Gesicht, dann sieht er wieder auf. «Ich hätte damit gar nicht anfangen sollen.»

«Hast du aber.»

«Reichen nicht bereits die anderen Gründe?»

Meine Hände ruhen noch immer auf Jacks Brust, ich kann mich nicht losreißen, will weiter seinen Herzschlag spüren.

«Finny findet neue Freunde. Wir können ihm dabei helfen. Und wir können uns auch zusammentun, was eine Wohnung betrifft. Emmeline meinte, über dem Café würde etwas frei werden. Ich bin sicher, wir könnten es schaffen.»

Jack steht nur da und sieht mich an.

«Sag mir, worüber du dir noch Gedanken machst», insistiere ich.

«Ich weiß nicht, ob ich es aushalten kann, direkt dabei zu sein, während du weiter und immer weiter gehst, und ich ... tue nichts.»

Jack sagt das ganz ruhig, und sein Herz begleitet seine Worte in einem gleichmäßigen Rhythmus. Er hat schon oft darüber nachgedacht.

«Du meinst, wenn ich studiere und du nicht?»

Er nickt. «Ich will, dass du diesen Platz annimmst», stellt er klar. «Solltest du es nicht tun, wird es etwas zwischen uns kaputtmachen, denn ich will und werde nicht der Grund dafür sein, dass du deinen Traum aufgibst. Du hast so viele Möglichkeiten, Vic. Und ich bin nur der, der ich bin. Und der bleibe ich auch.»

«Jack, du könntest ebenfalls studieren ...»

«Nein, eben nicht!», erwidert er in einem Anflug von Heftigkeit. «Du siehst doch selbst, dass es nicht geht! Ich würde hier alles sofort aufgeben, wirklich alles, aber nicht Fin. Und wenn ich mit ihm ausziehe – und das werde ich tun müssen –, wird es hart. Finanziell hart und emotional hart. Ich kümmere mich jetzt seit fast drei Jahren um ihn – ich weiß, was das bedeutet.»

«Du hast gesagt, du ziehst nur mit ihm aus, sollte dein Vater mit Finny über eure Mutter gesprochen haben ...»

«Selbst wenn er das nicht getan hat, kann Fin trotzdem nicht in dieser Wohnung bleiben. Du warst vorhin nicht dabei – es war hier nicht nur chaotisch. Es war widerlich. Überall. In der Küche, im Bad, im Wohnzimmer – es hat gestunken wie die Hölle, Vic. Und Fin bewegt sich hindurch, als sei das normal – er *muss* hier raus. Sein Zimmer war nur noch okay, weil ich es abgeschlossen hatte.»

Mein Herz schlägt in diesem Moment mit Sicherheit schneller als seins. Er hat einen Vorsprung, was all diese Gedanken betrifft.

«Was schlägst du also vor?», frage ich.

«Ich ziehe mit Fin aus und suche mir eine Wohnung irgendwo in der Nähe. Du gehst nach Edinburgh. Wir lassen es auf uns zukommen.»

Eine Trennung. Eine Trennung auf Zeit, aber eine Trennung. Nachdem wir uns gerade erst gefunden haben. Ich will daran glauben, dass es uns nicht auseinanderbringen wird, aber wir werden uns vielleicht in verschiedene Richtungen bewegen. Nein, ganz sicher sogar. Und niemand kann mit Sicherheit vorhersehen, was das für Auswirkungen haben wird.

Ich will dieses Risiko nicht eingehen.

«Ein Jahr», sage ich.

«Was?»

«Ich gehe nach Edinburgh. Du bleibst. Für ein Jahr. Danach finden wir einen Weg zusammen. Irgendwie. Ich will ein Ziel haben. Eins, das nicht so weit weg ist.»

Jack sieht nicht so aus, als würde ihm mein Vorschlag gefallen. Nur ist es kein Vorschlag.

«Oder ich bleibe», füge ich hinzu, um das ganz deutlich zu machen.

Er tritt einen Schritt zurück, setzt sich auf die Bettkante, und meine Hand sinkt hinab. Die Ellbogen auf die Oberschenkel gestützt, sieht er zu mir auf.

«Ein Jahr», sagt er.

«Das meinst du ernst?», vergewissere ich mich. «Kein *Irgendwie wird es dann schon so weitergehen*?»

Jack nickt.

Ein Jahr. Ein Scheißjahr. Das kriegen wir ja wohl hin.

Die Kerze auf Jacks Schreibtisch knistert, als ich mich auf Jacks Schoß niederlasse, sein Gesicht in beide Hände nehme und sehe, wie er die Augen schließt, bevor ich alles in meinen Kuss hineinlege, was ich fühle. Angst und Zuversicht, Sorge und Frust und Liebe. Wir werden es schaffen. Wir können alles schaffen.

Jacks Hände gleiten über meinen Rücken, unter mein Shirt, lösen den Verschluss meines BHs, und ich hebe für einen Moment die Arme, um beide Kleidungsstücke loszuwerden.

Dann drücke ich ihn an den Schultern zurück, unterbreche die Bewegung nur, damit Jack sich das T-Shirt über den Kopf ziehen kann, und beuge mich schließlich über ihn, die Knie links und rechts seiner Hüften in die Matratze gedrückt.

Jack vergräbt eine Hand in meinen Haaren, die andere fährt langsam meine Seite entlang, streift wie beiläufig meine Brust, und ich genieße den sanften Schauer, den sie auf meiner Haut hinterlässt.

Keine Ahnung, wie so ein verfluchtes Jahr rumgehen soll. Ich will das jeden Tag, will ihn berühren, küssen und ... Ich rücke ein Stück von Jack ab.

«Wir haben nichts da, oder?», frage ich irgendwo zwischen Frustration und Hoffnung.

«Ich war einkaufen», sagt Jack.

«Du warst ... Wann?»

«Noch vor Nessie. Ich hab sie seitdem dabei. Nur für den Fall.»

Dieses Lächeln ... Meine Haare schirmen die Außenwelt ab.

Da sind nur noch Jack und ich und der Kuss, der uns verbindet, und ich hätte gern, dass das so bleibt, möchte nicht in die Welt zurück, in der wir uns vielleicht in einigen Monaten schon trennen müssen.

Seine Haut unter meinen Händen, so fest und glatt, ich liebe einfach alles, was ich berühre, alles, was ich sehe. Als seine Hände jetzt zum Bund meiner Jeans wandern, stemme ich mich ein Stück in die Höhe, bewege die Hüften, um Jack dabei zu helfen, sie herunterzukriegen, und öffne gleichzeitig den Knopf seiner Hose. Manchmal sollten einfach alle Röcke tragen.

Erst als die Jeans endlich neben dem Bett liegen, konzentriere ich mich wieder ganz auf Jack, nehmen wir unseren Kuss wieder auf. Noch immer liegt er unter mir, und im Schein der Kerze tanzen Schatten auf seiner Brust, Schatten auf seinem flachen Bauch.

Ich bekomme mit, wie Jack die kleine, quadratische Verpackung aufreißt, höre das Knistern, und dann atmet er scharf ein, als ich noch einmal das Becken hebe und mich langsam wieder nach unten sinken lasse, so langsam, dass ich spüren kann, wie ich ihn Zentimeter für Zentimeter in mir aufnehme. Jack stöhnt auf, als ich mich wieder vorbeuge, seine Lippen suche, um völlig mit ihm verbunden zu sein, und ich kann fühlen, wie er sich mir entgegenstemmt, während wir zusammen einen Rhythmus finden.

Die Hitze unserer Körper hüllt mich ein, alles ist leicht, schwebend. Von Minute zu Minute baut sich etwas zwischen uns stärker auf, etwas, das ich in dieser Intensität noch nicht kenne. Jacks Muskeln spannen sich an, als ich fast in der Bewegung innehalte, um alles wahrzunehmen, bevor es mich weitertreibt, weil ich es nicht länger aushalten kann.

«Vic», flüstert Jack und öffnet die Augen, als ich mich jetzt aufrichte, und das ist das Letzte, was ich noch mitbekomme, bevor ich mich mitreißen lasse von dem, was da über uns hereinbricht.

Irgendwann später liegen wir eng miteinander verschlungen unter der Decke.

«Das wird schwierig mit dem Jahr», murmele ich halb zufrieden und halb bereits etwas vermissend, das ich in diesem Moment noch gar nicht vermissen müsste, und dann fliegt die Tür auf, und Jacks Vater steht im Zimmer.

«Was …?»

Mit einem Ruck fährt Jack in die Höhe und schiebt sich vor mich, schirmt mich vor dem Blick ab, mit dem sein Vater uns anstarrt. Mit einem ganz ähnlichen Ausdruck im Gesicht hat er mich schon einmal angesehen, und es hat sich damals schon grässlich angefühlt, aber wenigstens war ich dabei nicht nackt.

«Raus!» Kurz vergewissert sich Jack, dass ich die Decke an mich gerafft habe, dann steht er auf und greift nach seiner Jeans. Ich beeile mich, zumindest mein Shirt zu erwischen.

«Raus hier! Verdammt noch mal! Geht's eigentlich noch?»

«Jack?»

Die Stimme seines Vaters ist höher als gewöhnlich. Er klingt, als würde er gleich in Tränen ausbrechen. Noch immer steht er einfach da, in einem vor Schmutz starrenden weißen Unterhemd und leicht schwankend. Erst als Jack auf ihn zugeht, weicht er ein Stück zurück.

«Jack? Ich … Mir geht's nicht gut.»

«Ist mir scheißegal», knurrt Jack. «Verschwinde!»

Er packt seinen Arm, und im gleichen Moment weiten sich seine Augen. «Was ist …?»

Es gelingt ihm gerade noch, den Sturz seines Vaters abzufangen, trotzdem entfährt mir ein Schrei, als der schwere Mann der Länge nach hinschlägt. Während Jack sich über ihn beugt, reiße ich meine Hose zu mir ins Bett.

«Was ist los mit ihm?»

«Ich weiß es nicht … ich weiß es nicht!»

Jack zerrt sein Telefon aus der Tasche. «Hallo?», ruft er im nächsten Moment. «Wir brauchen einen Krankenwagen. Keine Ahnung, er ist einfach zusammengebrochen. Moment …» Erst legt Jack seinem Vater eine Hand auf die Brust, dann beugt er sich über seinen Mund. «Ich glaube nicht, ich glaube, er atmet nicht … okay. Okay. Die Adresse ist …»

Noch während Jack dabei ist, die Adresse durchzugeben, taucht eine kleine Gestalt im Türrahmen auf. Oh nein. Oh nein, nicht auch noch das. Ich falle mehr aus dem Bett, als dass ich normal aufstehen würde, so eilig habe ich es, zu Finny zu kommen. Seinen Stoffaffen an sich gedrückt, steht er da, und als ich mich neben ihn hocke, sieht er mich an. «Ist Dad tot?»

«Er ist nicht tot!» Jack kniet neben seinem Vater, beide Hände übereinandergelegt, und stemmt sich mit gestreckten Armen immer wieder gegen dessen Brustkorb. «Er ist nicht tot, Fin. Vic, bring ihn hier raus. Bring ihn raus. Schnell.»

«Jack!» Finny macht einige Schritte ins Zimmer hinein. «Jack, ich will bei dir sein!»

«Ich komme gleich, okay? Ich komme gleich nach. Geh mit Vic, Fin. Bitte, geh mit Vic!»

«Aber Jack …» Finny beginnt zu weinen.

«Verdammt, Vic! Bring ihn raus hier! Fahrt zu dir!» Dann verschließt Jack die Nase seines Vaters, öffnet durch Druck dessen Unterkiefer und holt Luft.

Ich nehme Finny auf den Arm und trage ihn aus dem Zimmer, die Diele entlang bis zur Wohnungstür hinaus.

«Jack!», heult Finny. «Jack!»

«Shhh», mache ich, «Jack kommt gleich, okay? Du hast ihn gehört, er kommt gleich, er muss nur warten, bis der Doktor da ist …»

Es ist egal, was ich sage, Finny ruft nach Jack und hängt dabei ohne jede Gegenwehr in meinen Armen. Vorsichtig steige ich die Treppen hinunter, und dann stehe ich mit dem schluchzenden Finny auf der Straße, streichele seinen Rücken und warte darauf, dass das Sirenengeheul endlich näher kommt.

Kapitel 32

Alice sitzt noch immer bei Finny am Bett und hält seine Hand. Er ist schon vor einer Weile eingeschlafen, trotzdem bleibt sie bei ihm in dem Zimmer, in dem er immer schläft, wenn er bei uns ist, und lächelt mich nur an, wenn ich kurz hineinsehe.

George tigert ruhelos durchs Haus. Er hasst es, wenn er nicht weiß, was er tun soll. Vorhin hat er mich umarmt, doch es hat sich unnatürlich angefühlt, und er hat es schnell wieder gelassen.

Das letzte Mal habe ich vor einer halben Stunde ohne Erfolg versucht, Jack zu erreichen, und als jetzt endlich mein Handy klingelt, werfe ich es fast durchs Zimmer, so hastig greife ich danach. «Hi … und?»

«Herzinfarkt», sagt er. «Man weiß noch nichts.»

«Ist Callan bei dir?»

«Der geht nicht ans Telefon. Ich hab ihm eine Nachricht aufgesprochen.»

«Soll ich kommen?»

«Was ist mit Fin?»

«Der schläft. Alice ist bei ihm.»

«Okay.»

Fünf Minuten später sitze ich wieder im Auto. Jack klang so müde und fertig – verdammte Scheiße! Was denn noch alles? Und dass Finny das jetzt auch noch mitansehen musste … Ich hasse das Leben gerade.

Es dauert eine Weile, bis ich Jack in dem lang gestreckten Bau finde. Er sitzt vor einer gelben Wand auf einem Stuhl, die Beine von sich gestreckt und die Arme vor der Brust verschränkt. Im ersten Moment wirkt er fast, als würde er schlafen, doch als er meine Schritte hört, sieht er hoch.

«Hi», sagt er und richtet sich auf.

«Hey.» Ich ziehe mir einen zweiten Stuhl heran und setze mich neben ihn. «Wo ist er?»

«Intensivstation. Die Ärzte meinten, sie geben mir Bescheid, wenn sich etwas ändert. Es könne dauern.»

«Okay.» Ich greife nach seiner Hand, weil mir verflucht noch mal nichts Besseres einfällt.

Eine Weile sitzen wir einfach da.

«Er war kurz bei Bewusstsein, im Krankenwagen», sagt Jack plötzlich, den Blick auf unsere ineinander verschränkten Hände gerichtet. «Da hat er auch meine Hand genommen. Er hat nach Callan gefragt. Callan sollte kommen. Und er hat mich gebeten, nicht wegzugehen. Also gehe ich nicht weg.»

Eine Pause entsteht, in der klar ist, dass Jack noch nicht alles ausgesprochen hat.

«Ich habe ihn gefragt, ob er auch Fin sehen will, und er hat den Kopf geschüttelt.» Jack schluckt, würgt fast an den Worten, die er noch hinausbringen will. «Er meinte, *Zur Hölle mit ihm.*»

Ich schließe die Augen. Oh Gott. Es gibt darauf nichts zu erwidern, und ich versuche es erst gar nicht. Wir sitzen da, dicht nebeneinander, und die Zeit verrinnt. Leute gehen an uns vorüber, eilige Ärzte in weißen Kitteln und dahinschlurfende Patienten in Bademänteln. Einige Male werden Betten an uns vorbeigerollt, und irgendwann, die Sonne ist bereits aufgegangen, telefoniert Jack mit Callan, und ich schreibe Alice eine Nachricht.

«Was sagt er?», frage ich, als Jack das Handy zurück in die Tasche steckt.

«Er kommt.»

Callan hat geweint, das ist nicht zu übersehen. Seine Haare stehen in alle Richtungen ab, und als er Jack umarmt, klammert er sich an ihm fest, als könne nur sein Bruder ihn retten. Mich nimmt er erst wahr, als ich Hallo zu ihm sage, doch sein Blick wandert sofort zurück zu Jack.

«Wie geht es ihm jetzt?»

«Keine Ahnung. Als sie ihn von der Notaufnahme auf die Intensivstation gebracht haben, ist er schon wieder bewusstlos gewesen.»

«Und was passiert jetzt? Können wir zu ihm?», will Callan wissen.

«Nein.»

«Wieso nicht?»

«Weil sie auf der Intensivstation gerade alles tun, um ihm das Leben zu retten, nehme ich an.»

«Oder sie haben uns hier einfach vergessen.» Unruhig sieht Callan sich um. «Ich glaube, ich suche mal einen Arzt.»

Er marschiert los, doch es dauert nicht lang, bis er wieder bei uns ist.

«Man gibt uns Bescheid», sagt Callan, offensichtlich vor den Kopf gestoßen. «Saftladen hier.»

Und dann warten wir weiter. Und warten.

Noch immer stecken die Worte von Jacks Vater wie Stacheln in mir. Ich dachte, er würde Finny doch irgendwie lieben, in der Tiefe seines Herzens. Doch das tut er nicht. Da ist kein liebevoller Gedanke, keine Wärme, kein Bedauern, nicht einmal in einer Situation wie dieser.

Zur Holle mit ihm.

Wenn ich auch nur noch den geringsten Zweifel daran hatte, dass Jack Finny nehmen und mit ihm verschwinden sollte, dann hat sich dieser jetzt in Luft aufgelöst. Und ich bin sicher, Jack fragt sich nur, warum er nicht schon viel früher gegangen ist.

Er hat wieder nach meiner Hand gegriffen, nachdem wir uns zurück auf die Stühle gesetzt haben. Mit dem Daumen fährt er über meine Knöchel, ganz sanft.

Ach, Jack. Ich wünschte, ich könnte etwas für dich tun.

Als irgendwann eine Ärztin auf uns zukommt, stehen wir auf.

«Es tut mir leid», sagt sie.

In Filmen haben solche Szenen immer eine ganz eigene Dramatik, doch in der Realität ist alles ganz nüchtern.

Es tut ihr leid. Das Quietschen von Schuhsohlen auf Linoleum, während sie uns mitteilt, dass Mr Riley um kurz vor elf verstorben sei, ohne noch einmal das Bewusstsein zu erlangen. Sie könne uns psychologischen Beistand anbieten, wenn wir das wünschen, sagt die Ärztin. Und das war's.

Nur Callan weint. Jack steht da wie erstarrt, lässt sich von seinem Bruder umarmen, klopft auf dessen Rücken, ohne den Eindruck zu erwecken, überhaupt mitzubekommen, was er da tut, und während Callan nickt, als die Ärztin fragt, ob sie ihren Vater noch einmal sehen wollen, um sich von ihm zu verabschieden, tritt er einen Schritt zurück.

«Ich denke nicht», sagt er.

«Jack, verflucht – er ist immer noch unser Vater!», sagt Callan.

«Nicht der Vater von uns allen», erwidert Jack.

Callan mustert ihn verwirrt, bevor er sich letztlich abwendet und der Ärztin folgt.

Als die beiden um die Ecke biegen, sacken Jacks Schultern herunter. «Ich hoffe, dass Mum ihm verzeiht, sollten sie sich wiedersehen. Ich glaube, ich kann's nicht», sagt er tonlos.

Ich lasse meinen Kopf gegen seine Schulter sinken.

«Es tut mir leid», flüstere ich.

«Das muss es nicht», erwidert Jack. «Es war sein Leben.»

«Es tut mir leid, dass ich nicht mehr für dich tun kann», sage ich hilflos.

Jack drückt meine Hand. «Aber wieso? Du warst doch die ganze Zeit da.»

Wir fahren zu mir. Weil Finny dort ist und weil es nichts gibt, das Jack in die Wohnung seines Vaters ziehen würde.

Unmittelbar nachdem ich die Haustür geöffnet habe, kommt Finny auf uns zugerast. «Jack!»

Jack beugt sich hinunter und nimmt seinen Bruder auf den Arm. Vor dem Durchgang zum Wohnzimmer stehen Alice und George und blicken fragend in unsere Richtung. Ich schüttele leicht den Kopf, und die beiden sehen sich an.

«Jack, soll ich mit Finny vielleicht noch einmal zum Spielplatz gehen?», fragt Alice. «Damit du ein bisschen Zeit hast …»

«Ist Dad tot?», wird sie von Finny übertönt.

Ich sehe es in Jack arbeiten. Langsam trägt er Finny ins Wohnzimmer und setzt sich dort mit ihm aufs Sofa.

«Ja», sagt er dann. «Dad ist tot.»

Gegen das letzte Wort kämpft er.

Finny mustert Jack prüfend, als müsse er herausfinden, ob Jack das ernst gemeint hat, dann rollt er sich auf seinem Schoß zusammen und schmiegt seinen Kopf unter Jacks Kinn. «Warum?», fragt er.

Für diese Frage braucht Jack etwas länger. Fast wäre ich zusammengezuckt, als Alice ihre Arme um mich legt.

«Dad hat sehr, sehr viel Alkohol getrunken, das weißt du, oder?»

Finny nickt.

«Und das war nicht gut für ihn.»

«Ist er deshalb hingefallen?»

«Ja.»

Finny sitzt da, und ich sehe es in ihm arbeiten.

«Bist du jetzt traurig?», fragt er schließlich.

«Ja», sagt Jack. «Und du?»

«Ich auch», erwidert Finny und fügt im nächsten Moment hinzu: «Aber nur ein bisschen.» Dann schlingt er seine Arme um Jacks Hals und schließt die Augen.

Kapitel 33

In den nächsten Tagen befindet sich Jack im Auge des Orkans. Er und Finny wohnen weiterhin bei uns, während Jack sich zusammen mit Callan um die Vorbereitungen für die Beerdigung kümmert, Freunde und entfernt lebende Verwandte informiert und nebenbei noch den Formularkram mit den Versicherungen und Ämtern regelt. Vor allem bei Letzterem unterstützen Alice und George die beiden, wo sie nur können.

Am Vorabend der Beerdigung, als wir eng umschlungen in meinem Bett liegen, reden wir über Jacks Sorge, Finny könne zu viel in sich hineinfressen, alles nur vergraben, statt es herauszulassen, doch als ich Jack am nächsten Tag dabei beobachte, wie er zusammen mit Callan am Grab seines Vaters Beileidswünsche in Empfang nimmt, frage ich mich, ob das nicht eher für ihn gilt. Wie lange kann er noch weiter und immer weiter funktionieren?

Er ist blass, seine Wangenknochen treten stärker hervor als gewöhnlich, und mir wird bewusst, dass ich ihn seit Tagen kaum habe lächeln sehen. Nur für seinen kleinen Bruder reißt er sich zusammen, doch mich beschleicht das Gefühl, dass Jack gerade an seine letzten Kraftreserven geht.

Und dann lehnt Alice sich am nächsten Morgen beim Frühstück mit ihrem Kaffee zurück und erklärt mir auch noch, ich müsse dem College antworten.

Jack ist mit George zum Familiengericht gefahren, nachdem er Finny in den Kindergarten gebracht hat. Es geht um die Vormundschaft für Finny. Sie sind nicht zum ersten Mal dort, und obwohl alles langwierig zu werden verspricht, sieht es doch gut aus. Es gibt niemanden aus Jacks Bekanntenkreis, der ihm nicht bescheinigen würde, dass er in der Lage ist, sich um seinen Bruder zu kümmern, und genau das ohnehin schon seit Langem tut.

«Wenn du es noch länger hinauszögerst, verstreicht die Frist», sagt Alice. «Worauf wartest du?»

Jacks blasses Gesicht taucht vor mir auf.

«Ich weiß einfach nicht, ob dafür jetzt der richtige Zeitpunkt wäre», sage ich nach einer Weile zögernd.

«Der richtige Zeitpunkt?», erwidert Alice. «Wofür?»

«Um Jack allein zu lassen.»

Alice stellt ihre Tasse auf den Tisch. «Das Problem ist», erwidert sie ernst, «dass du nicht bestimmen kannst, wann dieser Zeitpunkt gekommen ist. Wenn du den Platz nicht bestätigst, musst du dich nächstes Jahr neu bewerben.»

«Und ich glaube, das ist genau das, was ich will.»

«Vic», sagt Alice und atmet tief durch. «Hast du das mit Jack so besprochen?»

Wunder Punkt.

«Nicht direkt.» Ich trinke einen Schluck Tee und noch einen. «Wir wollten es ein Jahr lang versuchen. Jack in Oban, ich in Edinburgh. Aber da waren die Umstände noch ganz andere.»

«Aber du kannst dich doch jetzt nicht einfach so umentscheiden. Noch dazu über Jacks Kopf hinweg.»

«Das habe ich ja auch nicht vor», erwidere ich gereizt. «Ich werde mit ihm darüber reden.»

«Wann? Wenn es schon zu spät ist?»

«Wenn er etwas Abstand zu allem hat, was in den letzten Wochen passiert ist.»

«Vic.» Alice verschränkt die Arme vor sich auf dem Tisch und lehnt sich vor. «Wenn du noch ein paar Tage wartest, dann *ent-*

scheidest du über Jacks Kopf hinweg. Und ich möchte anmerken: Ich halte diese Entscheidung nicht für richtig.»

«Aber es ist nun mal nicht deine Entscheidung.»

«Das nicht», erwidert Alice ruhig. «Aber es ist auch nicht allein deine, oder?»

«Doch.» Ich stehe auf, ein äußerst uneleganter Weg, um dieses Gespräch zu beenden, doch etwas Besseres fällt mir auf die Schnelle nicht ein. «Letzten Endes ist es allein meine.»

Die Situation beim Frühstück hängt mir noch nach, als Jack und George wieder nach Hause kommen. Ich sitze in meinem Zimmer und lausche auf die Geräusche von unten, auf die Stimmen von Jack, Alice und George, und höre dann jemanden die Treppe hinaufsteigen. Es klopft kurz an meiner Tür, bevor Jack hereintritt.

«Hi.» Ich sehe von dem Buch auf, von dem ich mir seit einer Weile einbilde, es zu lesen. «Und? Seid ihr weitergekommen?»

«Ich hoffe es. Es sieht zumindest danach aus.» Jack setzt sich zu mir aufs Bett. «Callan hat keine Chance, als unterstützender Faktor gewertet zu werden, aber das war ja zu erwarten. Ist ja auch nicht so, dass er sich darum reißen würde. Die Sachbearbeiterin ist jedenfalls auf unserer Seite – sie meinte heute, wir sollen Callan im Antrag gar nicht erst erwähnen, weil sich durch ihn die Prüfung des Falls nur verlängern würde. Ein Problem ist wohl nur, dass ich eigentlich zu jung bin. Auf dem Papier, hat sie gesagt.» Er lässt sich zurückfallen und verschränkt die Arme im Nacken. «Sie ist trotzdem optimistisch, also bin ich es vorerst auch.»

Ich schlage das Buch zu und schmiege mich an ihn. Er legt einen Arm um mich, doch während wir uns küssen, sitzt mir die ganze Zeit dieses verfluchte Thema von heute Morgen im Nacken, bis ich ein Stück von ihm abrücke, um ihm ins Gesicht sehen zu können. In der letzten Stunde habe ich über einen geeigneten Anfang für dieses Gespräch nachgedacht, doch jetzt platze ich einfach mit dem erstbesten Satz heraus.

«Ich werde nicht nach Edinburgh gehen.»

Jacks Blick macht unmittelbar klar, dass das vielleicht der erste Satz war, der mir in den Sinn gekommen ist, aber mit Sicherheit nicht der beste.

«Wir haben eine Abmachung», erwidert er.

«Als wir diese Abmachung getroffen haben, sah alles noch anders aus.»

«Ach ja?» Jack rückt nun seinerseits ein Stück von mir ab und stützt sich auf die Ellbogen. «Inwiefern hat mein Vater denn dabei eine Rolle gespielt?»

«Es geht nicht um deinen Vater – es geht um dich. Du bist seit Wochen völlig fertig, und ich gehe nicht, wenn es dir so schlecht geht.»

«Es ist gerade alles etwas viel, aber das wird auch wieder anders werden. Wenn du jetzt bleibst, kannst du das für mindestens ein Jahr nicht mehr rückgängig machen.»

«Das ist okay für mich.»

«Aber für mich nicht!» Er setzt sich auf. «Können wir das bitte ein für alle Mal festhalten? Für mich ist das nicht okay. Und wir sollten solche Entscheidungen gemeinsam treffen!»

«Wir können diese Entscheidung nicht gemeinsam treffen, weil du das eine willst und ich das andere.» Ein wenig umständlich erhebe ich mich ebenfalls. «Nur einer von uns kann sich durchsetzen. Ist nun mal so. Und da in diesem Fall meine Unterschrift benötigt wird ...»

«Ach, verdammt, Vic!» Jetzt steht er auf. «Es war ausgemacht. Wenn du in Oban bleibst ...»

«Ja? Was dann?»

«Es würde nicht gut gehen.»

«Was soll das heißen? Sagst du mir gerade, dass wir uns dann trennen?» Der Ärger in meiner Stimme überdeckt die aufblitzende Angst, die dieser Gedanke in mir auslöst.

«Nein! Nein, das sage ich damit nicht, ich sage nur, dass es zwischen uns stehen würde. Und dass das nicht gut wäre.» Jack mustert mich eindringlich. «Hör zu. Wir versuchen es zumindest so, wie wir es besprochen haben, okay? Wenigstens für ein paar Monate.»

Ich klettere vom Bett und stelle mich vor ihn. «Warum lässt du nicht einfach mich entscheiden, ob ich ein Jahr früher oder später anfangen möchte? Ich könnte bereits seit einem Jahr in Edinburgh sein – es hat nur nicht geklappt, weil ich ewig an meinem Portfolio herumgebastelt habe. Und jetzt habe ich eben einen konkreten Grund, es noch einmal um ein Jahr zu verschieben! Das Ganze ist nicht meine letzte Chance! Und ich will jetzt einfach bei dir sein.»

«Das Problem ist, dass du es dann vielleicht nicht nur um ein Jahr verschiebst», sagt Jack, und man merkt ihm an, dass er sich bemühen muss, ruhig zu sprechen. «Du würdest dir einen Job suchen, genau wie ich. Und wir würden hier beide irgendwie über die Runden kommen, ja, aber so würde es dann einfach immer weitergehen.»

«Das kannst du nicht wissen.»

«Und du kannst es nicht ausschließen.»

«Jack.» Ich muss mich beherrschen, ihn bei meinen Worten jetzt nicht zu berühren. «Wäre es umgekehrt – würdest du gehen?»

Jack starrt mich an.

Gewonnen, denke ich. Würde er nicht.

Ein Klopfen an meiner Zimmertür unterbricht die plötzliche Stille zwischen uns. Ausgerechnet jetzt.

«Was ist denn?», rufe ich unwillig.

Alice schaut herein, und hinter ihr steht auch noch George. Es fällt mir schwer, die beiden nicht aufzufordern, einfach wieder zu verschwinden. Was auch immer sie gerade jetzt glauben besprechen zu müssen, hat doch wohl auch noch Zeit bis später.

«Dürfen wir kurz stören?», fragt Alice.

«Gerade ist es schlecht», erwidere ich.

«Es dauert nicht lang», erklärt Alice. Sie klingt zwar ein wenig schuldbewusst, kommt aber trotzdem herein. «Wir haben euer ... Gespräch gerade ein wenig mitverfolgt ...»

«Ihr habt gelauscht?», frage ich fassungslos.

«Nein, ihr wart einfach nur sehr laut», sagt George.

«Wir möchten einen Vorschlag machen», fügt Alice hinzu, bevor ich die Möglichkeit habe, mich weiter aufzuregen. «Genau genommen hatte George die Idee. Wollen wir dazu vielleicht runtergehen und uns an den Tisch setzen?»

«Sagt doch einfach, was ihr von allem haltet.»

Ich war so dicht davor, Jack die Zustimmung zu entlocken, und jetzt stehen die beiden hier und verderben am Ende alles. Auf wessen Seite sie stehen, kann ich mir denken.

George sieht kurz zu Alice, dann sagt er: «Finny könnte bei uns bleiben. Und ihr geht beide nach Edinburgh.»

Ein paar Sekunden lang stehen wir alle da wie eingefroren. Dann schüttelt Jack langsam den Kopf. «Das ist ein sehr nettes Angebot – mehr als das –, aber es tut mir leid, das geht nicht. Ich gebe Fin nicht einfach ab.»

«Das sollst du ja auch nicht», sagt George. «Natürlich nicht. Wir haben in den letzten Wochen häufiger mal darüber nachgedacht, wie wir euch unterstützen könnten, und es ist bisher auch nur eine Idee. Ein Vorschlag. Finny würde einfach bei uns wohnen, wie schon so oft. Und ihr seid an den Wochenenden hier. Und in den Semesterferien. Oder auch mal dazwischen, je nachdem, was gerade los ist, es sind gerade mal drei Stunden Fahrt. Es würde nicht leicht werden, das ist uns klar, aber es wäre eine Möglichkeit, über die man nachdenken sollte, oder?»

Jack steht nur da, ohne etwas zu erwidern.

«Es würde nicht nur dir die Chance geben zu studieren», sagt George. «Du musst bedenken, du wärest für Finny dadurch auch ein anderes Vorbild. Und du weißt, wir würden uns niemals zwischen dich und deinen Bruder stellen.»

«Wir lieben ihn», sagt Alice schlicht. «Und dich auch.»

Jack sagt noch immer nichts, während mir demnächst das Herz rausspringen wird.

«Ihr lasst das jetzt einfach in eure Unterhaltung einfließen.» George legt Alice eine Hand auf die Schulter und dirigiert sie in Richtung Tür. «Später können wir ja noch einmal alle zusammen darüber reden.»

Das Schweigen im Raum scheint sich zu verdichten, nachdem wir wieder alleine sind, und irgendwann setze ich mich mit zittrigen Beinen aufs Bett zurück.

Das, was Alice und George da gerade vorgeschlagen haben, scheint auf den ersten Blick so selbstverständlich, so naheliegend zu sein, und doch ist es weder mir noch Jack auch nur in den Sinn gekommen. Weil er und Finny einfach eine untrennbare Einheit bilden.

Jacks Blick geht ins Leere.

«Was denkst du?», frage ich, als ich die Stille nicht mehr ertrage.

Er wendet sich mir zu. «Keine Ahnung», sagt er. «Zu viel auf einmal.»

Meine Meinung zu dem Ganzen liegt mir auf der Zunge, doch es ist Jack, der dazu als Erster etwas sagen muss, und deshalb warte ich, warte so lange, bis Jack aufseufzt und sich neben mich setzt.

«Es wäre eine Idee», sagt er.

Ich nicke.

«Ich glaube, für Fin könnte es okay sein», sagt Jack, und ich nicke wieder.

«Man müsste mit ihm darüber reden», fügt Jack hinzu.

«Auf jeden Fall», erwidere ich, um nicht immer nur zu nicken.

«Und es könnte sich auch positiv auf die Vormundschaftsgeschichte auswirken.»

Jetzt nicke ich wieder.

«Was sagst du dazu?»

«Es wäre perfekt! Wenn es für Finny okay ist.»

Jack atmet einmal tief durch. «Fuck.» Er lässt sich einmal mehr auf mein Bett zurückfallen, beide Hände vor dem Gesicht. «Fuck, verdammt.» Und nach ein paar Sekunden: «Bestimmt sind alle Bewerbungsfristen schon lange vorbei.»

«Das lässt sich rausfinden. Zur Not fängst du einfach erst im nächsten Semester an.»

«Zuallererst müssen wir mit Fin sprechen.»

«Jack?»

«Mhm?»

«Du wirst studieren.»

Jack lässt die Hände sinken, und es erleichtert mich zu sehen, dass er lächelt. «Könnte sein.»

«Ganz bestimmt.»

«Ich glaube das erst, wenn es wirklich so weit ist.»

«Das ist früh genug.»

Kapitel 34

Das Gespräch mit Finny läuft einfacher ab als befürchtet. Als Jack ihn fragt, ob er es sich vorstellen könne, bei Alice und George zu wohnen, schreit er «Ja!» und wirft beide Arme in die Luft. Von der Tatsache, dass Jack nicht ebenfalls einziehen wird, zeigt er sich weniger begeistert, doch er war oft genug allein in der trostlosen Wohnung über dem Pub, um sich schnell damit zu trösten, dass er nun eben genau das nicht mehr sein wird: allein. Jacks Zusicherung, dass sie sich an jedem Wochenende sehen werden und darüber hinaus jederzeit, wenn Finny Jack brauche, reicht ihm völlig aus.

Dagegen kämpft Jack selbst immer mal wieder mit dem Gedanken, Finny in der Obhut von Alice und George zu lassen.

«Alles bricht irgendwie auseinander», sagt er am Abend vor unserer Abreise, während wir am Strand von Ganavan Sands sitzen. Seit dem Tod seines Vaters sind mittlerweile fast vier Wochen vergangen.

«Wie meinst du das?»

«Na ja – wir gehen nach Edinburgh, Fin bleibt in Oban, und Callan wird mit Edie Ende des Jahres nach Inverness ziehen.»

Edies erste feste Stelle als Polizistin. Dass Callan mitgehen würde, war klar.

«Ich finde, es ist eher so etwas wie eine Neuorientierung», erwidere ich.

«Ja, vermutlich.» Jack hat die Arme locker um seine Knie geschlungen und schaut aufs Meer, während er spricht. «Es fühlt sich trotzdem seltsam an.»

«Finde ich auch.»

«Es würde Mum fertigmachen, wie alles gelaufen ist», sagt Jack nach einer Weile, und unwillkürlich atme ich flacher.

Vorsichtig sehe ich ihn von der Seite an. Er sitzt da, den Blick geradeaus gerichtet und mit diesem Ausdruck im Gesicht, den er immer hat, sobald es um seine Mutter geht. Nur dass er normalerweise nicht derjenige ist, der das Thema zuerst anschneidet.

«Was genau meinst du?», frage ich. «Dass du jetzt studieren wirst und Finny hierbleibt?»

«Zum Beispiel. Und auch wie es mit meinem Vater gelaufen ist. Mit Callan. Mit einfach allem.»

Darauf gibt es wenig Tröstliches zu sagen. Jack hat recht. Es ist gut, dass Sarah bei ihrem Tod zumindest nicht wusste, wie furchtbar alles aus den Fugen geraten würde.

«Du hast getan, was du konntest.»

Daraufhin schnaubt Jack nur. Mir bleibt kurz das Herz stehen. «Jack. Du *hast* getan, was du konntest – mehr wäre gar nicht möglich gewesen.»

«Aber es war leider nicht genug, oder?», sagt Jack. «Ich habe viel zu spät mitbekommen, was mit Callan los ist, ich konnte meinen Vater nicht davon abbringen, mehr und immer mehr zu trinken, das *Merry Men* ist den Bach runtergegangen, alles hat sich aufgelöst, und ... und ich habe einfach nicht wahrhaben wollen, dass mein Vater Fin nicht liebt. Nicht einmal ein wenig. Nicht einmal in den tiefsten Tiefen seiner verdammten Seele.»

Oh Gott, Jack.

«Du trägst für all das aber nicht die Verantwortung.»

«Ich weiß.» Jack sieht mich an. «Denk nicht, dass mir das nicht klar ist – ich weiß, dass nichts davon meine Schuld ist, ich weiß, dass ich nicht mehr hätte tun können, aber ... Fin hat so viel geweint. Früher, als er noch klein war. Bis ich mich um ihn gekümmert habe. Und ich dachte immer, irgendwann wäre diese Zeit vorbei, irgendwann würde mein Vater zu Sinnen kommen und wieder bei uns sein. Leben. Fin lieben. Aber jetzt ist er einfach tot, und Fin hatte nicht nur nie eine Mutter, er hatte auch nie einen Vater. Ich meine, er ist fast fünf Jahre alt, ich habe ihn fünf Jahre lang bei diesem ... verbitterten, alten Mann gelassen und ...» Jacks Stimme bricht, er wendet sich ab. «Ich vermisse Mum so sehr. Jeden Tag.»

Hilflos rücke ich näher an Jack heran, umschlinge ihn mit beiden Armen und lege meinen Kopf gegen seine Schulter.

«Ohne dich wäre alles noch viel, viel schlimmer gewesen.» Ich suche nach Worten. «Finny hat keinen Vater, aber er hat einen großen Bruder, der immer für ihn da sein wird. Und ja, er hatte nie eine Mutter, aber er hat Alice. Und George. Beide sind für ihn da, ich bin für ihn da – und auch Callan. So gut er es eben kann.»

«Callan hätte in den letzten Jahren selbst jemanden gebraucht, der für ihn da ist», sagt Jack leise.

«Und du auch», flüstere ich. «Du hättest auch jemanden gebraucht, der für dich da ist.»

Jack gibt keinen Ton von sich, nur seine Schultern beben, und da sind die Tränen in seinem Gesicht.

Ich umarme ihn und gebe es auf, noch mehr Worte finden zu wollen. Manchmal gibt es einfach keine. Manchmal ist wohl alles, was man tun kann, den Schmerz des anderen nicht zu zerreden, nur um ihn selbst besser auszuhalten.

Die Sonne steht bereits dicht über dem Horizont, berührt fast das Meer, als Jack schließlich durchatmet.

«Gehen wir zurück?», fragt er, und ich nicke.

Arm in Arm laufen wir zu Jacks Wagen.

«Owen Cunningham hat übrigens ein faires Angebot gemacht, wie ich finde», sagt Jack. «Für den Pub und auch für die Wohnung.»

«Das heißt, ihr werdet beides verkaufen?»

Jack nickt. «Sobald die ganzen Erbschaftssachen geregelt sind. Nachdem Callan jetzt auch endgültig mit dem Laden durch ist ...»

«Will Owen immer noch ein Hotel daraus machen?»

«Keine Ahnung. Glaub schon.»

«Vielleicht machst du noch mal Bilder. Von eurer Küche und der Straße und so.»

«Hab ich schon.» Jack öffnet mir die Beifahrerseite und geht dann um das Auto herum. «Schade nur, dass ich nicht schon viel früher auf diese Idee gekommen bin. Bevor alles so vor die Hunde gegangen ist.» Er startet den Motor. «Aber Owen wird was Gutes daraus machen.»

«Bestimmt.»

«Hattest du heute Abend eigentlich das Gefühl, dass Fin irgendwie anders drauf war? Weil wir morgen fahren?»

«Nein, eigentlich nicht.»

Wir reden über Finny und über unsere bevorstehende Abreise, bis wir zu Hause angekommen sind und den Wagen vor der Garage abgestellt haben.

Nur George sitzt vor dem Fernseher, als wir das Wohnzimmer betreten. «Hi.» Er sieht auf. «Habt ihr Abschied vom Strand genommen?»

«Ist ja nicht für lange», gebe ich zurück.

«Wollt ihr mitgucken? Ist ein alter James Bond.»

Jack und ich tauschen einen Blick.

«Nein, ich denke nicht», erwidere ich. «Wir gehen hoch. Viel Spaß noch.»

«Vic, hör mal ...» George richtet sich ein wenig auf. «Hättest du noch ein paar Minuten Zeit?»

«Klar.» Ein wenig verwirrt sehe ich erst zu Jack, dann zurück zu George. «Worum geht's denn?»

«Ich würde gern noch einmal mit dir über die letzten Wochen reden. Wenn das für dich okay wäre.»

«Ich geh schon mal hoch.» Jack drückt kurz meine Hand. «Gute Nacht, George.»

«Nacht, Jack.» George schaltet den Fernseher aus, während Jack die Treppe hinaufsteigt. Als oben die Tür ins Schloss fällt, sieht er zu mir. «Möchtest du etwas trinken? Ein Wasser?»

«Ich hol mir was. Soll ich dir was mitbringen?»

«Danke, ich hab noch.» Er zeigt auf das Weinglas, das auf dem kleinen Tisch vor dem Sofa steht.

Ich verschwinde in der Küche. «Wo ist eigentlich Alice?», frage ich, als ich wiederkomme. «Bei Amanda?»

«Ja, genau. Sie wollte so gegen zehn wieder da sein.» Er hält inne, während ich mich ihm gegenüber auf einen der Sessel setze. «Fühlst du dich bereit wegen morgen?», fragt er dann.

«Ja. Ja, ich denke schon.»

«Es ist nett von Ms Sinclair, dass sie euch die Wohnung zur Verfügung stellt.»

Das stimmt allerdings. Emmeline hat es strikt abgelehnt, Miete dafür zu verlangen. Vor allem für Jack wird es dadurch leichter.

«Sie weiß, dass ihr morgen kommen werdet, nehme ich an?»

«Ja, klar. Sie hat angeboten, uns ein paar Sachen zu besorgen, damit wir nicht als Erstes einkaufen müssen.»

George nickt ein paar Male. «Vielleicht lernen wir sie ja irgendwann einmal kennen.»

«Ja, vielleicht», erwidere ich unverbindlich. Da mische ich mich nicht ein. Das müssen Alice, George und Emmeline unter sich ausmachen.

Jetzt beugt George sich vor und greift nach seinem Weinglas, überlegt es sich jedoch im nächsten Moment anders und stellt es wieder zurück.

«Ich wollte dich morgen nicht fahren lassen, ohne dir noch ein paar Dinge zu sagen», beginnt er, und unwillkürlich wappne ich mich. Er wird mir jetzt hoffentlich keinen neuen Vortrag über Jack halten.

«In den letzten Wochen habe ich mich nicht immer richtig verhalten. Also, genau genommen war vieles vollkommen unangemessen, und das tut mir leid. Ich habe wohl ... ich weiß auch nicht. Überreagiert?»

George wirft mir einen beinahe scheuen Blick zu. Es fühlt sich ein wenig unwirklich an, meinen Vater, der immer alles weiß, der zu allem immer eine Meinung hat, hier so sitzen und nach Worten suchen zu sehen.

«Ich habe es dir schwer gemacht, dabei hätte ich für dich da sein sollen», redet er weiter, und kurz muss ich an mein Gespräch mit Jack gerade eben am Strand zurückdenken.

«Und dann habe ich es wochenlang nicht geschafft, über meinen Schatten zu springen – kannst du mir das verzeihen?»

Bittend sieht er mich an, und ich kann deutlich fühlen, wie etwas in mir plötzlich freier zu atmen beginnt.

«Warum?», frage ich dennoch. «Warum ist es dir so schwergefallen?»

George antwortet nicht sofort. «Ich war wütend auf Emmeline Sinclair», sagt er dann bedächtig. «Ich war wütend auf sie, weil ich dachte, dass sie sich aus ihrer Verantwortung gestohlen hat, ohne sich jemals wieder bei uns zu melden. Und ich habe befürchtet, dass sie dich verletzen könnte. Und außerdem ... war da wohl die Angst, dass sie mir etwas von dir wegnehmen würde. Denke ich.»

Ich stehe auf und setze mich neben ihn. «Alles, was mich mit Emmeline verbindet, alles, was ich für sie empfinde, ist ganz neu», sage ich vorsichtig, weil ich das Gefühl habe, selbst noch nicht wirklich erfassen zu können, wie das zwischen mir und Emmeline überhaupt aussieht. «Es ist nichts, was es vorher gegeben hätte – deshalb könnte sie nie etwas von dem wegnehmen, was zwischen uns ist.»

George sieht mich an, dann breitet er unsicher die Arme aus.

Ein wenig unbeholfen lasse ich mich hineinfallen.

«Verzeihst du mir?», fragt George noch einmal.

Ich nicke und höre ihn aufseufzen.

«Danke», sagt er.

Wärme breitet sich in mir aus. Eine Wärme, die nicht nur von Georges Umarmung herrührt. Das hier hat gefehlt. Und es war wichtig.

Und da ist noch etwas. Ein tiefes Bedauern, weil mein Vater mich in diesem Moment daran erinnert, was Jack und Callan verloren haben und was Finny nie hatte.

«Ich bin froh, dass Finny hier wohnen wird», murmele ich.

«Du weißt, wir werden alles tun, um ihn glücklich zu machen», erwidert George.

«Weiß ich.»

«Er hat Schlimmes erlebt.»

«Stimmt. Und Jack auch.»

«Ja, Jack auch», erwidert George. «Es ist gut, dass ihr zusammen nach Edinburgh geht.»

Ich erwidere Georges Umarmung ein wenig fester, bevor ich mich von ihm löse und aufstehe. «Ich geh dann mal hoch», sage ich. «Gute Nacht, Dad.»

Georges Hand fährt nach oben, er reibt sich über die Augen. «Gute Nacht, Vic. Ich hab dich lieb.»

Seine Worte begleiten mich, während ich die Stufen zum oberen Stockwerk hinaufsteige.

Jack liegt im Bett, als ich leise ins Zimmer trete. In seinen Ohren stecken Kopfhörer, die Augen hat er geschlossen.

«Jack?» Ich beuge mich über ihn. «Schläfst du?»

Er sieht auf und nimmt gleichzeitig die Kopfhörer herunter. «Alles okay?», will er wissen. «War es ein gutes Gespräch?»

Ich kuschle mich neben ihn. «Ja, war es», erwidere ich mit einem Seufzen. «Und es war auch ein bisschen traurig.»

«Traurig?» Jack versucht, so viel Abstand zwischen uns zu bringen, dass er mich ansehen kann. «Warum?»

«Weil mir dadurch klar geworden ist ... weil es mich wieder daran erinnert hat, dass du ...»

Ich vergrabe mein Gesicht in seiner Halsbeuge und spüre plötzlich, wie mir die Tränen aufsteigen. *Weil ich Alice und George habe und vielleicht sogar irgendwie Emmeline, und du hast keine Mum und keinen Dad. Und weil ich das gerade so furchtbar ungerecht und einfach nur schrecklich finde.* So etwas kann ich doch nicht sagen, oder?

Jack legt einen Arm um mich.

«Es ist okay», sagt er nach ein paar Sekunden, als hätte er einmal mehr in meinen Kopf hineingesehen. «Ehrlich. Es ist wirklich okay.»

Unser Gespräch vom Strand drängt sich mit aller Macht zurück in meine Gedanken, und ich kann nichts mehr dagegen tun, dass die Tränen jetzt zu laufen beginnen. Dabei möchte ich doch stark sein. Für Jack, für uns beide. Wenn jemand Grund zum Heulen hat, dann er, aber doch nicht ich.

«Hey.» Jack drückt mich fester an sich, und jetzt ist er es, der mich einfach weinen lässt, bis ich damit fertig bin, über das verdammt ungerechte Leben und überhaupt.

«Ich hab nachgedacht», sagt er irgendwann, als ich in seinen Armen endlich ruhiger geworden bin. «Wir haben durch den Verkauf des Pubs gerade keine Geldsorgen. Callan ist wieder mit Edie zusammen. Finny ist glücklich, weil er bei deinen Eltern leben darf, und ich werde in absehbarer Zeit tatsächlich studieren. Das ist doch alles schon mal was, oder?»

Mit einem Arm wische ich mir übers Gesicht. «Und wir haben uns», füge ich hinzu.

«Und wir haben uns», wiederholt Jack und küsst mich.

Epilog

Als es an der Wohnungstür klingelt, sind wir gerade beim Frühstück. Es ist Mittwochmorgen, die Sonne scheint durch das Küchenfenster und täuscht darüber hinweg, dass es um diese frühe Uhrzeit mittlerweile bereits herbstlich kühl ist.

Jack setzt die Kaffeetasse ab. «Wer ist das denn? Callan will mit Fin doch erst heute Nachmittag kommen. Vielleicht die Post?»

Das glaube ich nicht. Ich habe so eine Ahnung, wer da vor unserer Tür steht. «Ich mache auf», sage ich und schiebe dabei meinen Stuhl zurück.

Und natürlich ist es Emmeline.

«Hi», sagt sie. «Hoffentlich habe ich euch nicht geweckt.»

«Hast du nicht – ich muss in einer halben Stunde sowieso los.»

Emmeline atmet einmal tief durch, dann hält sie einen Schlüsselbund hoch. «Würdet ihr euch vielleicht in den nächsten Tagen um meine Pflanzen kümmern?»

«Natürlich. Du fährst also? Jetzt gleich?» Ich greife nach dem Schlüssel, und unwillkürlich wandert mein Blick dabei zu dem Armband mit dem Herz an meinem Handgelenk. Vor wenigen Tagen haben Emmeline und ich über Liam Wilson gesprochen. Sie war in Inverness und hat einiges über ihn herausgefunden.

«Ja, ich wollt's dir nur noch schnell erzählen. Alle drei Tage gießen reicht vollkommen aus, ich habe die Pflanzen gerade noch einmal versorgt. Ich denke nicht, dass ich lange weg sein werde.»

«Weiß er, dass du kommst?»

«Nein, ich mache es wie du», fügt sie hinzu und lächelt, bevor sie einen Schritt vortritt und mich umarmt.

Nur für einen Moment. Wir sind noch immer dabei, uns daran zu gewöhnen. «Ich werde ihm sagen, dass er eine wunderschöne, große Tochter hat und ... Nun ja, wir werden sehen. Da gibt es so einige Fragen.»

«Viel Glück.»

«Danke.»

Langsam schließe ich die Tür. Als ich mich umdrehe, lehnt Jack im Eingang zur Küche.

«Gerade dachte ich, du würdest Em doch noch fragen, ob du sie begleiten darfst.»

Ich schüttele den Kopf. «Ich glaube, wenn sie sich zum ersten Mal nach so langer Zeit wiedersehen, sollten sie erst mal ohne mich ein paar Dinge klären.»

«Aber danach bist du dran.»

Ich gehe zu Jack und schlinge beide Arme um ihn. «Danach bin ich dran. Kommst du dann mit?»

«Klar.» Er zieht mich näher an sich. «Wir könnten einen kleinen Umweg fahren.»

«Das klingt doch gut», sage ich und küsse ihn.

Jack. Meinen besten Freund. Und noch so viel mehr.

Danksagung

Jede Reihe verdient es, dass man die Menschen nennt, die dazu beigetragen haben, die Geschichten darin lebendig zu machen.

Es war ein mitunter steiniger Weg, und ich hätte mit Sicherheit sehr viel länger gebraucht, wäre da nicht Anne Freytag gewesen, mit der ich nicht nur Schreibbattles ausgefochten habe, sondern die auch den entscheidenden Hinweis lieferte, der verhindert hat, dass Vic und ich noch sehr viel länger in Schottland festgesteckt wären – danke, Anne! Ich bin froh, dass es dich gibt. (Hier Herz hindenken.)

Julia Dibbern, Jennifer Benkau, Franziska Fischer und Daniela Ohms – danke einmal mehr für all die vielen Gespräche, für das Brainstorming, für unseren täglichen, immerwährenden Austausch und dafür, dass jede von euch mit einer unendlichen Geduld gesegnet ist – ich bin froh, dass ihr meine Freundinnen seid. Alles wäre sehr viel weniger bunt ohne euch.

Danke an das wunderbare KYSS-Team und vor allem an meine beiden Lektorinnen Anne Rudolph und Nadia Al Kureischi, die immer dort den Finger hinlegen, wo es noch hakt – Anne, bis heute bin ich nicht sicher, ob du dich nicht doch klonst, um das alles zeitlich hinzubekommen.

Danke an meine Agentin Kathrin Nehm, die immer, wirklich immer, in Windeseile für mich da ist, wenn ich sie brauche.

Danke an Kathinka Engel für unseren morgendlichen Austausch im Badezimmer bzw. im Schlafanzug vor dem Ofen – du kluge Frau bereicherst mein Leben; und noch ein Danke an Anne Sanders: Wir sollten uns viel, viel häufiger sehen.

Danke an meine Familie. Nathalie und Liam, ihr seid das Wichtigste in meinem Leben.

Und Jens – ich vermisse dich.

Kira Mohn
Because It's True – Ein einziges Versprechen

140 Seiten

Jack ist neunzehn Jahre alt. Neunzehn verdammte Jahre. Eigentlich sollte er gerade seine Zukunft planen. Stattdessen kümmert er sich fast allein um seinen vierjährigen Bruder Finlay und versucht parallel dazu, den Pub seines Vaters über Wasser zu halten. Der betäubt sich nach dem Tod der Mutter mit Alkohol, während Jacks älterer Bruder sich immer mehr zu einem verantwortungslosen Arsch entwickelt. Seine beste Freundin Vic hilft, wo sie kann, aber sie wird bald zum Studieren nach Edinburgh verschwinden – was vielleicht sogar gut ist, weil Jack bei jedem Treffen mit der Frage kämpft, ob er ihr die Wahrheit sagen soll. Darüber, was er fühlt. Er kann sich einfach nicht entscheiden. Lüge oder Wahrheit? Sicherheit oder Risiko? Freundschaft oder ... Liebe?

Wenn aus etwas Vertrautem plötzlich etwas Neues wird ... Eine emotionsgeladene Liebesgeschichte an der schottischen Westküste.

Erhältlich als E-Book oder als Doppelband mit einem Kurzroman von Kelly Moran im Print.

Weitere Informationen finden Sie unter **rowohlt.de**